KOTATSU TAKAHASHI
髙橋炬燵
ILLUSTRATION
カカオ・ランタン
チュー
が
始まる前に2
BEFORE THE TUTORIAL STARTS
ボスキャラ達を破滅させない為に
俺ができる
つかの事

NAME
清水凶一郎
しみずきょういちろう
NAME
蒼乃 遥
あおのはるか

NAME
ジェームズ・シラード

NAME
ユピテル
《堕ちて》
BEFORE THE TUTORIAL STARTS

チュートリアルが始まる前に2

BEFORE THE TUTORIAL STARTS

ボスキャラ達を破滅させない為に
俺ができる幾つかの事

KOTATSU TAKAHASHI
高橋炬燵

ILLUSTRATION
カカオ・ランタン

■幕間：狂雷雨（『精霊大戦ダンジョンマギア』、グランドルートCP47より抜粋）

■■■■皇暦1193年・春：ダンジョン都市桜花・第八十八番ダンジョン『全生母』：『覇界光妃』フェイト・ウィッチ

雨が降る。

黒い雨だ。

閃光《ステロペス》。稲妻《アルゲス》。雷鳴《ブロンテス》。

ソレを構成する要素は全て〝雷〟なのにも関わらず、私は〝雨〟という言葉を連想した。

だってこれは、あまりにも――――

「多すぎる……」

百？　千？　いや、万《もっと》？

空を覆う無数の『霊力経路《パイパス》』と『噴出点』。

大型の異形棒鋼《D38》サイズの霊力血管から流れ出でる黒色の霊力に絶え間などなく、円形の出口《あな》からは次々と、続々と加工された黒雷が
〝ギャハッ！〟

吐き出《爆》さ《ぜ》れて――――。

轟、轟、轟、轟。

薄暮の空に吹《ふ》き荒《すさ》ぶ暗黒の雷鳴。

五感に響く地獄の風景。

助けて、と誰かが叫んだ。

有機物の焦げた臭いが鼻から離れない。

高層ビルから煙と炎が立ち込めて、加護を失った大樹達がぼうぼうと燃えていく様を、私はただ見過ごすことしか出来なかった。

「なんて、ザマよ……」

頭上に落ちてきた瘴気《しょうき》の雷を光の奔流《ブリューナク》で払いながら、強く、そして深く呪う。

敵と、自分を。

前提として、街の人達を意味もなく傷つける黒雷糞野郎《ハンニン》のことは絶対に許せない。何の罪もない我が愛すべき誰か《フレンズ》達を傷つけた糞野郎には必ず報いを受けさせる。これは確定事項。たとえ刺し違えてでも私が潰す。

だけど同時に、こんな最低なテロリストを現在進行形でのさばらせている無能《わたし》のことも私は絶対に許さない。

何たるザマだ。『覇界光妃』の名が泣くぞ。

『頼むフェイト、ボク達の街を守ってくれ』

あいつの、剣《つるぎ》の言葉が脳裏をよぎる。

あいつは言っていた。

私《フェイト》だから任せられるのだと。

私も言った。

ここは私に任せて先に行けと。

お互い強がりながら、震える拳を合わせてこの街を守ろうと誓い合ったはずなのに――――！

〝キャハハッ！〟

私は己の無力さを呪いながら、森の中を駆け抜けた。

ぬかるんだ道。悪意を持った漆黒に塗りつぶされていく〝花園〟の景観。燃える。爆《は》ぜる。あれだけ色彩豊かな生命に満ちていた私達の森が、ただ一つの悪意に塗りつぶされて
「あっ」

そして私がかつての古巣〝燃える冰剣《Rosso&Blu》〟のクランハウスへと辿《たど》り着《つ》いた時、そこはもう既になかった。

かつて仲間達と寝食を共にした寄宿舎も
足しげく通ったお気に入りのサロンも
運動場も、アミューズメント施設も、みんなみんな全部全部
「――――ッ！」

燃えていた。汚されていた。灰に、塵《ちり》に、ゴミみたいにバラバラになって蹂躙《じゅうりん》されていたのであ

る。

奥歯を噛《か》みしめる。

泣くな。叫ぶな。喚《わめ》くな。

今ここで悲劇のヒロインぶっている暇なんてないのだから。

空からまた雷が降ってきた。

狙いは明らかに私。

その数は、五、十、十五、二十
「――舐《な》めるな」

殺意の宣誓《ことば》と共に、私は『ブリューナク』を解き放つ。

黒く染められた大地を穿《うが》ち、天堕する黒雷を真正面から撃ち抜く光流の色はいつも通りの黄金色《ゴールデン》。

〝キャハハハハハッ！〟

空に咲き誇る漆黒と黄金の閃光。

声は近い。

テロリストの耳障りな嬌声《きょうせい》が、一歩一歩前へと進むごとに大きくなっていく。

「(どういう射程《でたらめ》してんのよ)」

この位置から、『全生母』の外縁から桜花の街全域を狙い撃つだなんて、あまりにも無茶苦茶が過ぎる。

その上、こうして――

「Holy fuck!《ざけんなクソが》」

前後左右天地中央三百六十度全方向から襲いかかる瘴気の雷。

こいつ、街を破壊する片手間で、私の相手をしてやがるっ！

「Shut the fuck up!《しゃらくせえのよ》」

回避。迎撃。時には天啓《レガリア》を展開して防ぎつつ、なるべく力を温存しながら黒雷の雨を振り切り
そして
〝キャハハハハハハハハハハハッ！〟

そして私は
〝キャハハハハハハハハハハハハハハハハハハハハハハハハッ！〟

とうとう、とうとう糞野郎を見つけたのである。

「ネぇ、オジ様。不愉快なオジ様。もしかして、ワタシ達、どこかで会ったコトがあるノカシラ？

アナタを見ていると不思議と頭がチクチクして、ムカムカして、イライラするの」

糞野郎は女だった。

銀色の長髪に、深紅の瞳。

喪服のようなゴシックドレスを身に纏《まと》ったその悪魔の足元には、顔見知りの恩人達が倒れていた。

燃える〝花園〟の中心で魔的に嗤《わら》うクソ女。奴は私のことなど眼中になく、ただ虫でも観察するかのように伏した彼と彼女を見つめていて
「シラードさん、エリザさんっ！」

私の呼びかけに、反応を示したのは彼だけだった。

エリザさんは動かない。

燃える花の海に沈んだまま、何も言わず、どこも動かず。

「ムカつくわ」

――ぐしゃり。

クソ女の足が、彼女の顔を踏みつけた。

噴き出た赤い何かの正体なんて知りたくもない。

ソレは雷のような速さで、反応することすらままならず、エリザさんの頭が
「おまえ」

気づいた時には、私の全身は『ブリューナク』の霊力に包まれていて
「お前ええええええええええええええええええええええええええっ！」

そして無尽《ありったけ》の殺意を推進力に変えて、燃えゆく花園を駆けた。

殺す。絶対に殺す。この女だけは、何としてでもブチ殺す。

「キャハハッ！　何ソレ、何ソレ、スッゴクおもしろい！　キラキラピカピカ、お星さまみたい！」

喪服のテロリストは嗤う。

嗤いながら私の体当たりを、全方位射撃を、不可視の閃光を、輝く刃を、いとも容易《たやす》く捌《さば》いていく。

そしてこの期に及んでなおも、街への砲撃は続いていた。

空に伸びた幾万の『霊力経路』を通って堕《お》ちていく奈落の瘴気達。

雷の速さと熱量を持った毒素が、私達の街を汚していく。壊していく。失《な》くしていく。

化物だ。少女の皮を被《かぶ》った化物がここにいる。

「何が目的よ!?　こんなことして心が痛まないわけ!?」

「簡単だよ。簡単カンタン。コレはゴミ掃除なの。お前達はゴミで、ワタシはお掃除係サン。ワタシの理解者《なかま》がね、この街が目障りだってイッタノ。ソレでね、ワタシ、パパに聞いタワ。そうしたらね、パパが言ったの。イイよって。オマエの思うように暴れなさいッテ。沢山コロして、沢山コワシテ、ソレでゴミの泣き声をあつめて音楽会を開こうねってイってくれたの!」

楽しそうに、蕩《とろ》けるような声で、ワケの分からないことをべらべらと――――。

「(狂っている)」

比喩でも、罵倒でもない。

こいつは、人の皮を被った狂気そのものだ。

在っちゃいけない存在だ。

「だから、ねぇしっかり泣き喚きナサイッ。無様ヲ晒《さら》してこのユピテルヲ楽しませルノ。それが、無能デ無価値ナお前達に許された唯一の贖《あがな》イヨ。キャハッ、キャハハハハッ、キャハハハハハハハハッ!」

崩れる世界の中心でテロリストが嗤う。

爆ぜる雷鳴。翔《か》ける漆黒。

このままでは、冗談抜きで桜花が終わる。

「(考えろ、考えろ。私一人でコイツを止める方法を)」

私は駆ける。

暗闇を駆ける。

折れそうな心を必死に奮い立たせながら、焰色《えんしょく》に染まる〝花園〟を駆け抜けて
「隙アーリ！」

そして私の胸を黒雷の閃光が貫いた。

■第一話　アルさんは、とっても良い人です

◆◆◆皇暦1190年・春：古寂《さ》びた神社・境内：清水凶一郎《しみずきょういちろう》

『精霊大戦ダンジョンマギア』におけるレベルアップとは、基本的に精霊が強くなることを指し示す。倒した敵から経験値《リソース》を吸収し強くなるのは精霊だし、イベントなどで覚醒したり存在が進化したりするのも精霊だ。

人間ではなく、精霊が強くなる――――なんというか、ダンマギの種族間パワーバランスをよく表しているよな。

精霊石に精霊力に精霊術《アストラルスキル》。

この世界の根幹を成《な》す言葉に必ずと言っていいほど『精霊』の二文字がついてくる。『精霊《アストラル》レベル』という名のなんちゃってスキルボードシステムなんかもその一例だ。

スキルボードシステム。レベルアップごとにもらえるポイントを割り振ってパネルをポンポンっと開けていくちょっと特殊な成長システムの総称だ。

今となっては結構メジャーな育成要素だから、ゲーム好きの人間ならば大体一度くらいは目にしたことがあるだろう。

定番とはいえないまでも割と見かけて大体良《い》い味出している――――料理で例えるならばカレー南蛮くらいの立ち位置にあるにくいやつ。

そんなメジャー寄りいぶし銀系ゲームシステムこと〝スキルボードシステム〟を採用する利点は、やはりキャラクターの成長が多様化するという点にあるだろう。

レベルアップによる一方通行な成長ではなく、キャラクターないしプレイヤーに合わせた自由な成長システムというものは、強くなる喜びをより個人的《パーソナル》なものに変えてくれる。

そう、スキルボードシステムの売りはこの自由性なのだ。

強力なスキルを先に取る、堅実に取れる箇所から埋めていく、特化型にバランス型、魅せプレイ用のネタ構築までなんでもござれ。

自分のプレイスタイルに合わせた自由なカスタマイズ。

それこそがスキルボードシステムの売りだ、味だ、肝なのだ。

だというのに…………。

「俺に自由はねぇのかよぉおおおおおおおおおおおおおおおおおっ！」

断末魔の叫び声を上げながら、俺こと清水凶一郎《しみずきょういちろう》は盛大に吹っ飛んだ。

霊力の白い光で照らされた境内を転げ回りながら下腹部から感じる鋭い痛みに咽《むせ》び泣《な》く。

息が出来ない。身体《からだ》が熱い。息子は既に重篤《じゅうとく》だ。

コヒュー、コヒューと余裕のない吐息を漏らしながら、精いっぱいの反抗心を込めて下手人を睨《にら》みつける。

どこの世界に修行で金的を行う裏ボスがいるってんだよクソが！

「十秒飛んで三デシ秒…………やりましたねマスター、新記録ですよ」

ストップウォッチ片手に何事もなかったかのように振る舞う裏ボスことヒミングレーヴァ・アルビオン。

見た目こそ白髪の超絶美少女だが、ご覧のように主《マスター》の股間を蹴り上げても眉一つ動かさない絶対零度の鬼教官である。

「お前……やっぱり、おかしいって……。なんで新術の修行で俺の大事な所が蹴られなきゃならないんだよ」

「簡単な理屈です。マスターの愚子息《ぐしそく》、もとい下半身についた汚物を人質に取れば嫌でもやる気を出すでしょう？」

「そんなことせんでもちゃんと頑張ってただろうに」

「マスターの主観ではそうだったかもしれませんが、現にこの『金的耐久訓練《ゴールデンボールカリキュラム》』を取り入れてから術の展開時間が約百七十パーセントも向上しています。結果が伴っている以上、私はこの訓練をやめる気はありません」

正真正銘の鬼がそこにいた。

鬼というか悪魔だ。

いや、大魔王とか地獄魔神と言った方が正しいのかもしれない。

成果が出るなら人の睾丸《キ〇タマ》を蹴っても良いのか？　ＳＭプレイじゃないんだぞ？　そもそも睾丸を

蹴られる修行ってなんだよ？　ギャルゲーの世界に睾丸なんて汚い要素をブチ込んでくるとかイカれてんのかお前はよぉっ！

「（あのフェイト・ウィッチだってここまでの暴虐《こと》はやらなかったぞ）」

フェイト・ウィッチ。初代ダンマギに出てきたヒロインの一角にして、金髪ツインテールの異国出身者。その性格は、今日日《きょうび》珍しいツンデレ＋毒舌＋暴力系という中々攻めた味付けがなされており、デレた時の破壊力は界隈でも屈指と専らの評判である。

彼女にはまだ常識があった。手は出るが、ちゃんとギリギリのラインをついていた。

対してこの悪魔、いや邪神はどうだ？　男のシンボルを蹴り上げるなんてそれはもうヒロインというか、人間失格と言っても過言ではないレベルだぞ。

「私はヒロインでも人間でもありません。神様です」

しかし俺が涙目になりながら常識を訴えたところで、裏ボス様は屁《へ》とも思わない。

それどころかおもむろに卵サンドを取り出してもっちゃもっちゃと食いだす始末だ。

助けを呼ぼうにも、ここはかつて奴が根城にしていた神社の境内。

都合の良い救いの手は、万に一つも現れない。つまり

「さぁ、気合を入れ直してもう一度《ワンスモア》です」

そういう事なのだ。俺はこの急所突き地獄から逃げられない。そして邪神に慈悲はない。一定の成果が現れるまで、この地獄は永遠に続く。

「……畜生、どうしてこうなった」

気が狂いそうな痛みから逃避する為《ため》に、俺は全ての元凶となった出来事に想《おも》いを馳《は》せた。

◆清水《しみず》家・居間（二週間前）

「おめでとうございます、マスター。レベルアップです」

アルさんがそんなソシャゲのリザルト画面みたいなことを言いだしたのは、俺達がダンジョン『月蝕《げっしょく》』を巡《めぐ》るあれこれを解決した翌日のことだった。

本当はあの死神野郎を倒したのと同時にレベルアップを果たしていたらしいのだが、精霊石の換金やら上からの聴取やらのせいで超絶グロッキー状態に陥《おちい》っていた俺の為に一日待っていてくれたらしい。

気の利く奴だな、とその時は思った。

というかアルは基本的に空気の読める裏ボスだ。

……読んだ上で睾丸を蹴ってくるからタチが悪いのだが、まぁこの際俺の下半身悲劇は一旦置いておこう。

兎《と》に角《かく》俺はその報告を聞いて小躍りするほど喜んだ。

達成感というのももちろんあるが、何より強くなれることが嬉《うれ》しかったのである。

レベルアップによって得られる恩恵《ポイント》の数は筋トレや術の訓練で得られるものとは文字通り桁が違う。

強力な専用スキルや各種の能力補正を大量に獲得できるチャンスなんて、今まで一度もなかったからそりゃあ年甲斐《としがい》もなくはしゃいださ。

しかも成長方式はあのスキルボード制。

つまり無数にあるスキルや能力補正の中から自分で好きなように選べるわけだ。

あーでもないこーでもないと自分の成長プランを考えながらポイントを割り振っていくなんて、もう気持ちよ過ぎるだろ！

やったぜひゃっほい！　レベルアップ最高だぜ！

……思い返してみるとあの時の俺は、ハイテンション飛行機《エアライン》といっても過言ではない程に浮かれ散らかしていた。

ハイテンション飛行機。それはきっと有頂天の空を楽しそうに飛ぶ自由気ままな飛行機なのだ。

テンションだけで太陽まで飛べるし、アナウンスで『ハイテンションプリーズ』とか言うのだろう。知らないが。

「良かったですねマスター。では、『時間停止』スキルの獲得と霊力許容量《キャパシティ》の増加ならびに時間ごとの霊力供給量の増加を申請して下さい。すぐに受理致しますので、それが終わったらおやつでも食べましょう。あぁ、それと。他のスキルや能力補正を指名しても却下しますので悪《あ》しからず」

しかしそんなハイテンション飛行機は、すぐに墜落した。

太陽に近づきすぎたイカロスよろしく理不尽な仕打ちにあい、俺のテンションと一緒に燃え尽きたのである。

スキルボードの選択肢が、まさかの強制一択。

流石《さすが》にそれは設定として斬新過ぎるだろ……。

当然俺は抗弁したさ。

オススメを挙げるのはいい。だが、許可する権利がそちら側にあるからといって初めから選択肢を限定するのはいかがなものか。

すると裏ボス様は、どこからかクッキーの詰まった缶を取り出して億劫《おっくう》そうに口を開いたのだ。

「はぁ。では、甚《はなは》だ時間の無駄ではありますが一応マスターの意見も聞きましょう」

そうして俺達のスキルボード談義……ではなく、アルさんの大論破大会が始まった（以下、裏ボス様のロジハラが続くので、しばらくスキップ推奨）。

「（クッキーを頬張りながら）そのスキルを獲得したとしてマスターに使いこなせますか？　術の効力範囲が極めて狭いマスターが使用したとしてもあまり有用な効能は生み出せませんよ。

それに比べて『時間停止』は防御術として活用可能な上、『常闇』第十層の攻略において欠かせない働きをしてくれることでしょう。

……逆に伺いますがマスターはこのスキルを使わずにどうやってあの難所を乗り切るつもりなのですか？　どうかこの私めにご教示して下さいまし」

「（せんべいを齧《かじ》りながら）〝時間を戻す〟スキルを獲得する為にこちらのルートから開けていく、ですか。しかしその為には、先日倒した突然変異体《イリーガル》以上の相手を七体以上倒さなければなりません。

文香《ふみか》の呪いを解く為の万能快癒薬《エリクサー》が眠るダンジョンにおいてこの条件の『一体』に該当する経験

値を持つ存在は、最終階層守護者のみ。どちらの方がより効率的なプランか……当然お分かりですよね、マスター」

「（季節外れのすだちおろしうどんを啜《すす》りながら）マスターは『逆能力値補正』という言葉をご存知ですか。はい、そうです。不得意な能力を獲得する時に余分なコストがかかるというアレです。マスターの能力値傾向で例えるならば指向性や拡張性、つまり『射程距離』に関する能力が逆能力値補正対象になるでしょう。

逆能力値補正の対象となる能力に恩恵を注げば、その余計なコスト分だけ他が割りを食うことになります。

具体的には、今の段階で、『射程距離』に恩恵を割り振った場合、マスターは『時間停止』のスキルとその他の能力補正を諦めなければならなくなります。

更に申し上げますとあくまで恩恵によって得られるものは『補正』であり、『増強』ではありません。

つまり能力の上昇値はマスターのステータスに依存したものになるわけで、当然加えられる値もぽんこつなものになります。

……そのような恩恵の浪費を私が許すとお思いで？」

もうね、オーバーキルもいいところよ。最後の方なんて俺何故《なぜ》か謝ってたからね。

これで名目上『対等』な契約っていうんだから鼻で笑っちゃうよな、ホント。

◆再び古寂びた神社・境内

「しかもそんな嫌な思いしてまで手に入れた『時間停止』の発動時間が中々伸びないからって睾丸《ムスコ》を蹴られるんだぜ。……今日日暴力ヒロインなんてヘイト対象にしかならねーんだぞ。いや、暴力ヒロインだってこんな理不尽に睾丸蹴らねーわ。なんだよ睾丸蹴られたくなければ術で防いでみろって。たまったもんじゃねえよ、タマだけにな……ハハッ……ハハハ……」

涙が頬を伝う。

睾丸が痛いからじゃない。もろち……じゃなかった、もちろん睾丸も痛かったがそれ以上に心が痛んだからだ。

俺は何をやってるんだ？　どうして睾丸を蹴られている？

……それは弱いからだ。チュートリアルの中ボスで、主人公達にタコ殴りにされるような貧弱玉無し糞野郎だからいけないのだ。

強くなりたい。睾丸を蹴られても顔色一つ変えないでいられるほどに、強く。

「ふむ」

俺が熱いモノローグで自己憐憫《れんびん》に浸っていると、裏ボス様が右手を顎に添えながら寄って来た（ちなみに左手は卵サンドを口に運んでいる。隙がない）。

「……なんだよ、もう再開すんのか」

「いえ、少し思いついたことがありまして」

その発言に背筋が凍る。

タイムを伸ばす為に人の睾丸を人質に取るような女の「思いつき」なんてどうせ碌《ろく》なもんじゃない。

「先に断っておく。もし俺にこれ以上の拷問を仕掛けてきたら……その時はここで失禁してやるからな」

「ならば粗相をしないように機能不全にして差し上げます――冗談ですよ。そんな必死になって逃げようとしないで下さい」

全身全霊の力を振り絞って逃げ出そうとする俺の首根っこを、白魚のような細腕がむんずと掴《つか》んだ。

やばい。死ぬ。凶一郎《きょういちろう》が凶子になる。

「落ち着いて下さいマスター。今日はもう痛いことはしません。ほら、特別に私のココを貸してあげますから、少し休みましょう」

アルが正座を組みながら自身の柔らかそうな太ももを指す。太もも。……太ももだと？

「何を企《たくら》んでいるアル。……！　まさか膝枕をして……」

「はい」

「身動きの取れない俺に向かって顔面パンチでも決め込むつもりか⁉」

「そんな理不尽なことはしませんん」

術が解けるまで延々と睾丸を蹴ってくるような女が理不尽を語るな！

歯を剥き出《むきだ》しにして精いっぱいの威嚇を試みる。

これ以上痛い思いはしたくない。イタイノ、ヤダ。

「ふむ。どうやら想定以上に精神的負荷をかけてしまったようですね。このままでは今後の修行に支障が出かねません」

故に、とアルの両手が俺の頭部を抑え込み、そのまま自身の膝元へと寝かしつける。いつの間にか卵サンドは消えていた。

「これより緊急メンタルケアを行います」

「テメエ、ふざけ――――」

んな、と続く言葉が出てこない。

なんだ、なんだよこれ？　滅茶苦茶《めちゃくちゃ》気持ちいいじゃんか。

柔らかくて、すべすべしてて、なのにほんのり冷やっこい。

ただの『膝』のはずなのに、まるで涼感カバー付きの高級低反発枕のような寝心地だ。

「これは『ご褒美』です。思えば今まで恐怖《ムチ》ばかり与えてましたからね。今後は修行の成果に応じた褒賞《アメ》を用意し、マスターがより従順に動くようなカリキュラムを徹底したいと思います」

お前、それ洗脳の手口じゃないかと言うよりも早く、アルの掌《てのひら》が優しく俺の頭を撫《な》でる。

まずい、と思った時にはもう遅かった。どういう経緯かは分からないが、こいつは清水《しみず》家の血筋から無条件で好意を寄せられるという特殊な性質を持っている。

そんな存在からの膝枕なでなでを受けてしまったらどうなるか。

言うまでもない。腑抜《ふぬ》けてしまうのだ。

「そうですね。例えば今回の訓練ならば、スキルの発動時間が十秒伸びるごとにこういったサービスを提供しましょう。十秒で膝枕、二十秒で耳かき、三十秒でハグ。如何《いかが》ですか、マスター」

「うん、分かった」

まともな判断が出来ない。ただ、アルがとても良いことを言っている気がする。

「ちょっと、眠くなってきた」

「はい。お休みなさい、マスター」

思考が消え、意識がまどろみへと旅立っていく中、温泉に浸《つ》かっているような充足感だけが身体を満たしていく。

あぁ、もうなにもかもがわからないけれど。

もしかしたら、アルってとってもいいやつなのかもしれない。

「マスターの精神メンテナンス、完了。やはりこの方法は使えますね」

ぐぅ。

■第二話　装備を買いに来ただけなのに……

◆浪漫《ろまん》工房『ラリ・ラリ』

ダンジョン『常闇』。幻の霊薬、万能快癒薬《エリクサー》が眠る現状唯一のダンジョン。

今まで俺達が費やしてきた労力の全ては、そこへ至る為のものだった。

精霊との契約。戦う為の訓練。冒険者としての資格に、頼れる仲間の存在。

長い時間と転生前の知識、そして死神との死闘を経て俺が手に入れてきたものはそれなりに大きい。

だけど、足りない。全然足りない。

ダンジョン内でのハウジング登録や、各種役所への届け出、それに装備の問題だってエトセトラ――――ダンジョンを潜るにあたって俺達がやらなきゃいけない事は、まだまだ無数にある。

特に装備に関しては一切の妥協が許されない。命綱となる防具の選別はもちろんのこと、武器選びも重要だ。

既に俺には『レーヴァテイン』という幻の激レア武器があるにはあるのだが、アレはどこまでいっても〝生き物を切るナイフ〟だからなぁ。場合によっては格上殺し《ジャイアントキリング》も為し得る半面、武器同士のつばぜり合いや、再生能力持ちと相対した時なんかはただのナイフに成り下がっちまう。

どっちかっていうとサブウエポンとか、コンポパーツ向きの武器なんだよなぁ、レーヴァテイン。依存すると弱いけど、選択肢の一つとしてみるなら滅茶苦茶使えるみたいな感じ？　いずれにせよ、メインウエポンは別途用意しておいた方が無難というのが、俺とアルの共通見解である。普段使いに適していて状況を選ばず使えるような武器。丈夫で長持ちするタイプならなお良しといったところだ。

「というわけで、今日はここで装備を整えたいと思います」

曇り空の昼下がり。隣でクレープを頬張るアルに鈍色のビルを紹介する。俺と裏ボスの組み合わせ自体はいつものことなんだが、修行以外でアルと外に出かけることは意外に少ないので、実はちょっと新鮮な気分。

「浪漫工房『ラリ・ラリ』。初心者お断りな強気な価格設定とそれに見合った高スペック商品を提供している店舗群だ」

と、ゲーム知識を披露してみる。

こっちの世界での評判も精査した上でのチョイスだからまるっきり出鱈目《でたらめ》ということもないだろう。ファクトチェック、マジ大事。

「自分の命を預ける相棒に妥協はしたくないからな。幸い懐事情は解決しているし、ここでの買い物も問題なく行えるはずだ」

「そうですね。全く可愛《かわい》げはありませんが」

「…………」

まぁ、確かに。資格取ったばかりのルーキーが高級装備を買《か》い漁《あさ》るのってなんだか成金《なりきん》ぽくって鼻につくよな。

でも、それを言っちゃあおしまいじゃないかねアルさんよ。

「別に私は何も感じませんよ。……というより、やはり気にしていらしたのですね」

「ぐ」

図星だった。

「(いや、そりゃあ気にもするでしょうよ)」

タダでさえ冒険者試験のあれこれでデビュー前から目立っちゃってるのよ俺達? そこに来て上級者向けの高額装備をこれ見よがしに纏っていたら周りはどう思う? 『あ、あいつ調子乗ってんな』って思うじゃん。少なくとも俺は思うね。

「相変わらず七面倒くさいことを考えますね、マスターは。別に良いではないですか。そのお金は、貴方《あなた》が命懸けで稼いだものでしょう」

アルが無表情のまま、呆《あき》れの色をこちらに向ける。

裏ボスの意見は、一面においては正しい。

現在俺の冒険者バンクに眠っている預貯金は、八桁を超えている。

あのド腐れロリコン死神野郎を討伐した際にドロップした精霊石がやたら高く売れたんだ。当然、金は遥《はるか》と折半したが、それでも優に八桁はある。

「(てか冷静に考えれば考える程ヤバイな、八桁。ルーキー中学生が持っていい金額じゃないよ。普通に金銭感覚狂っちまうし、何だか脳に悪影響及ぼしそうで普通に怖いよ八桁円《えん》)」

……まぁ、この際俺の卑屈な小市民根性についてはどうでもいい。

大事なのは、俺の手元に大金があり、その上でどのような店を選ぶべきかということなんだ。

とはいえ、ひとえに装備ショップといってもその『ウリ』は千差万別である。

手頃な値段で買える初心者ご用達の店もあれば、機能性を重視した玄人向けの店、海外製の商品ばかりを揃《そろ》えた店舗なんてものもある。

そんなお熱い装備品業界における『ラリ・ラリ』の強みはどこかというと、それはひたすら『高品質』であるということだ。

一流の職人達が、希少素材を惜しみなく使い、時に『変態』とも称されるイカれた技術力で『作品』を創造する工房兼展覧場。

それが『ラリ・ラリ』の強みであり、特徴だ。強い装備を欲している今の俺達にとって、これほどうってつけの店もないだろう。

「というわけで、今日はここで装備を整えたいと思います」

「つい先程同じ台詞《せりふ》を聞きましたが」

「さっきのは紹介で、今のは決意表明みたいなもんだ」

「……たまにマスターの感性が分からなくなる時があります」

それはお互い様なので深く考えてはいけない。

というわけで、しゅっぱーつ！

◆

七階建ての雑居ビルにごちゃごちゃ集められた雑貨ショップ群――『ラリ・ラリ』の第一印象は、そんな感じだった。

やさぐれた町内のお祭りと言えば良いのだろうか。どの店も派手に主張はしているのだけれど、そこに協調性は全くない。

ショッピングモールのような喧騒《けんそう》さはないのだけれど、全体的に目にうるさいのだ。極彩色の孔《く》雀《じゃく》達が、羽を広げてドヤ顔アピールしているような外観の店が兎に角多い。

そんなアングラ臭に満ち溢《あふ》れた冒険者のテーマパークをアルと並んで歩いていると、ハートマークと唇を合わせたような看板が目についた。

『マザーズミルク』と書いてある。

中に陳列されているのは……耐性補助アクセサリーの類だろうか、多種多様な色彩の宝石達が、アクリル製のショーケースの中で輝いていた。

耐性補助アクセサリー。精霊石を加工して作られた装飾品。

冒険に必須とは言わないが、あると便利なのは間違いない。

「ちょっと入ってみてもいいか」

「どうぞ」

アルに軽く礼を言い、少しの緊張感を孕《はら》みながら店の奥に入る。

「いらっしゃい」

出迎えてくれたのはベビーキャップを被った親父《おやじ》だった。ベビーキャップ……？　いやいや、きっとベビーキャップに似た形の帽子ってだけだろう。パンチの利いた衣装に一瞬尻込みしそうになったが、親父の愛想自体はとても良いので問題ない。

……問題ない、よな？

「こんにちは。えーっと、お店見させて頂いてもいいですか？」

「いいよ。ついでにお店のもの買ってくれるともっといいよ」

ニコニコしながら、中々反応しづらいことを言ってくれる。出来るな、この親父。店の看板名が『マザーズミルク』で赤ちゃん帽みたいなものを被っていること以外は完璧だ。

「それは完璧とは言わないのでは？」

「良いんだよ、アル」

世の中には深入りしない方が幸せなことが沢山あるのさ。

とまぁ、そんなこんなで俺達は店内を一巡することにしたのだが、もうね、スゴいの。なんというか流石『ラリ・ラリ』って感じ。

どれもこれも手作りな上、性能も軒並み高くておまけに綺麗《きれい》。当然値段も相応にワンパクだが、見てるだけでも心が満たされるから問題なし。ウインドウショッピングって楽しいよなホント。

「うわ……この変換率やべぇな。出力犠牲に耐性超アップじゃん。市販のスペック超えてるよ完全に」

思わず溜息《ためいき》が出る。ショーケースに並べられた各種変換系耐性付与リングのパラメータは、ダンマギ廃人の俺でも目を見張るものだった。

「兄ちゃん、そいつはお買い得よ。なにせこの変換率で八十万よ。絶対買いよ、買い」

当然、店の親父が提示した額も目を見張るものだった。複数装備前提の補助アイテムが一個八十万か……。少し心が動きそうになるが、いかんいかんと首を振る。

落ち着け凶一郎《きょういちろう》。ここでホイホイと即決していたら、キリがない。財布の紐《ひも》は、計画的に緩めなければ。

「すいません。他の店も見て回りたいので、後でまた来ます」

「おー、残念！　でも絶対また来てね。約束よ、約束」

人の良さそうな親父の笑顔に、少しだけ申し訳なさを感じた。

すぐに来られるかは分からないが、アクセサリーが入り用になったら必ずここに来よう。

「うまいこと店主の術中に嵌《は》まりましたね」

「そんなことないぞ」

ないよ……ね？

◆

「いらっしゃい。ヘッドギア専門店『ブレインウォッシュ』にようこそ。おすすめは、小型の霊力保護膜で頭部全体を守ることの出来る頭部保護用小型霊膜発生器《アストラルヘッドギア》でございまぁす。イヤホン型、チョーカー型どちらも揃えてありますよォ」

二軒目に入った頭部用防具《ヘッドギア》専門店もインパクト抜群だった。

メリハリのきいたボディの知的系美人が、白衣をたなびかせてお出迎えしてくれたのである。

……いや、誤解して欲しくないのだが女性が白衣を着ているからインパクトがあると言っているのではない。

少々、スカートのスリットが深いのが気になるが、それでもお洒落《しゃれ》の範疇《はんちゅう》だ。一々目くじらを立てるほどのことでもないだろう。

問題は――――。

「やだぁ……っ！　お兄さんってばスゴい筋肉。いっぱい鍛えてらっしゃるンですねぇ」

この猫なで声を出しながらセクシーに迫ってくる店主さんの声が、野太い男声《バリトンボイス》だということだ。

「こんなイケてるお兄さんだったらぁ、私、いっぱいサービスしちゃうかもぉ……」

フッと店主さんの吐息が耳元に吹きかけられる。なんだろう、春だというのに背筋が冷える。

性の多様性についてとやかく言うつもりは毛頭ない。色んな愛の形があるのは素敵なことだし、人間の数だけ性別があったって良いと思う。

「あはは、アリガトゴザイヤス」

ただ、それはそれとして俺は女の子大好き人間なので雄々しい男声で迫られると萎縮してしまうのはもう仕方がないことなのでどうか許して欲しい。後パーソナルスペースは守って下さい。ていうか顔近いです、息荒いです！　香水キツイデスッ！

「異世界の地で出会ったばかりの美人に迫られる――――マスターの夢が一つ叶《かな》いましたね」

「これはちょっと違くねぇか!?」

絶対違うよね!?

◆

その後も俺達の魔境探訪《ラリ・ラリ》は続いた。

インナー、アウター、レギンス、ガントレットにレガース――――どれもこれも高性能高価格な上、店員が大体濃い人達だった。正直何人か帰りたくなるレベルの変態もいたけれど、それもいつかは良い思い出になればいいなと思っている。思っているというか、出会った記憶をリセットしたい。

そんなこんなで今は休憩タイム。ビル内の小洒落《こじゃれ》た喫茶店で糖分補給中だ。

「大凡《おおよそ》の組み立ては見えてきましたね」

アルが巨大タワーパフェを崩しながら喋《しゃべ》り始める。毎度のことながら本当によく食べる女である。

「マスターは近距離特化型ですから、インナーは『ソドム』、アウターは『マゾッホルマリン』、頭部保護用小型霊膜発生器《アストラルヘッドギア》は『ブレインウォッシュ』が良いかと」

「ヘッドギアについては俺も同意見だ。ただ、インナーとアウターはもう少し軽量型の方がいいんじゃないか？　個人的には『ペドミナス』とか『バタードッグ』辺りで買った方が柔軟に動ける気がする」

「では、インナーを『ペドミナス』、アウターを『マゾッホルマリン』ならばどうです？　更に運動性を重視するならばこれらに加えてガントレットやレギンスを『豚汁』や『ヌーディストビーツ』で揃えることを勧めます」

「うーん……。いや、いっそのことガントレットとレギンスは軽いプロテクターでもいいかもな。『ＮＴＲＢＳＳ』の商品なら耐久性もそれなりだし」

「ふむ。一考の余地ありですね」

知らない人が聞いたら卒倒するような危ない会話。

何故だろう。俺達は店の名前を並べているだけのはずなのに、羞恥心がムクムクと膨れ上がってくる。

それもこれも全てここの変態達が悪い。自分の性癖を店名に晒して個性とかほざいてくるんだぜ。

うん、限度って言葉知ってるかな？

ゲームの時からおかしいとは思ってたんだ。『ラリ・ラリ』はビル内に複数のテナントが出店しているって設定なのに、店名が「武器屋」とか「アクセサリー屋」とかで統一されていたんだよ。

その理由が今なら分かる。表に出しちゃいけない個性って……あるよね。

「うん。甘い」

洋皿に盛りつけられたバニラアイスを掬《すく》い、舌に流し込んでリフレッシュを図る。

これ以上変態達のことについて考えるのはよそう。

深淵《へんたい》をのぞく時、深淵《へんたい》もまたこちらをのぞいているのだ――露出狂《みられたがり》な上に盗撮魔《みたがり》とか業が深すぎだろ――いや、もういい。変態は本当にもういい。

俺が集中すべきは自分の装備についてだけだ。余計なことを考えない為にアルに話題を振る。

「防具はここらで良いとして、問題は武器だよな」

「まともな武器がほとんどありませんでしたからね」

溜息がこぼれる。ここで言う「まとも」とは性能が良いという意味ではない。正気かどうかという意味の「まとも」である。つまり変態ということだ。

奴らは人として変態なだけでなく、武器職人としても変態だったのである。……あぁ、そうさ。

やっぱり変態の話だよクソが！

例えばある店では『爆発する槍《やり》』を売っていた。

その槍には注意書で「爆発しても平気な方向け」と書いてあった。

店主の話によると爆発の威力を高め過ぎた結果、使用者を巻き込んで爆発する神風特攻仕様になってしまったらしい。

だから爆発しても大丈夫な人間にしか売れないと変態は嘆いていた。

「(……うん、そうだね、爆発しても大丈夫な人に売ればPL法も許してくれるよね)」

またある店では、五種変形合体機能付きの空飛ぶパイルバンカーセットが販売されていた。

日朝《ニチアサ》アニメの合体ロボよろしく五つのパイルバンカーが合体し、オート操作で敵に突撃してくれるらしい。

「(……うん、武器ってなんなんだろうね)」

そして極めつけはメイドだった。

メイド。お帰りなさいませしてくれるあのメイドさんである。

高度な人工知能を搭載したそのカラクリは、戦闘から炊事洗濯そして主の夜伽《よとぎ》までサポートしてくれるらしい。

武器等製造法の範疇に含まれるのか極めて怪しかったが、ちょっとそそられたのは秘密である。

「(……うん、それ譲ってくれない?)」

とまぁ、こんな風にどこもかしこも浪漫工房の名に恥じない変態ぶりを発揮してくれやがるお陰で「まとも」な武器が全然見つからないのよ。

そういえばネットの評価も防具中心だったよな、と今更ながらに思い出す。

こりゃあ色眼鏡《バイアス》かかった兇一郎《きょういちろう》さんが失敗しちゃったパターンか？　……いやいや、待ってくれよ。これは流石に読めないって。

だってゲームの中ではまともな武器売ってたし、野生の変態もいなかったんだぜ？

アレか？　これから二年かけて本編と帳尻合わせる為の出来事があるっていうことか？

そんなの誰が分かるんだ。少なくとも俺には無理だったよコンチクショウ。

「敢《あ》えて評価点を挙げるとするならば、刀系統は比較的まともだったと思います」

頭を抱える俺とは対照的に、アルは至極冷静な面持ちで一つ目のタワーパフェを平らげた。奴の胃袋は底が知れない。

「確かに刀は普通のものが多かったよな。変わっているものでも蛇腹剣から弓に変形するくらいの刀《もの》だったし」

普通の基準が段々おかしくなっている気がするが、それでも刀は「まとも」だった。

「でも刀はなぁ……」

蒼乃遥《あおのはるか》という最強剣士キャラの隣で刀振るうとか最早《もはや》ギャグでしかないだろう。なんだったらあいつ刀増やせるし。

命が懸かっているわけだから変な武器は選べないし、かといって刀は遥《はるか》と被っちまう。

「(……まぁ、でも一応聞いてみるか)」

スマホを取り出しながら、思い直す。別に完全上位互換がすぐ傍《そば》にいるからといって、俺が刀を使ってはならないなんて道理はどこにもない。アニメや漫画じゃあるまいし、メインウエポンが被ったところで、誰も文句は言わんだろう。

それに折角、良い刀を扱っている店に来ているのだ。ここで諦めるのはちょいともったいない。

刀の専門家に相談してみて、もしもいいねと背中を押されたら、その時は大手を振ってカッチョ

良く刀を振ってやろうではないかと思い立ち、スマホを使って蒼乃《あおの》さん家の遥《はるか》さんに相談してみたところ

『うーん、却下☆』

にべもなく、そんな答えが返ってきたのである。

『なんでさ。お前ほどじゃないけど、俺も使えるぞ、刀』

『んー、そうじゃなくてだね。刀って戦闘で使えるだけじゃダメなんだよ』

『？』

さっぱり意味が分からない。刀って戦う為の道具でしょ？　だったら戦えればそれで良くない？

『良くないー。刀ってすごい繊細なんだよ。ちょっとでも打ち所が悪かったり、雑に硬いものを斬ったりしたら、すぐに刀身ポッキリさんだよ？』

『あ』

言われて、ハタと気づく。

そうだ。刀って本来、そういうものだったんだ。

切れ味に重きを置いている分、耐久性を犠牲にしているから脆《もろ》くて壊れやすい。

一撃の破壊力よりも継戦能力が求められるダンジョンの戦闘において、壊れやすいってのはかなりのウイークポイントだ。少なくとも、俺みたいなパワー系には向いてない。

『刀が切れ味の代わりに耐久性を犠牲にしてるっていうのは、少し違うよ。肉厚で硬い子もほんとはいっぱいいるんだ。だけど』

遥曰《はるかいわ》く、そういうのは〝トレンド〟じゃないらしい。

加えてそういう厚みのある刀でも、やっぱり連続使用には向いていないそうで
『凶さんが一本の刀で刃毀《はこぼ》れ一つ起こさずに戦い続けられるって言うのなら、あたしも無理に止めはしないけどさ』

『いや、ごめん。餅は餅屋に任せて、俺は大人しく頑丈な武器を探すことにするよ』

『そう？』

彼女のように、あらゆる刀剣を傷一つつけずに延々と使い続けられるような技量は俺にはない。

アル曰く、俺の武才はどれだけ贔屓目《ひいきめ》に見積もっても『並み』止まりらしいから、扱いの難しそうな武器は避けた方が無難だろう。

『ありがとな、遥《はるか》。お前に相談して正解だったよ』

『これくらい大したことないってー。第一あたし達は、一蓮托生《いちれんたくしょう》のパーティーメンバーでしょ？だから、助け合うのは当然なんだよ』

そんなことを、彼女はとても嬉しそうに言ったのだ。

『ゴールデンウィーク、楽しみにしてるよ。あたし達の初めての冒険、絶対いいものにしようね』

『あぁ。任せておけ』

それから少しだけ他愛もない話をして、彼女との電話を切り上げた俺は、改めてアルと武器について話し合った。

「うーん。まだ全部回ったわけではないけれど、武器は別の所で買った方がベターかな」

「どうしてもここで買わなければならないという義理も義務もありませんからね」

夕焼けに染まった外の景色を眺めながら、「仕方がない、別の場所を探そう」と

「兄さん兄さん！　ちょっといーーい？　もしかしたらお兄さんの力になれるかもしれないめっちゃ耳寄りな情報があるんだけど！」

そう決断しかけた俺の耳に、明朗な女性の声が響いた。

何事かと後ろを振り返る。背もたれを挟んだ向かい側の席からこちらをしげしげと観察する女性と目が合った。

「えーっと、はい？」

「んー？　んー、んー！　嘘《うそ》!?　もしかしてお兄さんってば噂《うわさ》のスーパールーキー？」

オレンジ色の長髪をサイドテールでまとめ上げたギャルっぽい見た目の女性は、間違いないと目を輝かせながら手を叩《たた》く。

……スーパールーキーか。面と向かって言われたのはこれが初めてだけど、普通に恥ずいな。

「多分合ってます。えっと何かご用でしょうか？」

探り探り尋ねてみると、ギャルっぽいお姉さんは潑剌《はつらつ》とした瞳を喜色に染めた。

「うわー！　ヤベェ、ガチモンじゃーん！　あーし超ついてるしー！」

「……あの？」

「あーゴメンゴメン。ちょっと自分の世界にトリップしてたワ。あっ、あーしは八島《やしま》グレン。ここで武器屋開いてまーす！　よろしくねっ☆」

盛大にデコられた人差し指と中指を顎に添えてあざとくアピールしてくるグレンさん。やだ、普通に可愛い。

「マスターのチョロさは発情した動物並みですね」

「…………」

否定できない。少なくともどんなチョロインよりチョロい自信がある。

その後俺達はなんやかんやと簡潔な自己紹介を交わし、軽い談笑も挟みながら親交を深めた。

「それで最初に言っていた力になれるっていうのは具体的にどういうことですか？」

「ヤバッ、喋るの楽しくてすっかり忘れてた。そう、それな！」

握った左手をポンっと叩き、すっかり忘れていたと謝りながら話をふり出しに戻すグレンさん。一々仕草が可愛い。

「ふふん♪　武器屋が貸せる力なんて武器しかないっしょ。良かったらあーしの店に来てよ。そしたらアンタ達に特別スペシャルウルトラゴージャスなメチャ強武器を売ったげる」

俺とアルは互いに顔を見合わせた。

「マスター」

「うむ」

互いの《思念共有》のチャンネルをONへと切り替え、高速ないしょ話を開始する。

吉と出るか、凶と出るか。

俺達が「とりあえず行ってみようか」という至極無難な解答に辿り着くまで後、二秒。

■第三話　着脱式可変戦闘論理搭載型多目的近接兵装『エッケザックス』

◆浪漫工房『ラリ・ラリ』

『ドヴェルグ』と店の看板には書いてあった。由来は恐らく北欧神話の鍛冶妖精からだろう。

随分まともな店名だ。まとも過ぎて逆に怪しくなってくる。もしかしたら『ドヴェルグ』という単語に俺の知らないいやらしい意味でもあるのだろうか。

「あー、安心してー。ウチの屋号に変な性癖とか入ってないから」

からからとこの店の店主であるグレンさんが笑う。どうやら俺の不安はハッキリ顔に出ていたらしい。

「すいません。このビルに入っている店って、その……独特ですから」

「それなー。アイツら変態《きもい》をステータスだと思ってる節があるからマジ勘弁」

凶一郎《きょういちろう》君も苦労したっしょ、と苦笑しながら慣れた手つきで店のシャッターを開いていくグレンさん。

極めて常識的な対応だ。とても変態の巣窟の住人とは思えないが……信じてみてもいいのだろうか。

「まぁ、でも根は良い奴らなんだよ。話してみれば割かし面白いし。純粋っていうか、愛せるバカっていうかー？　まぁ凶一郎《きょういちろう》君も無理のない範囲で接《スルー》してやってよ。仲良くなれば結構まけてくれる系が多いから」

シャッターが完全に開き、暗闇に包まれた店内が露《あら》わになる。

「ちょっと待っててねー」と店の奥の方へと消えていくグレンさんを見送りながら、俺は強い確信を抱いた。

この人、ちゃんとまともだ！

心のガッツポーズが止まらない。大人だ。変態じゃない大人がいる――たったそれだけのことが、どうしてこんなに嬉しいんだろう。

ていうか、あんな百点満点のフォロー見せられたら、こっちがキュンキュンしちゃうじゃんか。

ギャルなのに大人とか、もうそれギャップの大量破壊兵器だからねコンチクショウ！

「…………」

「なんだよアル」

「いえ、発情期の豚のようだな、と」

純度百パーセントの悪口が俺の脳に冷や水をかけた。

えっ、なんで俺の萌《むね》の内が分かるんだこいつ。《思念共有》はさっき切ったはずだぞ。

「心の内など読まずとも、マスターの童貞《はしたな》臭い妄想の類は、全てその悪人面に書き込まれておりますゆえ」

「マジで!?」

「大マジです。知己のものなら大抵読めるレベルです。……もしかして、自覚がなかったのですか？」

「なかったよ！」

羞恥心と防衛本能が悲鳴を上げ、反射的に顔を隠してしまう。

やべぇ、滅茶苦茶恥ずかしい。

というかコレ普通に危ない欠点じゃん。

要するに読心の逆バージョンってことでしょ？　なにそのゴミみたいな体質。どうしよう。仮面とかつけたらバレなくなるかな。

「そんな馬鹿な理由で仮面つけるキャラクターなんて前代未聞ですよ」

「やめて！　それ以上心を読まないで！」

どんだけダダ漏れなんだよ俺！

◆

数分後、明かりの灯《とも》った店内からグレンさんが帰ってきた。

「おまたせー。さっ、入ってよ。ここがあーしの工房でーす」

ほんのりドヤ顔なグレンさんの後に従いながら店内をゆっくり見て回る。

暖色系の光に照らされた大人ギャル職人の工房は、彼女のアゲアゲな見た目に反して非常に「武骨」な印象を俺に与えた。

「（いや、〝武骨〟だと少し語弊があるかな）」

質実剛健、整理整頓、ちゃんとしている――そう、「ちゃんとしている」だ。

ショーケースに並べられた武器の数々はどれも華美《かび》な装飾が施されていないし、売り物の説明欄も一枚一枚丁寧に書き込まれている。

なんていうか、グレンさんの気配りが店中に行き渡っているんだよな。

変態達の巣窟で廃れてしまった俺の心には、その優しさが染みてしょうがないよ、全く。

「今日買うのは凶一郎《きょういちろう》君だけで良いんだよね」

「はい」

アルは『異界不可侵の原則《バリアルール》』という誰得ルールのせいでダンジョンに入れないからな。残念だが俺が体を張るしかないのである。

「なに系が好きとかあるー？　ウチは手広く扱ってっから色々選べるよー」

「うーん、そうですね」

好みの武器の系統か。

単純な好悪で判断するならば、そりゃあ王道の剣とか刀が好きだが、ここで求められる「好き」は違うよな。合うか合わないか――つまり、俺のパフォーマンスを最大限に引き出し、そしてパーティー内での貢献度を高められる得物を考えよう。

であれば……。

「それなりの重量は欲しいですね。斬る力というよりは重さで叩きのめすタイプが好ましいです。遠距離ではなく近接武器、敏捷型《アジリティ》アタッカー向けではなく腕力型《パワー》ファイター、もしくはブレイカー向け、出来る限り大きめなものを用意して頂けるとありがたいです……参考になりましたかね？」

「うんうん。おけまる！　あーしの予想的中☆　そんだけ筋肉あったらやっぱりそっち系いくよねー」

「アハハッ、まぁそうですね」

霊力抜きのノーギアベンチプレスでも二百キロぐらいはいくからな。あっちの世界なら完全にモンスター中学生だよ俺は。

「ちなみに予算はどれくらいを考えてる？」

「物によりますけど三百万円くらいまでで揃えたいかな、と」

「じゃあもし仮に三百万円以上の価値を持った武器が相応の価格で販売されていたら、諦める系な感じ？」

アルと顔を見合わせる。なんだろう。少し変な質問だ。まるでヒアリングにかこつけてこちらの懐事情を探ろうとしているような違和感がある。

「どうする？」

「費用対効果を十分に得られるのであれば、私は別に構いませんよ」

「だよなぁ」

無駄遣いをしないようにと一応の予算は決めてあるが、金はそれなりにあるのだ。

良いものが良い値段で買えるというならば、是非もなし。財布の紐を緩める覚悟は出来ている。

……全うな取引であればの話だが。

「そうですね。大体五百万円……いや、本当に良いものなら一千万までなら出せます」

その言葉を聞いた瞬間、グレンさんの目の色が変わった。

欲に駆られた、という感じじゃない。もっと原始的で切迫した感情が、彼女の瞳の奥で燃えている。

「マジで？　その言葉に二言ない？」

「えっと美術的価値とかは勘定に入れませんよ？　あくまで実用性の面だけで判断した場合の最大値が一千万というだけで」

「もちろん！　それはあーしが保証する。純粋な機能性だけで八桁の価値が出せるとっておきがあるんだ」

そのまま天狗《てんぐ》もかくやというスピードで店員専用の仕事室へと駆けて行くグレンさん。良く言えば清々《すがすが》しく、悪く捉えるならば露骨な行動だ。

「絵画商法の武器版って展開だけは勘弁して欲しいな」

ゲスの勘ぐりだといいんだが、少なくともグレンさんがとてつもない価格の高額商品を取りに行ったことは間違いない。正直、不穏。

「喫茶店で唐突に話しかけられる。自分の店に来ないかと誘われる。予算をしつこく尋ねられ、最終的に店頭にない高額商品が現れる――――成る程、これは美味《おい》しいカモ鍋が出来そうですね」

「人の心がないのか!?」

というか主がカモ鍋になる前に止めようとかそういう発想はないわけ!?

「面白そうなので写真に撮ってネットに拡散します。タイトルは『【悲報】噂のスーパールーキー、高額武器詐欺にあう。〜非モテ男子の悲しい性《さが》』なんてどうでしょうか」

「血も涙もねぇ!」

サブタイトルまでつけやがって!

「いいさ、そんなに馬鹿にすんならよく見とけよアル。この俺が冷静かつ冷酷に物の真贋《しんがん》ってやつを見極めて――――」

「ごめんごめんー。大分待たせちゃったねー!」

「――――いえ、全然お構いなく。こっちはこっちで楽しくやっておりましたので!」

瞬時によそ行きの顔に切り替えて、戻ってきたグレンさんに微笑《ほほえ》みを向ける。

おいやめろアル、ゴミに向けるような視線をこっちに送るな。

男ってのはいつだって女子に良い顔したいんだよ!

「凶一郎《きょういちろう》君とアルちゃんってめっちゃ仲良いよねー。やっぱり二人はカレカノ《ビッピ》同士なん?」

「ハッ」

「うわー、パネエ、アルちゃん。その反応だけで違うって分かるわ」

一笑に付すとは、こういう顔のことを言うのだろう。

しかしなんて小憎たらしい表情をするんだこの裏ボスは。

ていうかアレだ、これ睾丸《キン○マ》蹴っている時の顔じゃねぇかクソが!!

テメェ男のシンボル蹴り飛ばす感覚で、主の雑魚メンタル傷つけて楽しいのかよ、このドS!

「楽しくなどありませんし、ドSでもありません。むしろ主の性癖に合わせてサービスでやっている節すらあります」

うるさい! ナチュラルに人の心を読むな! 後いつも通りの感覚で人の息子を蹴るんじゃないよ。

……あぁ、もう。兎に角話題を変えよう。このままじゃ本当に埒《らち》が明かない。

「えっと、ソレは一体?」

十中八九、高額武器が乗せられているであろうキャスター付きコンテナボックスを眺めながらグレンさんに訊《き》いてみる。

「これ? ふふーん気になるー? えへへ、この中にはねー、さっき話したとっておきが入ってるんだー」

おーっ、と派手目なリアクションを取りながら様子を窺《うかが》う。

トビ色の布に包まれていてディテールは摑めないが、どうやら相当デカい代物のようだ。

「まぁ、引っ張ってもつまんないし早速オープンしちゃうねー。はーい、ドーン☆」

そうしてグレンさんの手によってコンテナの中身が露わになる。

中に眠っていたのは、黒い棍棒《こんぼう》だった。全体的に長大で、柄と棒の中間にトリガーや弾倉らしきものが確認できる。

ガンブレードの棍棒版、いやいやそんなのゲームの中でしか――――。

「えっ？」

そうだ。この形。見覚えがある。

記憶の出所はゲーム。

しかも他ならぬ『精霊大戦ダンジョンマギア』シリーズの二作目だ。

突くは槍、振れば刀剣、払う姿は薙刀《なぎなた》のよう――――そんな棒術の変幻自在性を物理的に叶えた武器が、目の前の黒棍棒と重なっていく。


何故だ、どうしてお前がここに在る？

……いや、落ち着け凶一郎《きょういちろう》。

あの武器が、裏カジノの最高景品として扱われていたあの超特殊武器が桜花の街のアングラ鍛冶屋で売っているわけないだろう。

きっと何かの間違いだ。

それを証明する為に俺は今から決定的な問いを投げかける。

「すいません。この武器の銘はなんと？」

武器を拝んで早々に名前を訊くというのも変な話だったが、グレンさんは快く答えてくれた。

「名前は『エッケザックス』。あーしの最高最強傑作さ☆」

◆

『エッケザックス』。正式名称は、着脱式可変戦闘論理搭載型多目的近接兵装『エッケザックス』というのだそうだ。

「この子のすごいところはねー、自分の形を変えられるんだよ。基本形態は『棒』だけど、『剣』にも『槍』にも『鎚《つち》』にもなれちゃう。比喩じゃないよ、実際になるんだ」

武装の形状変化。

エッケザックスの基本コンセプトは、案の定、そして驚くべきことにゲーム時代に出てきた同名の武具と全く同一のものであった。

あり得ない。グレンさんが、あのエッケザックスを作ったというのか？

ゲーム時代のフレーバーテキストによれば、エッケザックスは製作者不明の武器ということになっている。

だから、そういう解釈の余地もゼロじゃない。

作ったのが誰だか分からない以上、原作に出てこない八島《やしま》グレンという名のギャル系職人が製作者だったとしても理屈の上では通るからだ。

しかしそれでも俺は信じられなかった。

理由は簡単だ。エッケザックスほどの特殊武器を作り出した名工が、後の歴史に名前すら残さない人物であるとは到底思えないからである。

エッケザックスは、その構造が二作目の時間軸ですらブラックボックス扱いを受けていた代物だ。

武装の形状変化という唯一無二の特性。超硬度、超質量による圧倒的な攻撃力と耐久力の両立。

その二つが組み合わさる事で「打突斬の物理属性を自由に切り替えながら攻撃できる超高攻撃力武器」という頭のネジがぶっ飛んでいるとしか思えない相乗効果を発揮していた謎の多目的近接兵装。

その〝謎〟の部分が今――

「変身する秘密はねー、あーしが独自ブレンドで生み出した『スライム鋼』って金属にあるんだー☆　とりま簡単に説明すると『めっちゃ硬くて、めっちゃ頭のいい形状記憶合金』って感じかな。これに精霊石と霊力ぶっかけて、特定のアルゴリズムをパターン化したプログラムを埋め込むことで変形するんだけど……実際に体験してみた方が早いと思うから、凶一郎《きょういちろう》君これ持ってみて」

――あっさりと明らかになったことに、軽い目眩を覚えかけたものの、俺はそれをなんとか堪《こら》えて黒棒の柄の部分を掴んだのである。

重い。決して持てなくはないし、戦闘行動にも支障はなさそうだが、この筋肉の要塞のような身体を持つ俺ですら重量感を覚えるほどの重み。

良い手応えだ。上腕二頭筋も喜んでいる。

「やっぱスゴいねー、凶一郎《きょういちろう》君。この子相当重いのに軽々と持ち上げちゃった」

「ハハハハ。鍛えてますからね！」

ヒョロガリだった頃の凶一郎《きょういちろう》君とは一年前にサヨナラしているからな。

今ここにいるのは、一年間鬼教官にしごかれまくった末に生まれたバルクモンスター。凡人ゆえに筋肉の鎧《よろい》を纏うしかなかった悲哀の化身さ、フッ。

「キモい勘違い系ナルシシストにしか見えないのですが」

「シャラップ」

そもそもこんな身体にしたのはお前じゃろがい。

……っと、グレンさんが苦笑している。話を戻さねば。

「すいません、一応持ちましたけど、この先どうすればいいですか？」

「えー、もうちょっとアルちゃんといちゃついててもいーんだよ？」

「いえ、全くもって大丈夫です」

「ほんとに？」

「本当の本当に」

「ハッ」

「お前はその顔をやめろ」

「じゃあお言葉に甘えましてー」とグレンさんがにまにました顔で俺に小物を手渡してきた。

何か変な勘違いをしているようで若干不安だったが、とりあえず細かいことは無視して手に置かれた物体へと目を落とす。

渡されたのはやや大きめの弾薬筒だった。

先端の弾丸部分がやたら刺々《とげとげ》しい。

「店主、この奇妙な物体は何に使うものなのでしょう」

珍しくアルが直接グレンさんに問いかけた。

自分の時代になかった武器《もの》だから興味を持ったのだろうか。

でも、これ多分本来の使われ方しないぞ。

「これはねー、着脱式戦闘論理《カートリッジ》っていうの。秒で説明するとエッケザックスを変身させる為の設計図が入ってるんよ。専用の補助記憶装置《メモリ》的な感じだねー。

で、だ。早速なんだけど凶一郎《きょういちろう》君さ、そこの『斬』って書かれた弾を弾倉に入れてくんない？」

「分かりました」

薬莢《やっきょう》部分に『斬』とラベリングされた弾丸を装填する。

確かゲームだと、この後
「そいで撃鉄落として～」

そうだよな、と金具を起こす。カチリと、小気味良い音が店内に響いて、それで……って、ちょっと待って。

「ドーンと引き金引いちゃえば変身だよ☆」

だよな！　そうなるよな。

いや、でもいきなり店内の真ん中でハイそうですかドーンは流石に気が引けるよ！

「あの、ここで引いちゃって大丈夫なんですか？」

「ダイジョーブダイジョーブ。それ、銃の構造借りてるだけで実際に発砲するわけじゃないから、気にせず撃っちゃってー」

ゲーム通りの仕様にほっと胸を撫で下ろす。

そういうことなら安心して撃てそうだ。

「分かりました。では……」

無事に店主からの許可を頂いたので、改めて引き金に手をかける。いくぞ
一、二の、三…………！
人差し指を力強く押し込み、弾丸の力を解放する。

起こった変化は快音と振動。引き金を引いた衝撃――――いや、それ以上の何かがエッケザック
スの巨体を根本から別のものへと変えていく。

例えるならばそれはスライムの侵略だった。

黒いスライムが柄の先をうねうねと這《は》い回《まわ》り、好き勝手に黒棒の存在をこね繰り回しているのだ。

うねうねうねうね。先端が尖《とが》る。

うねうねうねうね。全体が角張っていく。

うねうねうねうね。角はやがて複雑に絡み合いながら刃を形成し
うねうねうねうね。

うねうねうねうね。

そうしてうねうねと待つこと約五秒、俺の手に握られていた黒棒だったものは、その姿形を見事
な黒剣へと変えていた。

分厚く、そして精巧な剣だ。刃は名工の手によって研ぎ澄まされたかのように鋭く尖っている。最早反論の余地もない。こいつは、本物のエッケザックスだ。

「どうっ、スゴいっしょ！」

グレンさんの自賛に心の底から首肯《しゅこう》する。

脱帽という他ない。

未来の時間軸においてすら『謎の技術の集積体』と称されていたエッケザックスを、彼女はこの時代に生み出していたのだ。

間違いなく武器史に名を残す大偉業を、グレンさんはやってのけている。

「すごいです」

興奮気味に声を上げる。

「メッチャすごいです。俺、貴女《あなた》のこと、心の底から尊敬しますっ」

「うわ、そんなん言ってくれるなんてマジ凶一郎君良いやつじゃん」

「……ええ、だから」

だからこそ、俺は不思議でならなかった。

「だから聞かせて下さい。どうしてこれほどの武器が売れていないんですか？」

何故、『八島《やしま》グレン』の名前が未来の歴史に刻まれていないんだ？

エッケザックスは製作者不明の武器とされ、『ラリ・ラリ』の変態達は影も形もなく、技術と値段だけは一流の高級店へと様変わり。

そう。未来の世界、つまりダンマギの世界の『ラリ・ラリ』には、グレンさんを含め今ここにいる住人達が誰一人としていないことになっている。

何があった？　いや、これから何が起きる？

その取っ掛かりを得る為にも、俺は知らなければならない。

一体彼女が何を抱えているのかを。

「たははー、凶一郎《きょういちろう》君痛い所つくなー」

グレンさんは気まずそうに天を仰ぎながら息を吐き出し、やがて自嘲するかのような笑顔で事情を語ってくれた。

「自分が作った最高傑作にこんなことを言うのもアレだけど、この子中途半端なんだよ。製作費とか諸々《もろもろ》考えると初心者に売れるもんじゃないし、かといって上の連中は『天啓《レガリア》』持ちが多いじゃん？」

「ですね」

天啓《レガリア》。アバターではなく、本体をダンジョンに置く精霊――つまりはボスクラスの敵が討伐された時に落とす専用アイテムである。

その形式は武器や防具にアクセサリーと多彩だが、どいつもこいつも人智《じんち》を超えたぶっ壊れ性能であることは間違いない。

なにせ天啓《レガリア》は、ボス精霊の霊基情報《デ ー タ》がアイテム化したものだ。つまりボス固有のスキルや特性が何らかの形で再現されているのである。

スペックとしても高性能な上に、二つとない特殊能力を持った一点ものの激レアアイテム。

そんなチート装備を手に入れた冒険者が、果たして人間の作った装備を使うかと問われれば答えは当然否である。

特に攻略組と呼ばれるタイプの冒険者クランなんかは、主力パーティー全員が天啓《レガリア》持ちであることもザラだし、更に大手ともなると募集要項に天啓《レガリア》の所持を平然と掲げたりもする。

天啓《レガリア》は強者の証《あかし》であると同時に、冒険者の実力を計り知れないほど高める最重要アイテムなのだ。

故に強者ほど天啓《レガリア》を欲し、逆に日銭を稼ぐことを目的とした冒険者達は高額商品には目もくれない。

「おまけにこの子は〝重い〟からねー。後衛タイプはもちろん、前衛でも敏捷型には需要がない」

だからエッケザックスは売れないのだ、とグレンさんは寂しそうに教えてくれた。

「あーしとしてもこの子作るのに結構無茶しちゃってさー、結構ヤバいとこから金借りちゃったりとかしてたから早いとこ、お金作んないとマズいんよぶっちゃけ」

絵画商法じみた強引な呼び込みを行っていたのもその為らしい。結果はあまり芳《かんば》しくなかったそうだが。

「つーわけだから、この子買ってくれるとチョー助かるんだ。ダサいこと言うけど、凶一郎《きょういちろう》君の判断にあーしの命が懸かってるっていってもカゴンじゃねーの。だからお願い！　あーしのこと助けると思って買って下さい」

土下座するような勢いで頭を下げるグレンさん。本人の言う通り、確かにこの言い方はダサい――――というより卑怯《ひきょう》だ。

買わないと大変な目にあうと懇願され、もし断ってしまったらきっと罪悪感が残る。特に俺みたいなチョロインメンタル野郎には有効な方法だよ、間違いなくな。

しかもこれはグレンさん本人ですら知らないことだろうが、アンタは未来の世界で名前も残らないんだ。

ヤバいところから金を借りた、と彼女はさっき言っていた。それが本当にグレンさんの消えた未来の原因なのかは分からないし、知る術《すべ》もない。

だけど目に見える癌《がん》として彼女の借金が立ちふさがる以上、俺には無視することなど到底無理だ。

あぁ、そもそも………どうしてグレンさんほどの職人が、こんな惨めな思いをしなきゃならないんだクソが！

彼女は人類の武器史に名を残せるほどのモノを完成させたんだぞ？　並大抵の苦労じゃなかったはずだ。苦しいことも、辛《つら》いこともいっぱいあったはずだ。

そんな彼女がやっとの想いで完成させた最高の作品が売れない？　借金で破滅？　寝言は寝て言えこのゲロ運命《カス》。

頑張った奴が、偉業を成し遂げた人間が、我が子の親とも名乗れず消えるなんてあっちゃならねえし、させる気もねえよ。

「アル」

我が相棒は小さく顎を下げて了承してくれた。普段は毒舌ばかり吐く癖に、こういう時の対応だけはやたらクールでスマートでカッコいい。

最大の障害は消えた。

武器のスペックもなんら問題はない。

ならばもう、後は俺が彼女に頼むだけである。

「グレンさん」

需要と供給が合致し、客も売り手も両想い。だからこの後の展開については、殊更《ことさら》語るまでもないだろう。

◆

「どう思いますか」

『ラリ・ラリ』からの帰り道、横を歩くアルが唐突に謎のクエスチョンを投げかけてきた。右手にはケバブ、左手にはたい焼き。黄昏時《たそがれどき》の空模様も相まって、なんとなく祭りを回っているかのような錯覚を覚える。

「どう、って何が？」

「八島《やしま》グレンです。我々がその長い棒を買うという出来事は、本来の歴史には起こり得なかったイベントのはず。であれば、彼女を取り巻く環境も大きく変わるでしょう」

「だろうな」

背中に背負った特製の武器ケースに意識を向ける。見た目は超絶スリムな棺桶《かんおけ》みたいだが、これが結構持ちやすい。中に入っている俺の新たな得物も、基本の黒棒形態でぐっすりお眠り中だ。

「ならば彼女はこれで救われるのでしょうか。借金を返し、晴れて自由の身になった八島《やしま》グレンは、職人界の風雲児としてこれからも革新的な商品を作り続けることが出来るのでしょうか」

アルの美声にグレンさんへの心配や親愛の色はない。

どちらかといえば純粋な疑問、しかもその対象はどうやら俺に向けたもののようで。

「難しいだろうな」

だから俺は、正直に所感を伝えた。

「個人的にはハッピーエンドで終わって欲しいさ。だけど多分そうはならない」

「何故？」

「グレンさんの借金問題だけでは説明できない未来《ことがら》が多すぎるんだよ」

例えば何故グレンさんは名前を消されなければならなかったのか？

例えば何故『ラリ・ラリ』の変態達はいなくなったのか？

そして
「本当にエッケザックスは売れ残っていたんだろうか」

中途半端だと、グレンさんは言っていた。

初心者や日銭を稼ぐことを目的とした労働組《ワーカー》には高すぎて売れず、天啓持ち《レガリア》の冒険者にとっては無用の長物――――成る程、確かに一理あるだろう。

だがそれは上と下の間に位置する立場、いわゆる中間層の冒険者の存在を無視した論理である。

ダンマギの世界には非常に多くの冒険者が存在している。その中には金に困っていない貴族階級出身の者や、それなりの収入と実力を備えながらボス討伐まで後一歩届かない実力者だって沢山いるだろう。

そもそも、『ラリ・ラリ』は中間層《そういった》をターゲットにした店舗群だ。選択と集中の結果に適した武器を作っておいて「中途半端」は流石に自虐が過ぎるだろう。

冒険者界隈《かいわい》全体に視線を向けるのであれば、グレンさんの持論は正しい。

だけど『ラリ・ラリ』の中の視点で見るのであれば、彼女の意見は事実に即しているとは言《い》い難《がた》いものになる。

ものの見方によって正しさの意味が変わる。月並みの言葉だが、万華鏡のようだ。

「つまりマスターは、八島《やしま》グレンが嘘をついていたと？」

「そうじゃないさ」

何かまだ事情を抱えているんだろうな、とは勘ぐっているけれども。

「人間なんだ。言いたくないことの一つや二つくらいはあるだろう。それを引っかきまわしてお前は裏切り者だの嘘つきだのと捲《まく》し立《た》てるのは紳士のすることじゃない」

「では、マスターは彼女を咎《とが》めないと？」

「咎めるも何も、俺は不利益を被ってない。こうして最高の武器に出会えて、それを言い値で買っただけだ」

ついでに連絡先も交換しちゃったからな。やったぜ。

「だから感謝こそすれ、グレンさんに反感みたいなものはないよ」

ふむ、とアルが頷《うなず》き、残ったケバブを咀嚼《そしゃく》した。やっていることはただの暴飲暴食なのに、外見が女神じみているせいで非常に絵になっている。

「マスターのチョロ甘スタンスは理解しました。私としても現在のところはどうこうする気はございません」

「どうこうって……」

「ですが」

アルの芸術品のような瞳がこちらに向く。

「今後、マスターの知る未来に繋《つな》がるような出来事、いえトラブルが彼女やあの店に降りかかった時、貴方はどうするつもりですか？」

今は良くても後々厄介なことになるぞ、と警告してくれているのだと勝手に解釈する。そうさな。

その時は――

「その時は、イキり散らしながら勝手に首突っ込んでやるよ。俺の行きつけの店に何してくれてんじゃゴラァってな感じでな」

「小者感丸出しですね」

「そ。小者だから知り合いを贔屓するし、小者だから自分の都合を優先する」

主人公じゃないんだ。誰かれ構わず助けるなんて英雄じみた行動は、とても俺には出来やしない。だけど自分の手の届く範囲内で関わった人の幸せを手助けするくらいの偽善《サブクエスト》は、小者にだってやれるはずさ。

遠い世界の誰かじゃなくて、近くの知り合いにだけ手を差し伸べる。うん。やっぱ清水凶一郎《俺》には、これくらいの浅さが丁度いい。

■第四話　前夜、そして

◆清水《しみず》家・居間

時が経《た》つのはあっという間だ。

この前まで桜が満開でまさに春爛漫《らんまん》といった感じだったのに、気がつけば葉桜が目立ち始め、あの大型連休が間近まで迫っていた。

そう。みんな大好きゴールデンウィークである。

やったぜ、ひゃっほい、お祭りだ！――――なんて風にはしゃいで踊れば中学生っぽいのだろうが、生憎《あいにく》今の俺はそんなテンションじゃないのだよ。

四月二十九日、つまりもう明日の話なのだが、俺はとうとう遥《はるか》と共に初めてのダンジョン攻略に乗り出すのである。

日程は二泊三日、場所はダンジョン『常闇』である。

そう、とうとうこの日が来たのだ。伝説の霊薬、万能快癒薬《エリクサー》が眠る地『常闇』に足を踏み入れる瞬間が！　やって！　来たのである！

そりゃあもう、はしゃぐどころの騒ぎじゃない。

意味もなく奇声を上げ、無駄に遥《はるか》と二時間ほど雑談し、それでも興奮が収まらないから全力スクワット感謝の千回とかやっていたら、アルにうるさいとイチャモンをつけられ、ついでに睾丸《キ○タマ》を蹴られた。

まぁ、そんな経緯を経たお陰で今の俺は比較的冷静である。

……冷静に明日の支度をしているはずなのだが、イマイチ雑念が取りはらえない。どうしてもくだらないことを考えてしまう。

例えばゴールデンウィークの日付だ。

こちらと向こうの世界では、歴史も国の成り立ちも大分違うはずなのにゴールデンウィークが当たり前のように存在している。

しかも四月の二十九日スタートだ。いくらなんでも一致し過ぎじゃないか偶然よ。

「キョウ君！　ぼさっとしてないでこれも入れて下さい」

そんなイマイチ集中力を欠いた俺の脳みそに天上の音楽のような美しい調べが鳴り響く。

視線を向けると、そこには俺的世界最尊天使であらせられる文香《ふみか》姉さんが寝袋片手に頬を膨らませていた。

亜麻色の三つ編みから漂う石けんの匂いが、尊さすら覚えるほどに香《かぐわ》しい。傍らには作業のお供用にと積まれた大量のドーナッツ。到底一人では食べきれない数とカロリーの大群を、作業の合間に菜箸でヒョイパクと平らげてしまうところもまたいとをかしである。

「ごめん姉さん。でも、なんで寝袋？」

「もう！　何をおとぼけたことを言っているんですかキョウ君。明日からしばらくダンジョンで寝泊まりするのに寝袋の一つも持っていかないつもりですか」

姉さんの気遣いに「いや、ダンジョン内に登録した専用の家屋で寝泊まりするから大丈夫だよ」と反論しようとしたが、やめた。

オレは姉さん教筆頭信者なので何があっても姉さんの言うことに従うのだ。

姉さんが『白』と言えば、それはたとえ何色であれ白であり、姉さんが『丸い』と言えば、それがどれだけ角ばっていようがまん丸なのだ。

世界はそういう風に出来ている。

少なくとも、オレの中では〝そう〟なのだ。

「分かった。ありがとう姉さん。大事に使わせてもらうね」

俺は大きめのボストンバッグに寝袋をいそいそとしまう。よし、これはベッドの上に被せて使おう。

「ふふっ」

「どうしたの？　急に笑い出して」

何かおかしなことをしてしまっただろうか。まぁ、一時でも姉さんの無聊《ぶりょう》を慰められたのであれば、それはどのような事情であれ喜ばしいことである。つまり姉さんの笑顔は最高ということだ。

「いえ、昔を思い出しましてね。小さい頃、お母さんがこんな風に遠足の準備を手伝ってくれたなぁ、と」

在りし日の光景を思い出すように笑いながら、クマさんパジャマを渡してくれる姉さん。

母親か……。

清水《しみず》家の両親は数年前の落盤事故で他界している。

そのせいで姉さんは、遊びたい盛りなのにこうやって俺（プラス去年から居候している裏ボス）の面倒を見てくれて、なのに愚痴一つこぼさないんだ。

本当に頭が下がる。

尊敬と、申し訳なさと、尽きることのない感謝。

姉さんは、本当に偉大だ。

「あの、さ。姉さん」

だから俺は前々から思っていたことを切り出した。

「俺も明日からダンジョンに潜るわけだし、このゴールデンウィークはコレ使って羽伸ばして来てよ」

懐から取り出したカードを、姉さんの温かい掌に乗せる。

「キャッシュカード。コンビニでも使えるやつ。暗証番号は８９３１だよ。ハクサイで覚えてね」

念の為、姉さんのスマホに暗証番号の数字を送っておく。

口頭では、ふとした瞬間に忘れる可能性もあるからな。

色んな媒体に記録を残しておくのはマジ大事。

ちなみに中には七百万円ほど入っている。税金やら冒険者関係の面倒くさいお金は、別途専用の銀行口座に移してあるから、こっちはどれだけ使い込んでも安心だ。

「!?　ダメですキョウ君。お金は大事にしないと！」

「だから姉さんに持っていて欲しいんだ。俺が持ってても無駄遣いしちゃうだけだし」

わざとらしく頬をかいてそれらしい理由をでっち上げる。

もちろん、後半部分は全部建前だ。

命が懸かっている今の状況で、俺が無駄遣いを楽しんでいる余裕はないからな。

あぁ、でも漫画とか、ラノベとか、ギャルゲーとか、アニメとか、音声作品は別口だよ。あれらは心のサプリメントだからね。必要経費ってやつダヨ。

「姉さんがいつも親父達の遺産を一生懸命やりくりしているのは知っているよ。俺の母親代わりとしていつも頑張ってくれることも本当に感謝してる。

だけど、俺は姉さんにも幸せになって欲しいんだ。たまには美味しいもの沢山食べて、好きなもの買って、贅沢《ぜいたく》な休日を過ごして下さい」

「キョウ君……」

俺の熱意に根負けしたのか、姉さんは最終的にはキャッシュカードを受け取ってくれた。

いつも、ありがとう姉さん。このゴールデンウィークは、少しでも寛《くつろ》いでくれると嬉しいな。

◆清水《しみず》家・凶一郎《きょういちろう》の自室

とはいえ、清廉で優しい姉さんのことだ。放っておいたら、きっと遠慮してキャッシュカードを使おうとはしないだろう。

故に俺はとっておきの秘策を準備すべく、自分の部屋にアルを呼び出した。

「つまり、私が文香《ふみか》に贅沢がしたいと駄々をこねれば良いのですね」

今回の作戦の要である裏ボス様が、俺の意見を咀嚼する。ついでに小皿に盛りつけられた鶏皮せんべいをモッチャモッチャやり始めたので俺はしばらく間を置いてから「うむ」と頷いた。

「姉さんはアルに甘いからな。お前がどこかに行きたいとねだれば、きっと連れていってくれる」

「それはその通りだと思いますが、流石にマスターのお金を使うとなれば文香《ふみか》も躊躇《ためら》うのでは？」

「だからコイツを置いていく」

俺は予《あらかじ》めしたためておいた手紙をアルに渡した。

「ふむ。『わたくし清水凶一郎《しみずきょういちろう》は、清水《しみず》アルビオンがゴールデンウィーク中に贅沢を望んだ場合に限り、キャッシュカードで預金を自由に下ろすことを許可します。但し、預金の引き出しは清水文《しみずふみ》香《か》立ち会いのもとで行うように』ですか。ご丁寧に捺印《なついん》まで済まして…………マスターは本当にシスコンですね」

「よっ、よせやい。そんな褒めるなって。恥ずかしいだろっ」

「褒めていません。貶《けな》しているのです」

やれやれ、と小さく肩をすくめる白髪の美少女。こんな何気ない仕草一つとっても綺麗だと感じてしまう自分のチョロさが辛かった。

「で、ここからがある意味本題だ。いいかアル、姉さんとお前が歩いていたら多分滅茶苦茶目立つ。なにせ姉さんは見た目も中身も天使だし、お前も見た目は憂いを秘めた謎の美少女って感じだからな」

「失敬な。私は中身も憂いで満ちています」

「カロリーと糖分の間違いだろ。ったく、どんだけ食えば気がす――――ブフッ!?」

蹴られた。だが股間じゃないので筋肉でガード。ヌハハハッ。俺のバルクアーマーは睾丸以外への物理攻撃を無効化する鉄壁の要塞。華奢《きゃしゃ》な少女のキックなど痛《いた》くも痒《かゆ》くもないわ！　あっ、すいませんごめんなさい。ボクの息子ちゃんを狙うのだけは勘弁して下さい。

「と、兎に角だ」

ゴホンッとなんとか仕切り直しを入れる。股間がジンジン痛むがそれはきっと気のせいだ。

「お前と姉さんが歩いていたら多分高確率でナンパされる。その時は……」

「敵の股間に【始原の終末《エンドオブゼロ》】を叩き込めばいいのですね」

「違うよ!?」

なに恐ろしいこと言ってんのコイツ!?

自分の二つ名を冠した最強技を男の大事な所にぶつけるんじゃないよ！

「安心して下さいまし。我が【始原の終末《エンドオブゼロ》】は即刻チャージ、遠距離攻撃可能な完全版です。股間にぶら下がっている汚物ごと性欲モンスター共を滅却し、街の治安維持に貢献することなど造作もありません」

「だから怖いって！」

なんて恐ろしいことを考えるんだこの女は。ギャルゲーのキャラがやっていいラインを完全に越えてやがる……！

「あーもう！　だから俺が言いたいのは――」

そんな感じのグダグダした会話が、日付を跨《また》ぐまで続いた。

緊張感もなければ、品もない。旅立ちの前のドラマチックな夜会話なんて、俺達には無理なのである。

◆◆◆

そうしてとうとう四月二十九日の朝がやって来た。

シャワーを浴び、姉さんの作ってくれた朝食を食べ、歯磨きと持ち物チェックもつつがなく完了。

さぁ、後は出発するだけだというところで、姉さんが俺のことを優しく抱きしめてくれた。

「必ず、必ず無事に帰って来て下さいね」

姉さんの涙ぐんだ声に、不覚にも俺まで泣きそうになってしまった。

「お土産を忘れてはダメですよ、マスター」

こっちはあまりにもいつも通り過ぎて、違う意味で泣きそうになった。

アルさんは、いつだってブレない、その在り方には一周回って敬服の念すら……覚えない。

「それじゃあ、いってきます」

そうして外まで見送ってくれた二人に対して、精いっぱいの声量で旅立ちのあいさつを伝え終えた俺は、二つのボストンバッグと『エッケザックス』を片手に、勢い良く桜花の街を駆け抜けた。

朝焼けの空に舞う若葉を目に焼きつけながら《脚力強化《ストライド》》の術を多重発動。

レベルアップ報酬と日々の訓練のお陰で磨き上げられた《脚力強化《ストライド》》の性能は、あの戦いの時よりも数段強化されている。

軽く、速く、全力で楽しみながらも、冷静に。

住宅街を抜け、大通りを過ぎ去り、海岸線を通って、山道を登る。

少し険しい勾配《こうばい》も、今の俺には関係ない。坂道を飛び、獣道を跨いで、そのまま野山の道を、まっすぐまっすぐ駆け上がる。

木々が視《み》える。

景色が高くなる。

空気も少し薄くなって、それでも俺は走り続けた。

走って、走って、走って、走って。

そして走り続けること、約二十分。辿り着いたのは小高い山の頂上だった。

「でっかいなぁ」

そびえ立つ巨大な大樹。複数の木々が集まったかのような幹の太さは、圧巻の一言だ。

ダンジョン都市桜花・第三百三十六番ダンジョン『常闇』。青々と生い茂るその巨木は、どう低く見積もっても樹齢数千年は下らない威容を誇っているが、これでもまだ生えて二年ほどらしい。

そう。ダンマギのダンジョンは、ある日突然前触れもなく生えるのだ。なんてファンタジックな傍迷惑《はためいわく》。

こんなジャンボツリーが三百三十六本以上あるんですよ、桜花には。

さて、とスマホを取り出して時間を確認する。八時二十分。待ち合わせの九時までにはまだ大分時間がある。

とりあえず入口の前まで行って、遥《はるか》の到着を待とう。

「…………………」

チュンチュンと小鳥のさえずりを聞きながら、入口前の幹にもたれかかる。

今更だが俺は少し浮かれ過ぎているのかもしれない。

《脚力強化《ストライド》》まで使って待ち合わせの四十分前から待機とか、どんだけ楽しみにしてたんだよ俺は。

ダンジョンって、本来命をかけて挑む場所なんだぞ。それをこんな遠足に行く子供みたいにはしゃいじゃって……いや、実際その通りなんだろう。

このダンジョンの奥には姉さんの呪いを解く万能快癒薬《エリクサー》が眠っていて、その獲得こそが清水《しみず》凶一郎《きょういちろう》の悲願であることは間違いない。

だけどその一方で、この冒険を純粋な気持ちで心待ちにしていた「俺」がいるのだ。

少年心が刺激されるっていえば良いのかな。見果てぬ地に宝物を見つけに行くようなワクワク感みたいなものが、こうムクムクと湧いてくるんだよ。

多分、あいつに影響されたんだ。あいつがいつもいつも熱く冒険の素晴らしさを語るから、それで――――っと噂をすれば何とやらだ。

俺は、大きめのアウトドアリュックを背負いながらこちらに向かってくる少女に手を振る。

いつもの髪留めとリボンに名前の刻まれた上下揃いのジャージ。コーディネートの彩色は当然、蒼《あお》系だ。

「や」

「おう」

陽光に照らされた蒼乃遥《あおのはるか》の笑顔は、いつも通りの恒星系。今日も元気に煌《きら》めいてらっしゃる。

「相変わらず凶一郎《きょういちろう》は早いなー。三十分前に着けば絶対に先待ち出来ると思ったんだけど」

「わはは。十分遅かったな」

なんて、別に自慢するほどのことでもないのだけれど。

「悪いが、俺は今後もお前に後れを取るつもりはないぜ遥《はるか》」

「言うじゃん、凶一郎《きょういちろう》。でも、次は必ず君に『ごめん、待ったー？』って言わせるよ。あっそうだ。ごめん待った？」

「待つもなにも待ち合わせの三十分前だしな。多分、待ったことにはならないんじゃないか？　それはそれとして次も俺が勝つ」

「いいや、あたしが勝つね」

「俺だ」

「あたし」

ぐぬぬ、とどうでもいいことで睨みあい、やがて堰《せき》を切ったかのように同時に笑い出す。

こんな些細《ささい》な会話でも、こいつと喋ってると楽しくなってくるからズルい。

「さてさて。とうとうこの日がやってきましたな、凶さんや」

「あぁ、俺達の記念すべきデビュー戦だ」

わー、と二人で勝手にパチパチと盛り上がる。

道行く冒険者さんの視線が突き刺さった気がしたが、あまり気にならない。多分遥《はるか》さんと一緒にいることで発生する煌めき系バフが作用しているのだろう。はっきり言って最高の気分だ。

「で、そんな記念すべきあたし達の初探索で、凶一郎《きょういちろう》はどこまで行くつもりなのかにゃ？」

「そうだな……。いっても俺達はデビューしたてのルーキーだ。だから――」

「だから？」

そこで一呼吸置き、思いっきり不敵に笑ってやったんだ。

「だからとりあえずこのダンジョンの最深記録を塗り替える。その後のことはぶっちぎってから考えよう」

遥《はるか》のアーモンド形の瞳が一瞬だけ丸くなり、それからすぐにフルスロットルで笑い出した。

「アハッ、アハハハハハハハッ！　いいね、凶一郎《きょういちろう》のそういうところ凄《すご》く好き！」

「どうせデビュー前から死ぬほど目立ってんだ。だったらとことん派手にやってやろうぜ」

「おうともさ！」

決意を共有したところで景気づけとばかりに二人で拳をぶつけ合う。

気合は十分。準備はバッチリ。だったら後は突き進むだけだ。

「行くぜ『常闇』！　攻略開始だ！」

遥《はるか》と並んで、建物の入口を通り抜ける。

目につく沢山の人だかり。大半は俺達と同じ冒険者だろう。

だが、悪いな同業者さん達よ。

俺達は必ずアンタ達をぶち抜いて、このダンジョンの完全踏破を成し遂げる。

異論は認めない。反論は握り潰す。ダンジョンに眠る秘宝を手にするのは、絶対に俺達だ。

■第五話　ダンジョン『常闇』

◆ダンジョン都市桜花・第三百三十六番ダンジョン『常闇』ポータルゲート前

時刻は午前九時二十分。

受付を終え、更衣室での着替えを済ませた俺達は早速『常闇』のポータルゲートへと向かった。

「おお！　なんか凄い混雑してるねー。『月蝕』と全然雰囲気が違う！」

物珍しそうに周囲の行列を見渡す遥《はるか》。キョロキョロと忙《せわ》しなく視線を動かしてはその都度『月蝕』ダンジョンとの違いを俺に教えてくれる。

「みてみて凶一郎《きょういちろう》！　扉の周りを流れているビリビリが紫色だよ、紫色。蒼じゃないんだよ」

「蒼好きの遥《はるか》さん的にはマイナスか？」

「まさか！　紫も趣《おもむき》があって良いと思いますぜ、旦那」

うむうむ、としたり顔で頷く恒星系剣士。

でも案の定とでもいうべきか、彼女の身に纏う防具の色は蒼色が多分に含まれていた。

和のテイストを基調としたオーダーメイドのバトルコスチュームに、下ろしたてのサイバー足袋《たび》、更には雪の結晶を模した頭部保護用小型霊膜発生器《アストラルヘッドギア》から鞘《さや》の意匠に至るまでその全てに蒼色要素を含ませてきている辺りは、流石という他にない。

「やん、凶さんのエッチー。そんなジロジロ眺めてたら女の子にモロバレですわよ」

「違《ちげ》ぇよ。普通にお前さんの装備をチェックをしてただけ」

というか、それだけ肩を開けっ広げておいてエッチもクソもないだろう。……いや、俺は断じて仲間をそういう目で見たりはしないが。本当に一片の曇りなく装備のチェックに勤《いそ》しんでいるだけだが。

「えー、じゃあ、あたしも同じことするー！　……ほうほう。ふむふむ。いやぁ、凶さんは良い身体してますなぁ」

「どこ見てんだよ」

とか言いつつも、悪い気分ではなかったりする。

筋肉を褒められて喜ばないマッスラーなどいないのだ。

「次の方、どうぞ」

とまぁ、そんな感じで益体もない会話を延々と繰り広げていたら、いつの間にやら最前列まで来ていたらしい。

ナビゲーターの人に冒険者ライセンスを渡して登録情報を読み込んでもらう。

「異常ありません。あちらの『扉』へお進み下さい」

カードを返してもらい、そのままポータルゲート前の階段を上る。

眼前に広がる紫渦の巨大門との距離が近づくにつれて、一歩、また一歩と輪郭を帯びていく始まりへの実感。

ついに来たんだ、この時が。

「いこう、凶一郎《きょういちろう》!」

「あぁ!」

少しの緊張と、その百倍の興奮を胸に前へと進む。

こちらとあちらを繋ぐ紫渦の境界を抜け、いざダンジョンへ。

ここから俺達の冒険が始まるんだ。

◆ダンジョン都市桜花・第三百三十六番ダンジョン『常闇』第一層

時間にして数秒、歩数にして十歩と少し。

その僅かの合間に、まるでスイッチが切り替わったかのような唐突さで、世界の姿が変貌する。

天井は消え、どこまでも広がる赤紫の空が俺達を見下ろしていた。

それだけじゃない。

踏み心地の良かった床は固い荒野の地面に変わり、人工物の壁は跡形もなく消え去っていた。

空と荒野と岩と風。

第一層を構成する要素は、この四つしかない。

「うわー! やっぱり全然『月蝕』と雰囲気違うねぇ! こっちはすごいワイルド系だー!」

「ダンジョンって言ってもその実態は『世界の狭間《はざま》』だからな。むしろあんなオーソドックスな迷宮タイプの方が珍しかったりするんだぜ」

なんて、聞きかじった知識を知った風な口で語る。

でも実際、ダンジョンっていうのは本当になんでもありなんだ。

『月蝕』のようなド定番の迷宮タイプもあれば、ここのようにだだっ広い屋外タイプもあるし、特殊なものだと海や火山、大森林に闘技場、果ては宇宙なんてトンデモステージまで存在する。

……荒野や砂漠とかならまだしも、宇宙をダンジョン認定しちゃう辺りにダンマギスタッフのイカれた感性が窺える。いや、滅茶苦茶楽しかったけどね宇宙ステージ。

ともあれ、今は『常闇』だ。

この深紫の荒野を抜けなければ、万能快癒薬《エリクサー》は摑めない。

「まずは、今日の目標を決めよう」

向こうの世界から新たにやって来た先輩冒険者達を見送りながら、軽い作戦会議を始める。

「ひとまず俺の意見としては五層まで行って、中間点を取りたいんだがどうかな」

「中間点ってアレだよね、すっごく大きな街があるところ！」

「お前が想像しているのは多分『五大ダンジョン』のやつだな。残念ながらここのはそこまで大きくはないよ」

えーっと残念がる遥《はるか》を宥《なだ》めながら、それとなく話を進める。

「中間点ってのは、ダンジョンの規模に左右されるものなんだ。大きい所ほど空間が広い傾向にあるし、人気な所ほど人も集まる。

だから桜花最大にして最多の人気を誇る『五大ダンジョン』の中間点がデカいのもある種必然なのさ。アレと比べたら流石に他のダンジョンが可哀想《かわいそう》ってもんだぜ」

「おー！　つまりルーキーの我々は、寂れた中間点でキャンプファイヤーって認識でおーけー？」

いや、オーケーじゃない。

俺は首を横に振りながら、話の続きを喋り始める。

「あくまで『五大ダンジョン』と比べたら見劣りするってだけで、ここの中間点もそれなりに発達しているから、お前の心配する事態にはならないと思うぞ。

後、仮に寂れてても『ハウジング登録』は済ませてあるから、夜は普通にシャワー冷暖房完備のお部屋でぬくぬくだ」

「それはそれで風情がない気もするにゃー」

露骨に不機嫌そうな顔をする蒼乃遥《あおのはるか》さん（御年十五歳）。

いや事前に説明はしたし、なんだったら諸々の同意書やら契約書やらにもサインしてんじゃんお前……。

「もしかして遥《はるか》さんは、出された書類に目を通さないタイプですか」

「テキトーに判子だけ押した！　むずかしい話は全部図さんがやってくれたし、それでいいかなって」

全然良くない。クソッ、事前準備の時、やけに物分かりがいいなと思っていたが、まさか完全脳死プレイだったとは。

まぁ、書類の方は保護者の同意がいるものばかりだったはずだから問題はないだろう。……多分だけど。

「とりあえず書類にサインする時は、自分でチェックして、誰かに見せてから書こうな」

「うん！　分かった！」

良い返事である。良過ぎて何も考えていない疑惑が生まれるほどに。

あぁ、もうお前って奴は……。

「まぁ、でもお前が残念がる気持ちも分からなくはないよ」

しかしそれはそれとして、先程の遥《はるか》の嘆きには、俺にも共感できる部分があった。

そうだよな。

冒険者の休息って、なんかこうもっと自然的なイメージあるもんな。

焚火《たきび》を囲みながら星空の下で食事をしたり、テントの中でお互いの夢を語ったりして、自然を満喫する憩いの一時。

まさに旅人、ザ・冒険者。人里では味わえない非日常な体験を貴方に。

「だけど仕方ないんだ。人間はより便利なものを求めるし、ダンジョンには人間が快適に休める為の『機能』が備わっちまってる」

需要と供給とは、ちょっと違うか。

そこに便利な『機能』があって、だからついつい使ってしまう——極々当たり前の人情ってやつだ。

割りきるしかない。

「要するに攻略組にしろ労働者組《ワーカー》にしろ仕事で来てるわけだから、そりゃあ、楽チンな方を求めちゃうって話でしょ？　うーむ、悔しいけど納得しちゃう自分がいる」

「そういうこと。まぁ夜に楽が出来る分、日中頑張ろうぜ。物事は捉え方次第だ」

「だね、ポジティブに行くかぁ。……うん。うんうん。なんだか冷暖完備のぬくぬくライフもそれはそれで楽しみに思えてきた！」

ニッと楽しそうに微笑む遥《はるか》。彼女のポジティブな方向へのかじ取りの早さは、大いに見習うべき美点である。……まぁ、ちょっとだけポジティブ過ぎるきらいもあるけれど。

「じゃあ、今日の目標は五層越えの中間点ってことでいいかな遥《はるか》さん」

「了解であります隊長殿。不肖蒼乃遥《あおのはるか》、力の限りバッサリすることを約束するであります！」

おどけた敬礼ポーズで恒星系剣士が賛成票を投じてくれた。

投票数二名。賛成率百パーセント。よって本日の到達目標は五層突破に決定致しました。

「よし、そうと決まれば早速出発だ」

「おー！」

◆

……などと意気込んでみたは良いものの、それから約二十分の間、俺達が何かに出会うことは一度もなかった。

「おかしい！　おかしいよ！　これだけ歩いているのに精霊の一体も見つけられないなんて！」

深紫の大地を踏みしめながら、ぷんすこと怒る遥《はるか》さん。

どうやら彼女の冒険ライフには、バトル要素が欠かせないようだ。

「そう気を落とすなよ。歩いたらその内なんか出てくるって」

「ソレさっきも聞いたー。なのに出てきてないー」

「ダダをこねるな。ほら、これでも食って落ち着けって」

「むう……！　あっ、これ美味しい」

プレッツェルの中にチョコレートをたっぷり入れた焼き菓子（期間限定さくらフラペチーノ味）を差し出して、なんとか機嫌を回復させることに成功した。

しかし、この方法もいつまで持つか分からんぞ。あまりウカウカしていると遥《はるか》が他の冒険者の戦闘に乱入しかねないし。うーむ、困ったなぁ。

「！　あっ、みてみて凶一郎《きょういちろう》！　周りが光り始めたよ！」

と、そんな時だった。

悩める俺の祈りが通じたのだろうか。不意に俺達の周囲が不気味に輝き始めたのである。

光る地面。霊感に響く力の波動。肌を撫でる風が心なしか強くなる。

やがて輝きは、複数個に分化し始め、それぞれ熱を帯びた光柱を形成していく。

その数は二の、四の、六の、八の…………うげぇ。十体以上かよ。

初戦が二桁の軍団戦とはついて――

「やった！　沢山いる！　沢山斬れる！」

――いることになるのだろう。少なくとも遥《はるか》さんの中では。

「戦闘準備。はしゃぎ過ぎて足を掬われるなよ」

「分かってるって。油断せずに楽しもう！」

背中あわせに互いの得物を抜く。俺は当然エッケザックス。そして遥《はるか》の武器は……

「何それ。めっちゃオーラ出てんだけど」

青白い霊力を迸《ほとばし》らせる見るからに高そうな大太刀だ。だけどおかしいな、どこかで見覚えがあるぞ。

「これはね、『蒼穹《そうきゅう》』っていうんだ。ウチの当主か代行のみが持つことを許されてる霊験あらたかーな刀だよ」

「おま……！」

それ、かなたんルートで妹《かなたん》が《剣獄羅刹《おまえ》》を倒した刀じゃねーか！　なんちゅーものをお腰に差してんだよ！

「それは流石に……いや、来るぞ！」

俺がやり場のないクソでか感情を吐き出す前に、どうやらあちらさんの準備が終わったらしい。

荷物を地面に放り投げて、注意深く敵の様子を確認する。

「グルルルッ」

「ルギャッギャッ」

「ゲゲゲゲッ」

深紫の荒野に新しく降り立った客人達は、皆一様に毒々しい色の鱗《うろこ》に覆われていた。

二足歩行で、武器と鎧を纏い、されどその相貌は決定的に爬虫類《はちゅうるい》である。

「リザードマンか」

リザードマン。一匹一匹がゴブリンやコボルトとは比較にならない力を持ちながら、練度の高い集団戦闘を得意とする大トカゲの戦士達。

ダンジョン『常闇』における最もオーソドックスな敵精霊《エネミーアバター》である彼らとの戦闘は、今の俺達の力量を試す上での丁度いい試金石になるだろう。

「射手は後ろ《うしろ》側に三体か。遥《はるか》、頼め……はっ？」

一瞬の出来事だった。

まず遥《はるか》が跳んだ。跳んで後方宙返り――――いわゆるバク宙で敵陣に突っ込んだのである。

そして多分斬った。というのも俺にはその軌跡がよく見えず、気がついた時には三体のリザードマンの首が赤紫色のお空を舞っていたのである。

被害者は共にオーダー通りの射手だった。

信じられねェ。バク宙の着地を待たずして、後衛部隊が壊滅しちゃったよ。

「ギャギャッ!?」

「ゲゲゲゲッ？」

「嘘だろオイ」

その時、きっと敵のリザードマンさんと俺の気持ちは一つにシンクロしていたことだろう。

「あいさー、隊長！　任務完了であります！」

なんだこの化物は
あり得ないだろ常識的に考えて！　なんでバク宙の途中に剣振って狙った敵の首が飛ばせるんだよ⁉　首飛んだトカゲさんも「なんなのこの子」って目でドン引きしてんじゃねーか！

「あー、もう流石過ぎるぜ遥《はるか》さんよぉっ！」

呆れと尊敬が三対七ぐらいの割合でブレンドされた気持ちを抱えながら、俺は黒棒形態のエッケザックスを携えて突撃した。

試験の時もそうだったが、集団戦における初手の主導権獲得《アドバンテージ》は、その後の戦いを劇的に変化させる。

遥《はるか》の空中殺法による損害は、遠距離部隊壊滅という物理被害だけではない。

むしろ彼女の最大の戦果は、奴らの心に甚大なダメージを与えた点にある。

虚をつかれたという動揺。

彼我の戦力差の認識からくる絶望。

そして次の瞬間には自分が消されているのかもしれないという恐怖。

「ゲギャギャ⁉」

「グギャギャギャゲ！」

「ギギャ、ギャギギャ、グギャ！」

ありとあらゆるマイナス感情が同時多発的に爆ぜてしまったトカゲの戦士達が一斉にパニックを起こし始めたのも、さもありなん。

何故ならば、彼らにとって心的ストレスとは、下手な身体ダメージよりもはるかに厄介な性質を持った病原菌なのだから。

ゲーム内において、彼らは集団戦に長《た》けた種族として描かれていた。

しかし、集団戦が得意と言っても、リザードマンのそれは組織化による効率的な行動に端を発するものではない。

彼らの強みは、個の共有による群体化――つまり意識の協調にこそあるのだ。

そう、リザードマンの思考や感情は集団単位で同期している。

だから集団の統率が非常に取りやすい一方で、今のように一度ショッキングな出来事が起こると、個々の恐慌が互いに干渉しあい、結果として何倍、何十倍の悪感情が彼らの心を蝕《むしば》むことになるのだ。

意識の統一というのは、集団戦における一つの理想だろう。

だがそれを比喩ではなく、しかもこれだけの頭数で実現してしまったら、斯様《かよう》にも脆く崩れ去ってしまうのである。

他人の恐怖まで共有しなけりゃならないなんて、トカゲさん達も大変だよな、ホント。

「ゲゲッ、ギギゲギガ、ゴギガ！」

そんな中、一体のリザードマンが尖った声音で何かを叫んでいた。

言葉の意味までは分からないが、恐らく周りの連中に落ち着くようにと叱りつけているのだろう。

成る程、あれがリーダーか。なら……。

「はじめまして隊長さん。そしてさようならだっ！」

加速からの強襲。絶賛混乱中のトカゲさん達をぶっ飛ばしながら狙うは敵将の首級《しるし》ただ一つ。

「シッ！」

トカゲ隊長の首めがけてエッケザックスを力いっぱい叩き込む。洗練さも理性もかなぐり捨てた腕力特化のフルスイング。

うん、やっぱり俺はこういう馬鹿《ほう》が向いてんな。

「ギ、ギギギャ！」

しかしここで隊長格が意地を見せる。腰から抜いた曲刀に霊力を込め、強引につばぜり合いの形に持ち込んできたのだ。

やるねぇ。指揮能力だけじゃなくて、実力も頭一つ飛び抜けているみたいだな。

でも……。

「相手が悪かったな」

ピシリ、と曲刀のか細い刃に亀裂が入る。そこから破滅までの道程《みちのり》は、あっという間だった。

超質量、超硬度、超筋肉。三拍子揃った俺のぶん回しは、半端な受けを容易く凌駕《りょうが》し、リザードマンの頭蓋をその曲刀ごと破砕する。

肉が爆ぜ、骨が割れ、断末魔の叫びがその声帯ごとかき消えて。

そうして出来あがった敵将の骸を、俺は上腕二頭筋の命じるがままに地面へと叩きつけた。

「ルァラァッ！」

深紫の荒野に巨人の足踏みのような轟音《ごうおん》が鳴り響く。

吹き荒れる土埃《つちぼこり》の中心に在ったのは、かつてリザードマンリーダーだった者の残骸だ。

語るのも悲惨なほどの肉塊となった指揮官の身体が光の粒子となって消える。グッドゲーム。次にログインする時はもっとマシな冒険者にあたるといいな。

「さって……」

前方の様子を見澄ます。

初手で後方部隊が壊滅し、頼みの指揮官が潰され、そして多分俺の後方では恒星系剣士の手によって大量のトカゲの三枚下ろしが出来あがっているのだろう。

そんな惨劇を目の当たりにして彼らが冷静でいられるはずもなかった。

物理的に逃げ出そうとする者、ダンジョンからのログアウトを試みようとする者、切なそうな金切り声を上げる者――――マイナスの感情を共有してしまったが故の戦線崩壊現象だ。こうなってしまえば狩るのは非常に容易い。

「アンタ達に恨みはないが、何、ソッチは復活《リスポーン》アリなんだ。これも経験だと思ってあっちの世界に帰《イ》ってくれ」

言い訳完了。それじゃあ、心おきなく狩らせてもらうぜ。

「ウオラッ！」

まずはダンジョンからのログアウトを試みようとするトカゲを撲殺。

こっちは命張ってんだ。いくらゲーム感覚だからって精霊界《リアル》への無償帰還は許されませんぜ。

「ギギィ!?」

続けて背を向けてひた走るトカゲさんに接近――――からのホームラン。

脊椎めがけて振り被ったエッケザックスが見事命中し、リザードマンの戦士は光の粒子となりながら空の彼方《かなた》へ消えていった。

そのまま恐慌状態のトカゲさん達の所へバックステップ。まぁ、なんだ。フレーバーテキストに反してメンタル弱すぎるよアンタら。

「破アッ！」

ぐしゃり、ぐしゃりと残りのリザードマンを叩き潰して戦闘終了。

身体強化スキルもかけずに戦った割には良い戦いが出来たのではなかろうか。

「おー！　すごいねー、凶さん！　めっちゃパワフルだ」

パチパチパチと興奮気味に手を叩く遥《はるか》さん。当然、自身の担当分は殲滅《せんめつ》済みだ。

「武器が良いからな。七割方コイツのお陰だよ」

自分の得物をコツコツと叩きながら、今の戦闘を思い返す。

持ち味の変形機能を使わなくても十分ヤバいなエッケザックス。単純な力任せの運用でも滅茶苦茶強いぞコレ。

「そんなことはないと思うけど……でも確かに凄そうだねー、その子」

「だろ。しかもコイツ変身するんだぜ」

「変身!?　何それ超ときめく！」

ハッハッハッと鼻を高く上げながら、俺はエッケザックスの機能をこと細かに解説した。

「まず、ここに専用の着脱式戦闘論理《カートリッジ》を入れてだな」

「うんうん！」

「――――で、ここのトリガーを引くと」

「うあー！　うねうねし始めたよ！　うねうね！」

「――――そこから更にこうして」

「また変身した――――っ!?」

自分でもやり過ぎたなと思うくらい存分に語ってしまったが、遥《はるか》が最後まで目を輝かせながら絶妙な合いの手で会話を盛り上げてくれたお陰で、終始高いテンションで喋ることが出来た。

知ってたつもりだけど、改めて確信する。やっぱこいつ超良い奴だわ。

■第六話　進め少年、駆けろ少女

◆ダンジョン都市桜花・第三百三十六番ダンジョン『常闇』第一層

『常闇』での初戦闘を終えた俺達は、それから特に問題もなく次の階層への転移門へと辿り着いた。

あぁ、戦闘自体は、もちろん何度かあったよ。

だけど、それは彼我の戦力差が開きすぎてたせいで問題にならなかったというか、遥《はるか》さんが大ハッスルしていたというか……まぁ、その辺は些細なことだ。兎に角俺達は無事に転移門を見つけることが出来たのである。

「とりあえず第一関門は突破だな」

正確にはまだ門を突破はしていないのだけれど、ここまで来ればもうクリアも同然だし、祝ってもいいだろう。

目の前にそびえる紫渦の門を背景に遥《はるか》と軽いハイタッチを交わす。

イエイ、一層突破おめでとう。

「結構いいペースなんじゃない？」

「だな」

腕に巻いたアナログ式時計に目を置き、針の進み具合を確認する。午前十時五十六分。滞在時間は一時間と少しってところか。うん、上々のタイムだ。

「あれ、腕時計？　凶一郎《きょういちろう》、スマホ持ってるよね？」

「ここ電波通じないからなぁ。それに貴重品入れたまんま〝切った張った〟するのはリスキーだろ」

「おおっ、なるほどー」

その発想はなかったと胸ポケットからスマホを取り出し、いそいそと自分のアウトドアリュックにしまう遥《はるか》さん。

あのスマホ、遥《はるか》が飛んだり跳ねたりバク宙したりしてる間も、ずっと胸ポケットに押し込まれていたのか。可哀想なのか羨《うらや》ましいのか判断に悩むところだな。

「……いやらしいこと考えてる顔してる」

「まさか。俺はいつだって冒険一筋ですよ。んなことより、次行こうぜ。ここは他の冒険者達も使うんだから、あまりウダウダやってると迷惑がかかる」

冷静さを装いながらも、内心は動悸《どうき》でバクバクである。

やべぇよ。とうとう遥《はるか》にまで俺の《親しい人間に思考を読まれがちな面《サトラレ・フェイス》》が作用し始めちゃってるよ。どうしよう、本気で仮面作り考えようかな？

「凶さんに仮面は似合わない気がするにゃー」

「マジでどうなってんだよ俺の顔!?」

最早特殊能力じゃねーか！　使い道ないけど！

◆ダンジョン都市桜花・第三百三十六番ダンジョン『常闇』第二層

その後も俺達の冒険は順調に進んでいった。

第二層は深紫の荒野に加えて、凹凸の激しい傾斜道が高速道路のように入り組んでいたが、日々鍛えてきた俺らにとっては何のその。

ピクニックほど気楽にとは言わないけれど、適当に雑談したり、出てくる敵精霊（基本的にはリザードマン、時々ゴブリンを肩に乗せた豚顔の精霊《オーク》なんかも出たりした）を殲滅したりしながら進んでいたら、いつの間にか次の転移門が見つかってしまった。

踏破タイムは約一時間と四十分。

地図があればもっと早く辿り着けたのだろうが、生憎この世界のダンジョンは『二十四時間ごとに全マップ強制変更』という不思議な仕様があるので、役に立たない。

異界不可侵の原則《バリアルール》の件といい、本当にダンマギスタッフは人様の邪魔をするのが好きだよな。

「いやいや、それが良いんだって！」

しかしどうやら遥《はるか》は違うらしい。

「地図にない道をいつだって歩けるんだよ？　何気ない一歩が開拓の足跡になるんだよ？　これってねぇ、最高にワクワク出来ると思わない？」

最高の恒星スマイルでそんなことを言う遥《はるか》さん。

まっすぐで、どこまでも純粋な冒険バカ。本当に天職ってものはあるんだな、と今の彼女を見ていると強く思う。

スマホもGPSも通じない狭間の世界での未踏の一歩。うん、そうだな。確かにそう考えると少しドキドキする。

地図のない道というのも中々どうして良いじゃないか。

◆ダンジョン都市桜花・第三百三十六番ダンジョン『常闇』第三層

三層に入ると、一気に出現する敵精霊の種類が増えた。

中でも『チョンチョン』という精霊がヤバかった。何がヤバいってそのインパクトよ。

チョンチョンには首しかない。逆デュラハンとでも呼ぶべきなのだろうか、こいつの全身は首だけなのだ。

つるつるの禿頭《とくとう》、裂けた口、ギョロリと光る丸い眼窩《がんか》、そしてなんといっても目につくのは奴らの〝耳〟だ。

チョンチョンの耳は非常にデカい。どれだけデカいかというと、奴らの首《からだ》を支えて飛んじゃうくらいのサイズである。

そう、チョンチョンは飛ぶ。首だけの身体で耳を使って飛行するのだ。

更におまけに吸血鬼属性まで付与されているんだから、もうたまったもんじゃない。

一体でどれだけ属性積む気なのだろうか、この化物は。

「おおー！　これがきもカワってやつか！」

そんな頓珍漢《とんちんかん》な感動を覚えながら、遥《はるか》さんはフツノミタマで召喚した『蒼穹』のコピーでバッサバッサと奴らの両耳を割いていった。

陸に上がった魚、翼をもがれた鳥という慣用句があるように、耳をもがれてしまったチョンチョンは、何も出来なくなってしまう。

そこを俺がエッケザックスでぐしゃりと潰すと、とても簡単にキルが取れた。

無抵抗の生首を潰すなんて非常に損な役回りだが、遥《はるか》が「きもカワッ子は斬りたくないので、トドメは凶さんに任せまっす」と押しつけてきたので泣く泣くである。

「ちょえちょぇあぎょぶりばっ！」

汚い断末魔の叫びを残して精霊界に帰っていく生首さん。

この純度百パーセントのキモンスターのどこにカワイイの要素があるのか甚だ疑問で仕方ない。

最近の中学生は、こういうのがトレンドなのだろうか。

◆ダンジョン都市桜花・第三百三十六番ダンジョン『常闇』第四層

第四層は渓谷のような地形だった。渓谷と言っても川や水辺があるわけではない。

大地と大地の間に深い谷間が偏在しているのだ。

幸い谷間同士を繋ぐ道は用意されているので、移動自体は困らないのだが、やはり平坦《へいたん》な道と比べると過酷である。

登って、降りて、歩いて、戦って、また登って……。

重い荷物を抱えたままでのハイスピード行進に、流石にちょっとくたびれてきた俺達は、見晴らしの良い場所にブルーシートを敷《し》いて遅めの昼食を取ることにした。

「いただきまーす！」

美味しそうに具のはみ出した鮭《さけ》おにぎりを頬張る遥《はるか》さん。幸せそうにご飯を食べる人っていいよな…………って早!?　まるで漫画やアニメに出てくる大食いキャラの食事みたいな勢いでおにぎり平らげちゃったよこの人。

「自慢じゃないけど、あたし滅茶苦茶食べるの早いし、沢山食べるよ。界隈じゃ『蒼い流星』とか呼ばれてたりもする」

キラリン、と瞳を輝かせながらイキり出す恒星系剣士。

うん、そうかい。お前も大食いキャラなのね。てか、蒼い流星ってなんだよ。三倍速いとかそういう感じなのか。

「でも早食いチャレンジだと大抵あたしがトップなんだけど、耐久とか大食いだと上がいてねー。特に大食い絶対王者《ベルゼブル》〝ＦＵＭＩＫＡ〟と無冠の女帝〝ゴッデスオブタイム〟の二人は大食い部門の二大巨頭だよ。〝ゴッデスオブタイム〟なんかは早食い部門でもあたしに迫る記録を出してるから……どしたの、凶《きょう》さん？」

「いや、なんでもない。……なんにも知らない」

きっと他人のそら似というやつだろう。俺には全くもって微塵《みじん》も連想のしようもない赤の他人の名前を聞いたところでなんの感情も浮かんでこないけど、とりあえずFUMIKAさんに『ベルゼブル』なんてふざけたあだ名をつけた連中は見つけ次第シバき倒してやる。

さて、そんなFUMI……じゃなかった、姉さんが作ってくれたお弁当は愛情のたっぷりこもった特大五重弁当だった。

漆塗《うるしぬ》りのお重には、それぞれ肉や野菜、それに揚げモノといった食の宝石達がテーマ別に並んでおり、俺の空《す》きっ腹《ぱら》に活力を与えてくれる。

やはりFUMI……じゃねぇや、姉さんは偉大だ。俺は心の中で五体投地をしながら、最高の昼食を頂いた。

◆

昼食を終えた俺達は、再び重い荷物を背負って渓谷を渡った。

戦闘と探索を繰り返し、あっちでもこっちでもないと果てなき道を歩くこと約二時間、ようやく俺達の前に転移門が見えた時はホッと一息ついたもんだ。

時刻は午後四時五十二分——もうすぐ五時だ。成る程、どうりで空の赤みが増しているわけだ。

「さて、遥《はるか》さんや。この先に待っているのは何かね」

「はいっ隊長！　五の倍数階層には中ボスがおります！」

遥《はるか》隊員の快活な解答に、「うむ」と頷いて正解を伝える。

そう。眼前にある巨大な紫渦の門を抜けた先には、中ボスが待っているのだ。

中ボスと聞くと、どこぞのヒャッハー野郎のせいで残念なイメージがつきまとうかもしれないが安心してくれ。ここの（というか大概の）中ボス達はガチである。

「一応、開幕の奇襲にも対応できるように戦闘準備。言うまでもないと思うが、中ボスは、道中の雑魚とは比べ物にならない強敵だ。気を引き締めていこうぜ」

「りょーかいっ」

互いの得物を抜き出し、臨戦態勢を整える。

覚悟の方は――聞くまでもないな、この顔は。今日一ワクワクしてやがる。

「行くぜ、遥《はるか》。これが一日目のクライマックスバトルだ」

「うん！　楽しんでいこうね、凶一郎《きょういちろう》」

あぁ、と首を縦に振りながら並んで門をくぐる。

鬼が出るか、蛇が出るか。事前の調べ通りならば恐らくは……。

■第七話　白鬼と悪鬼

◆ダンジョン都市桜花・第三百三十六番ダンジョン『常闇』第五層

ポータルゲートを抜けた先は、薄暗い屋内だった。

剥がれた床面。漂う錆《さび》の匂い。等間隔に立つ剥き出しの石柱に、黒い染みの広がった天井。

古びた石壁には窓が設置されておらず、唯一の光源はカンテラの中で揺らめく怪しげな紫炎と、最奥に設置されたポータルゲートの輝きのみである。

総じていかにも何か出そうな雰囲気のフィールドだ。

「おおっ、なんか遊園地のホラー系アトラクションみたいな感じ！」

遥《はるか》がしげしげと辺りを見渡しながら率直な感想を述べる。

「暗くて、じめじめしていて、おまけに逃げ場もないだなんて。ねぇねぇ、凶さん。あたし達これからどうなるのかな」

「台詞と声のトーンがあってねぇよ」

めっちゃテンション上がってますやん。てかこのシチュエーションでワクワク出来るってよっぽどだぞ。

「お前、幽霊とか暗い所とか怖くねえの？」

「えー、だって幽霊って精霊の一種でしょ。それに視覚が覚束《おぼつか》ないなら《暗視拡張《ノクトビジョン》》で強化すればよくない？」

「……お、おう」

確かに言われてみればその通りだ。

精霊がいて、ダンジョンで普通に戦ったりすることが出来るこの世界において、人間の霊体なんて非現実的でもなんでもないのだろう。

「じゃあ、遥《はるか》は怖いモノとかないわけ？」

霊力を視神経に集中させ、《暗視拡張《ノクトビジョン》》の術をかけながら、遥《はるか》に追加の質問をする。

「怖いものかー。んー、あんまりないかな。強いて挙げるなら、人形が苦手かも。後、能面とか人体模型とか。表情の固定されたものが嫌なのかもね」

「分かるわ。整い過ぎてたり、人間に似過ぎてたりするものってちょっと嫌悪感あるよな」

いわゆる不気味の谷現象というやつだ。ヒトは、人間らしい挙動をする〝モノ〟に愛着を持ちやすいのだけれど、それが一定のラインに達すると逆に不快感を覚えやすくなるという習性。

中途半端に似ているとかえって嫌いになりやすいだなんて、本当に人ってめんどくさい生き物だよな。

「ホラー映画とかで、怖がらせ役が大体ヒトの形してるのもそういう心理を利用しているのかもしれんな」

「あー、言われてみれば。完全にモンスターしてる奴よりも、ヒトっぽい化物の方が嫌だもんね。凶さん、なかなか鋭いじゃん」

《暗視拡張《ノクトビジョン》》でクリアになった世界を進みながら、俺達は益体もない話で盛り上がった。

やはり隣に誰かがいてくれるってのは、ありがたい。遥《はるか》は平気らしいが、俺はお化けも暗いのもダメなタイプの人間なので、こうして話しかける相手がいるってだけでも相当助かってるんだ。

男のプライドが邪魔して口には出せないけれど、サンキューな遥《はるか》。お前のお陰で、暗闇も怖くない。

「フフンッ。暗いとこ怖いなら、もっと頼ってくれてもいいザマスよー」

バッチリ心の中を読まれていた。畜生、自分の体質が恨めしい！

「しかし、中々出てこないね、中ボス」

と、物足りなさそうな声で嘆く恒星系剣士。

「一体、いつになったら現れてくれるのかしらん」

「まぁ十中八九、奥のポータルゲートに近づいたらだろ」

俺達の正面遠方、この建物の最奥に設置された紫渦の転移門の周辺には、何も遮《さえぎ》るものがない。

あまりにも露骨な戦闘フラグである。

「えー、もうちょっと凝った出方《でかた》がいい。こう、後ろから音もなく忍び寄る的な？」

「〝再現体〟に無茶をねだるな」

道中の野良精霊と違い、ボス格は存在をダンジョンに縛られている。

だから一度倒されてしまったらそれきりなんだが、ダンジョンはそんな彼らの生前記録《パーソナルデータ》を基に新たな試練を作り出すんだ。

それが再現体戦。全ての冒険者が必ずボス格と戦えるようにというダンジョン側からの心ばかりの配慮《あくい》である。

「まぁ、いつでも強い奴と戦えるっていうのはありがたい話だけどさ。こう、もっとゾクゾクしたいというか」

「お前結構、ドエ……自分に厳しいのな」

「そうかなー。自分じゃ、よく分かんないや」

小首を傾《かし》げながら、事もなげに答える遥《はるか》。

いやいや。中ボス戦で、奇襲されないことを残念がるなんてよっぽどのバトルジャンキーかブレーキの壊れたスリル狂いのどっちかだぞ？　まぁ、多分こいつの場合はその両方なんだろうけど。

「人を変態扱いするなー。あたしはワクワクを求めているだけのいたいけな女学生であって——————おっ、来た！」

扉との距離が残り約二十メートルを切った辺りで、変化は起きた。

天井から降り注ぐ紫色の光が左右対称に一つずつ。そして同時に肌を刺すような鋭い霊力が俺達の霊覚を刺激する。

「臨戦態勢。相手は二体だ。いきなりかまされても大丈夫なように最低限のスキルはかけとけよ」

「もうやってる！」

喜びに満ちた笑顔と同時に蒼いオーラを迸らせる遥《はるか》さん。完全に戦闘モードに切り替わってやがる。

というわけで俺も――

「BUMOOOOOOOOO!」

「EEEMEEEEEEEE!」

とスキルを展開しかけたところで中ボス様達のお出ましだ。

筋骨隆々の四肢、三メートルは優に超えるであろう恵まれた体軀《たいく》。そして最も目につくのは奴らの恐ろしい顔だろう。

まず、俺達から向かって左側に現れた化物。

こいつはヤギのような角と目を持ち、顔の上半分は白い体毛で覆われていた。そして残り下半分はひたすら深紅。

皮膚すらなく、剝き出しの裂けた大口が三日月のように広がっている姿は、まさに化外。視界に入るだけで嫌悪感が湧いてくる造形だ。

そして俺達から右側に現れた化物は更に異様だった。

隣にいる相方とは対照的に奴の全身を覆う体毛は真黒色。〝白いの〟のように口が剝き出しになっていることもなく、目鼻もきちんとついている為か顔立ちは幾分人間に近い。

両側頭部に生えた水牛のような巻き角を加味しても、奴の相貌《かお》自体は、比較的無個性な部類に入る。

――問題は、ソレが身体中の至る所についていることだ。

肩に二つ。腕に二つ。腿《もも》に二つ。脛《すね》に二つ。胴体には団子さながらに並んだ三つの顔。この調子ならば背中の方にもびっしり顔が埋まっているだろう。

片や白毛口裂けの怪物、片や黒毛多面の魔人。角以外は正反対なベクトルのグロキャラ共だが、奴らの起源は同一にして同族。即《すなわ》ち
「鬼だね」

遥《はるか》の推測に、俺は頷きをもって返した。

そう。奴らは鬼。恵まれた体軀と、動物の角、そして人に近似しながら同時に決定的に外れた顔を持つ怪物の中の怪物達。

名を〝白鬼《ディヴェセピド》〟と〝悪鬼《アルザング》〟という。

むせかえるような血の匂いと漏れ出る獣性の吐息。おいおい、このリアリティで再現体とかどういう技術……まずい。

「来るぞ、遥《はるか》！　左右に分かれて各個撃破！」

「そうこなくっちゃ！」

短い作戦会議を終えた俺達は、距離を取るべくバック走で走り出す。俺が左、遥《はるか》が右。迫りくる二体の鬼をそれぞれ見据えて武器を構えて迎撃の準備を整える。そして
「EEEMEEEEEEEEE！」

散開した俺達を狙うべく、二体の鬼がそれぞれの戦場に解き放たれた。

ブレーキの外れた自動車の如《ごと》き獰猛《どうもう》さで、迫りくるは白毛の異形。

下半分が赤くただれた口裂け鬼が忙しなく動く様はまるでB級スラッシャー映画でも見てるかのようだ。

いいぜ、来いよ。ボッコボコにしてやる。

「まずは、小手調べといこうか！」

霊力を込めた右腕で、エッケザックスのトリガーを撃ち抜く。

黒棒は瞬く間にその姿をぶ厚い刃へと変え、黒剣形態へとお色直し。多少霊力は持っていかれたが《瞬間換装》うまくいったな。

「MEEEE！」

対する白鬼は裂けた大口に手を突っ込んで、体内から極太の肉包丁を取り出した。ウエッ、グロ。見てるだけでSAN値が下がる。

俺は吐きたい気持ちを抑えながら《装甲強化《シェルド》》と《衝撃緩和《リフレクト》》、それに忘れちゃいけない《脚力強化《ストライド》》先生を発現させてコンディションを整える。

相手は近接系だからな。初動は打ち合い覚悟の安全セットで迎え撃つ。

「行く……ぜっ！」

バック走からの反転、更に周りの石柱を利用したジグザグ走行で敵の視界を軽く攪乱《かくらん》しながら、一気に懐まで入り込む。

「！」

「羅ァ！」

鳴動する二つの力。

白鬼の振り下ろしと、俺の斬り上げが激突する。耳をつんざく金属音と風圧、そしてなによりも肩にのしかかる重力が半端ない。

一歩下がって、揺さぶりのサイドステップ――――からの再斬撃。

だが、これも問題なく打ち合わされる。

耳に優しくない音と共に再び広がる肩への重圧。まずいな。完全に打ち負けてるぞ。

「だったら！」

現状を理解した俺は、仕切り直しの為にバックステップを試みた。

しかし、どうやら奴の方も彼我の膂力《りょりょく》差を理解したらしい。

「EME！　MEEEE！　EEEMEEEEEEEE！」

血で汚れた牙をぎらつかせながら、巨大肉包丁の乱舞をお見舞いしてくる口裂けヤギ。

くそ、筋肉には自信があるつもりだったが、流石に三メートル大の鬼種相手だと押し負けるか。

叶うことならば純粋な力勝負で圧倒したかったが、仕方がない。方針転換といきましょう。

「調子に……乗るなよ」

咆哮《ほうこう》と共に《腕力強化《アームズ》》を発現。瞬間、俺と白鬼のパワーバランスが逆転した。

エッケザックスと肉包丁の数回目の激突は、こちら側の圧勝――――のみに留《とど》まらず、白鬼の巨体を大きくのけ反らせることに成功する。

「ハッハー！　良い筋肉してんな色男！　もしお前が生きていたら、筋トレの秘訣《ひけつ》でも聞きたかったとこだぜ」

だが、それは叶わない。オリジナルの白鬼はとうの昔に倒されていて、ここにいるのは奴を模した再現体。

故に。

「格好も誇りも糞もないが、ここから先はマシマシだ。霊力と、筋肉と、武器の質量。この三つで押し潰す」

と、イキり散らかしながら俺は前進する。黒剣状態のエッケザックスを抜刀しながら、更に《腕力強化《アームズ》》。

対する白ヤギ鬼は、裂帛《れっぱく》の気合と共に肉包丁をぶつけてくるが、今度は碌に受け身も取れないまま盛大に後方へと吹き飛んでいった。

「EEEMEEEE!」

数本の石柱を巻き込みながら、奥へ奥へと飛んでいく白鬼。

俺は奴を追うべく壁面を駆けた。

窓のない石造りの壁と、主張の薄い紫の灯火が目については離れていく。直進の途中で、一瞬だけ右方の様子を確認したが、それはもう偉いことになっていた。

「BUMOOOOOOOOOO!」

「そうだよ、そうだよ! 君ならもっとやれるよ!」

必死に骨製の薙刀を振るう黒毛多面鬼と、それを叱咤《しった》するような言葉と共に軽くいなしていく恒星系剣士。

悪鬼の無数にある顔面のおよそ半分近くが綺麗に斬殺されていなければ、きっと俺の感想も大分変わっていたことだろう。

あー、もう。SAN値がどんどん削れていく！　てか、なまじ力量があるとあんな悲惨なことになるのかよ。瞬殺された方がまだマシじゃねえか！

「遥《はるか》！　俺はそろそろ決めに行くからな！」

返事は待たない。後ろの方でぶーたれたような声が聞こえてきたが、無視である。

加勢されたくないんなら、さっさと介錯《かいしゃく》することだな。

……つーわけで。

「ケリつけるぞ！」

シリンダーを弄《いじ》り、『打』と書かれた戦闘論理をセットしてトリガーを引く。こちら側の霊力を喰《く》らったエッケザックスは、瞬く間に巨大な戦鎚《ウォーハンマー》へと変化した。

漫画に出てきそうな大きさの鎚頭は、三メートル大の怪物を仕留めるのに足る重量と破壊力を持っている。

そしてこれに――

「《腕力強化《アームズ》》」

三度目の腕力強化を加えた。

視界確保用の《暗視拡張《ノクトビジョン》》も合わせて、計七つの基本スキルが俺の体内を駆け巡る。

流石に少々キツくなってきたが、レベルアップした今の俺ならもう一つか二つならばいけそうだ。

ともあれ、今回の戦闘ではこれで十分。霊力と、筋肉と武器の質量。これら三つの合わせ技を、とくと喰らいやがれ。

「EEEMEEEEEEEEE！」

吹き飛ばされた身体をなんとか立て直して、反撃に移ろうとする白鬼。

だが悪いな。力比べの時間はとうに終わったんだ。生まれた隙は容赦なく利用させてもらう。

「おぉおおおおおおおおおおおおおっ！」

立ちあがりかけた口裂け鬼の頭上に渾身《こんしん》の戦鎚直撃《ハンマーブレイク》。頭蓋も脳髄もまとめて粉砕されたヤギの化物は、地面にキスする間もなく光の粒子となって消えていった。

行き場を失った黒戦鎚が、そのまま自由落下に伴い床面に着地。爆ぜるような轟音と共に、周囲の床面をぶち壊しながら、なおも俺の全身に力の余波をぶつけてくる。

「……っ！」

《衝撃緩和《リフレクト》》込みでもこの反動か。モロに喰らったヤギさん（再現体）には同情する他ない。

とはいえ、これにて人生初の中ボス戦は終了だ。純粋な筋肉勝負で負けたのは残念でならないが、固有スキルなしで勝ちを拾えたのはいい兆候だろう。

え？　もう片方はどうしたのかって？

どこぞの恒星系がバラした悪鬼の生首が、たった今俺の目の前に飛んできたところだよ。

■第八話　第一中間点～ダンジョンの中にある街

◆ダンジョン都市桜花・第三百三十六番ダンジョン『常闇』第五層

「派手にやったねー」

一仕事終えた俺の耳に響く暢気《のんき》な声。もしかしなくても遥《はるか》さんである。

悪鬼の生首をチョンパして多少は満足したのか、どことなく肌の張りがいい。

「少し力加減をミスっただけだよ」

「おー！　なんか強者感出てるねー！　意味もなく右手をグーパーとかやったら、もっとそれっぽいよ」

リクエストに応えてやってみる。ぐーぱー。「キャー！　凶さん素敵ー！」とわざとらしい声援が返ってきた。おふざけなのは分かっているが、それでも俺の安い承認欲求は不思議と満たされてしまうのだから本当にチョロい。

しかし、それはそれとして俺が力加減をミスったのもまた事実。

足元に広がる大きなクレーター。インパクトの余波で吹き飛んだ数本の石柱。直近の壁なんて、もう見るも無残な瓦礫《がれき》と化している。

中ボスの頭蓋を跡形もなく粉砕した上でなおこの威力だ。ヤバい。ヤバ過ぎる。とてもチュートリアルの中ボスが出していい火力ではない。これでは凶一郎《きょういちろう》じゃなくてKYOUICHIROUだ。……なんだ、KYOUICHIROUって。ニコッて笑っただけでヒロイン落としたり、頭撫でただけで異性を発情させたりするのだろうか？　いやいや、それは流石に……。

「許可もなく頭を撫でるって、普通にセクハラだしな……」

「凶さん、またなんか変なこと考えてるでしょ」

「いや、全く？　マイクロ微塵もこれっぽちすら考えてないぞ」

乱雑に首を振って、思考を切り替える。

そう。悪いのは俺じゃない。全ての元凶は、この質量兵器《エッケザックス》にある。

便利な変形能力に目が行きがちだが、こいつの真髄はその硬さと重さにあるのだと、今の戦いでハッキリ分かった。

特に《腕力強化《アームズ》》複数積みとのシナジーがエグい。重いものを強い力でぶつけるという単純な理屈で物理系の中ボスをワンパン出来るんだ。

というか、着弾時の感触からすると《衝撃緩和《リフレクト》》をかけてなかったら、俺も結構ヤバかったんじゃないか。……うん、今後、《腕力強化《アームズ》》の用量はよく考えるようにしよう。

「で、お前の方はどうだったんだ遥《はるか》？」

「えへへー。まぁ、それなりには？」

少し照れくさそうにはにかむ遥《はるか》。一瞥《いちべつ》する分にはとても愛らしい仕草だが、しかし俺は知っている。

この恒星系はいたいけな多面鬼さんをポジティブな言葉で励ましながら、一枚一枚その面の皮を斬り剝がしていったのだ。

サイコだ。スーパーポジティブサイコさんである。

「ちっ違うよぉ。あれは真剣勝負を徹底していたからこその、結果であって……」

被告の言い分はこうだ。

奴の相対した悪鬼は、複数の顔面の口から骨の武器を取り出し、それを咥《くわ》えて操るという変態武器使いだったらしい。

加えて悪鬼の顔面は、それぞれが独自の高性能センサーの役割を果たしており、奴の技量も相まって初めの内は遥《はるか》の斬撃を防げていたそうだ。

「おー！　すごいと思ったの。このコちゃんと受けられるんだなって。だから」

だから一段ギアを上げたのだと、恒星系剣士は弁解した。

本人曰くテキトーな棒振りを止めて、ちゃんと戦うことにしたそうだ。

「遥《はるか》さんは考えました。沢山のセンサーと持ち手を活《い》かして戦う魔人さん、果たして狙うべきはどこなのだろうと」

答えはすぐに導き出されたという。

長所と短所は表裏一体。武器の供給及び操作、そして高度なセンサーまで搭載した重要拠点《きかん》――――つまり

「お顔を剥ぐことにしたのですよ」

そういうことである。

「で、そこからはもう作業になってきちゃってさー。顔を剥げば剥ぐほど向こうは弱ってくわけだし、当然と言えば当然なんだけど……なんかつまんないじゃん？」

「それで発破をかけることにしたと？」

「うん！」

再現体相手になんつー無茶を。というか結局励ましながら顔を剥がしてんじゃねーかこのおサイコさんめ。

「ともあれ、こうしてお互い無事なワケなんだしさ。細かいことは気にしなーい気にしなーい」

「アレを細かいことの一言で片付けられるのは逆にすげぇよ。……まぁいい。こんな陰気臭いところでこれ以上お前のサイコフルストーリーを聞くのは健康に悪そうだ。さっさと次行こうぜ」

「よろしくてよ」

何故に急なお嬢様口調……？　いや、きっと深い意味なんてないのだろう。いつだって遥《はるか》さんは自由人なのである。

「よっ、せっと」

戦闘前に投げ出した荷物を拾い上げて、ポータルゲートへと進む。ダンジョンに入る前と比べ、荷物も大分重くなった。早く中間点に行ってこの重みから解放されたいところである。

熱いシャワー。キンキンに冷えた炭酸水にほかほかの温かい料理。そして最後はふかふかのベッドでお休みなさい。楽しかった冒険の旅の締めは、やはりこうでなければな。

「あー、もう辛抱たまらん」

駆けるようなステップで紫渦の転移門をくぐり抜ける。暗闇よさようなら。光の道をいざ行かん。

そうして本日六度目の異空間転移を経た先で俺達が見たものは……。

◆ダンジョン都市桜花・第三百三十六番ダンジョン『常闇』第一中間点

「わ――――っ！」

遥《はるか》の歓声と共に俺の目に飛び込んできたのは、あぁ懐かしきかな人の営みだった。

舗装された道、賑《にぎ》わう市場、建ち並ぶ家屋。ベンチに並木通り、小洒落た噴水広場なんかもあったりしてなんとも目に優しい。

優しいといえば、空の色もそうだ。

鮮やかに染まる茜空《あかねぞら》には、『常闇』ダンジョン特有の毒々しい紫色が影も形もなく、暮れなずむ穏やかな陽光が俺達をやんわりと見守っている。

そして何よりも人だよ、人。道を歩けばすれ違い、辺りを見渡せば人だかり。

しかも完全にオフモードの顔だ。誰も武器を構えたり、張りつめた表情をしていない。つまり安全なんだ、この場所は。

「すごっ！　もう完全に街じゃんココ！」

「だな。……なんだろう、めっちゃテンション上がんね？」

「あがるね！」

二人で意味もなくハイタッチを決め、腹をかかえて笑い合う。

ヤバい。理由を理解するよりも早く嬉しさが無限にこみ上げてくる。

たった数時間離れていただけなのに、こんなにも人の往来を懐かしく感じるなんて。

「不思議だねぇ」

「あぁ、だけど全然悪い気はしない」

見つめ合い、そしてまた大きな声で笑い合う。

しばらくの間、俺達はずっとこの変な感情をもてあまし続けた。

◆ダンジョン都市桜花・第三百三十六番ダンジョン『常闇』第一中間点「住宅街エリア」

「今日からここが、俺達の拠点になります」

目の前にそびえる外階段付きの一戸建てを遥《はるか》に紹介する。白塗りで、外観も良く整えられた洋風家屋。それが、俺達の借り家の第一印象だった。

「おー！　なんか普通に家って感じだねー。あたしてっきりホテルみたいな所に泊まるもんだと思ってた」

「ホテルでもいいんだけどな。中間点に『ハウジング登録』して家借りとく方が何かと便利なんだよ」

　事前に説明もした上、なんだったら諸々の書類も送ってサインしてもらったことにはこの際目を瞑《つむ》ろう。

　保証人欄に親御さんのサインもあったし、きっと絶対に大丈夫なはず……だよな？

「だいじょーぶ！　全部おかーさんに書いてもらったから！」

　ぶいっとドヤ顔で答える遥《はるか》さん。何故この小娘は自信満々なんだろうか。

　……で、なんの話だったけ。あー、そうそう借り家のメリットな、メリット。

　簡単に説明すると、中間点に住まいを持っておけば、ダンジョンに自分の拠点が出来るんだよ。

　かさばる荷物を置いたり、備蓄を蓄えたり、他人に気を使わなくて良いという利点もある。

　特に『常闇』ダンジョンは、まだこの第一中間点しか解放されてないからな。

　人間が行き来する唯一の中間点に拠点を作っておくのは、今後のダンジョン攻略に必須と言っても過言ではないだろう。

「つまり、あたし達の秘密基地ってわけだ」

「ワクワクした言い方をするなら、そうだろうな。じゃあ早速、基地の内部を探検といこうか」

「うん！」

　手すり付きの階段を上り、予め向こうの世界でもらっておいた金属製のカギをカギ穴に挿入する。

　ガチャリ、と耳を震わす解除音。良かった。ちゃんとここで合っていたようだ。

「お邪魔しま――――ん？　ただいまって言った方がいいのかな？　それとも初めまして？」

「好きに言えばいいさ。っと、ここが電源か」

《暗視拡張《ノクトビジョン》》をかけた瞳を動かして、玄関付近のスイッチを軽く押す。

次の瞬間、頭上にあるシーリングライトが輝き始めた。

暖色系統で、目に優しい明かりだ。俺はその光に安心感を覚えながら、丁寧に靴を脱ぐ。

「とりあえず先に間取りの説明だけさせてくれ」

俺は靴を豪快に脱ぎ捨てる遥《はるか》に声をかけてから、ゆっくり玄関の上《あ》がり框《かまち》を跨いだ。……うむ。音が抑えられてる。ちゃんと遮音性のあるフローリングだ。

「まず玄関を入ってすぐ右手にあるのがシャワールーム。脱衣室は別になってるから安心してくれ。で、その隣がトイレな。後は少し離れた所にある向かい合わせの部屋がそれぞれ寝室になっている。男子部屋と女子部屋で分けるつもりだから、先に好きな方を選んで使ってくれ」

「なんと！　いきなり個室がもらえるの!?」

「女性のパーティーメンバーが増えたら相部屋になるけど、今のところは遥《はるか》が好きに使っていいよ」

やったー！　とフローリングの床を飛び跳ねながら、喜びの感情を表す遥《はるか》さん。どうも蒼乃《あおの》家では妹と相部屋らしい。いや、かなたんと同室とかそっちの方が億倍羨ましいんだけど！

「ゴホンッ。で、この廊下の突き当たりのドアを開けるとリビングルームになる」

説明しながらリビングの電気をつける。

二十帖《じょう》ほどの大部屋には、オーダー通りのレンタル家具が一通り揃っていた。

モスグリーンのソファ。角丸型の木製ダイニングテーブルにハイバックタイプのチェア、その奥にあるオープンキッチンの向こう側には冷蔵庫と各種調理器具を並べた棚が、仲良く肩を寄せ合っている。

「すごいよ凶さん、本当にあたし達の家がある！」

「そこの戸棚抜けた先に和室もあるから見てくるといい」

「見てくる！」

大変元気な返事を口にしながら、とてとてとて、と和室の方角へ向かう遥《はるか》さん。喜んでくれたようで何よりである。

月額二十ウン万円の賃料を払った甲斐《かい》があったというものだ、ウン。

しかし冒険者ライセンスを持ってたら未成年でも賃貸契約結べるってホント自由だよな、この世界。パーティー名義で借りればメンバー全員泊まり放題だし、ありがたいことこの上ないよ。

……まぁぶっちゃけ、些《いささ》か冒険者に寄りすぎな気もしなくもないが、そこは〝郷に入れば何とやら〟の精神で華麗にスルーを決めておく。いつか俺に社会の矛盾について深く考える時間と余裕が出来るまでは、この問題は残念ながらお預けだ。

「ねぇ、凶さん」

和室からひょっこりと顔を出した恒星系剣士が目をきらりんと光らせて言った。

「折半ね」

文脈から察するにここの賃料のことだろう。別に俺が勝手に借りてきただけなんだから気にしなくても良いってのに。

「折半、だからね」

有無をいわさぬ物言いだ。カッコつけて突っぱねてもいいが、変に拗《こじ》れてもめんどくさそうだし、ここはひとまず合わせておこう。

「分かったよ。ありがとな」

「あたし達の秘密基地なんだもん、当然でしょ」

にゅっと飛び出している遥《はるか》の顔が、華のような笑顔を咲かせる。

変なところで義理堅いんだよな、この恒星系。

■第九話　夜を歩こう

◆ダンジョン都市桜花・第三百三十六番ダンジョン『常闇』第一中間点「住宅街エリア」

一通り借り家の調査を終えた後、俺達はそれぞれ自分の部屋を見繕《みつくろ》い、巣作りに勤しむことにした。

意外だったのは遥《はるか》が洋室を選んだことだ。

蒼乃《あおの》の家は純和風の建物だったはずだから、てっきり和室を選ぶものだとばかり思っていたのだが……。

「分かってないなあ、凶さんは。ウチに帰ればいやがおうにもお布団生活なわけですよ。だったらこっちにいる時くらいベッドで休まないと損じゃんか」

とレンタル品のベッドの上で年甲斐もなくはしゃぐ遥《はるか》さん。

こういうのは損得じゃなくて相性の問題だと思うのだが、まぁ本人が楽しそうにしているんだしそれで良いのだろう。

「じゃあ一時間後にリビングな」

「あいあい」

待ち合わせの約束を交わし、そっと部屋のドアを閉める。

さて、ここからはしばらく自由行動の時間だ。

俺は遥《はるか》が選ばなかった方の部屋に自分の荷物を下ろし終えると、そのまま備え付けのベッドに腰掛けてボーっとすることにした。

あいつには巣作りなんて言ったけれど、実の所この借り家には、契約の段階で必要な家具一式を揃えておいたのだ。

ベッドに机、冷蔵庫に装備置き場、更には空気清浄機やエアコンまで完備されているこの簡素な部屋は、さながら小さな王国とでもいったところか。

バッグからすっかり温《ぬる》くなった炭酸水を取り出し、キャップを開けて口に含む。

「あー、つかれたー」

炭酸混じりの呼気を吐きながら、白塗りの壁にもたれかかる。

言霊というものは本当にあるらしい。疲れたと口に出した瞬間から、異様に身体が重くなった気がした。

無理もない。

なにせ朝の九時からここまでの間、ずっと重い荷物を背負いながら広いダンジョンを探索していたのである。

精霊との契約（プラス日々の筋トレ）によって肉体が幾分人間の限界を超えているとはいえ、それでも疲労は溜《た》まるし、眠くもなるのだ。

だからこの一時間は久方ぶりに訪れた安息の時であり
『おや、生きていたのですかマスター』

それを邪魔する権利は、たとえ天下の時の女神様であってもノット&ギルティだと思うのですが
そこんところどうお考えなんですかね、えぇ。

『おうおう、随分と遅いご登場じゃねえかアルさんよ。今日のハイライトはとっくに終わってるぜ』

『文香《ふみか》とのデート中に、血なまぐさい戦闘シーンなど拝みたくはなかったので回線をシャットダウンしておりました。悪しからずです』

それに、と《思念共有》を通して伝わるアルの心が言った。

『この私が一年以上の時間をかけて鍛え上げたのです。今更下層程度の敵相手に、マスターが苦戦する道理などありません』

『お、おう』

なんだよ急に褒めてきやがって。くすぐったいじゃねぇか。

『相変わらずのチョロさですね、マスター。扱いが容易くて助かります』

『うるせぇ』

これから成長していくんじゃい。

『で、そっちの方はどうだったんだよ。姉さん、楽しんでたか?』

『えぇ、まぁ。幾つか評判の高級料理店を梯子《はしご》致しましたが、大変美味しそうに食べておりましたよ』

『うんうん』

『しかしながら、あぁいう店舗は一品の量が少ない為我々の胃袋を満足するには至らず、かといって非常識な量の注文をするのもマナー違反だと慮《おもんぱか》った我々は、馴染《なじ》みのワイルド系ラーメン店に向かいました』

……ん？

『山盛りの野菜、煮豚のタワー、背脂の海に、トッピングメニューのオールスター。麺は極太の縮れ麺で、味はとんこつベースの醤油《しょうゆ》テイストです。当然全てマシマシにした上で更にデラックスチャーハンとジャンボギガギョーザも頼みましたから、それなりに私の胃袋も満足致しました』

『おい待て。もしかして姉さんも同じやつを頼んだのか』

『文香《ふみか》は違いますよ』

良かった、とホッと胸を撫で下ろす。

そうだよな。最近色んな疑惑が出ているが、姉さんは普通のＪＫなんだ。そんなフードファイターみたいな真似《まね》するはずが
『文香《ふみか》はあの店の絶対王者ですからね。当然頼むメニューはチャレンジメニュー一択です』

するはずが
『机一つを平気で占拠するような巨大ラーメンを上品かつ流麗に平らげていく姿は、まさに職人芸でした。食を愛するものとして文香《ふみか》、いえ〝ＦＵＭＩＫＡ〟のフードスタイルには敬服する他ありません』

……………。

『恐らくこの街で彼女に比肩する人物は、最多早食い保持者《ファストレコーダー》の〝蒼い流星〟をおいて他にいないでしょう。それほどまでに文香《ふみか》の食力《フードパワー》は凄《すさ》まじく、また偉大なのです』

『この話、やめにしない!?』

クソ、なんだよこのミッシングリンクが繋がる感じ。てか、どうして俺の周りに早食いと大食いの女王様が集まってんのさ。ジャンル違いも甚《はなは》だしいよ！

『……！　待って下さいまし。この記憶《ログ》はどういうことですかマスター。遥《はるか》が……〝蒼い流星〟……？』

『話を広げようとするな！』

収拾がつかない。全然、収拾がつかないよ。

◆

「やぁやぁ凶さん。一時間ぶりですな」

一時間後、丁度ぴったりの時間に遥《はるか》がリビングに現れた。

「着替えてきたのか」

「そりゃねー。遥《はるか》さんとてオフの時間くらいは防具外しますよ」

と、めかし込んだ姿で微笑する恒星系。

薄い亜麻色のチノパンに白のタンクトップ、そしてお気に入りの蒼をジャケットに添えた姿は、ラフながらも品があり、遥《はるか》の持つ魅力を自然に引き立てている。

「素材がいいっていうのもあるんだろうけど、毎度毎度服選びのセンスが秀逸過ぎて驚くわ」

「えへへー、ありがとう。凶さんのそういうところ、いいと思うぞー」

顔が沸騰しそうになったので急いでそっぽを向く。たまに胸がキュッとなるようなこと口にするんだよな、こいつ。

「あーっと、それじゃあ飯食いに行きますか」

「いくー」

戸締まりと財布の確認を済ませ、いざ外へ。

「なんか新鮮だね、こういうの」

「まぁ、中学生がダンジョンに家借りるなんて超レアケースだもんな」

俺達より若くしてライセンスを取った冒険者は沢山いるのだろうが、そういう新鋭達は大抵大手クランに引き抜かれてしまう。

だからどこの後ろ盾もなく、中坊だけのパーティーでここまで来られるというのは、中々どうしてすごいことなのである。

しかし、彼女の言う〝新鮮〟とは、どうやら違う意味合いを含んでいたらしい。

「うん、それもそうなんだけどさ。あたし、こうやって夜の街を同年代の子と歩いた経験全然なくて」

と、恥ずかしそうに頬をかく遥《はるか》。

街の外灯に照らされたそのかんばせは、溶けかけのビターチョコレートのような温い苦みを秘めていた。

夜、といっても時計の針は、まだ八時にもなっていない。

そりゃあ中学三年生が出歩いていて褒められるような時間ではないだろうが、さりとて補導されるほどの深夜でもないだろう。

塾や部活の帰り道、友達と背伸びして行ってみた遠くの場所、認めたくはないが、リア充属性ならば好きな人とのデートという線もあり得なくはない。

何気なく他愛ない話をしながら、時に喧嘩《けんか》をしたり、相談に乗ったり、あるいはドキドキしたりしながら歩く夜の街。

そういった経験がないというのは、もしかしたらちょっとだけ寂しいことなのかもしれない。

少なくとも遥《はるか》の美貌に張り付いた感情は、ソレを確かに羨んでいた。

いいなぁ、と。薄暗い鳥かごの中で、外に広がる青い春を見つめる蒼の少女。

そんな姿がありありと想像できてしまったから、俺はとっさに声を上げたんだ。

「なら、これから増やしていけばいいじゃないか」

おどけた風に笑いながら、なんてこともないような声色で語りかける。

「別に大した用事じゃなくていいんだ。小腹が空いたとか、夜風に当たりたいとかそんな理由にもならない思いつきで夜を歩こう。もうすぐ高校生なんだし、ちょっとくらい背伸びしても罰《バチ》はあたらないだろ」

そうさ、遥《はるか》。お前はもう、自由を勝ち取ったんだ。ワクワクすること、ドキドキすること、いっぱいあるんだろ？　だったら、それを片っ端から叶えていこうぜ。必要なら俺も力を貸すからさ。

「……うん、うん！　それはなんだか、とっても素敵な提案《ゆうわく》だね」

「あぁ、きっと楽しいぞ」

短く頷いて、少しだけ照れくさそうに笑い合いながら、そうして俺達は夜の街を歩きだした。


『常闇』の街の建物は、良い意味で統一性がない。四角い建物、丸い建物、アパルトメントタイプの賃貸物件もあれば、絵に描いたような「赤い屋根の大きなお家《うち》」もある。デザインは和洋まちまちで、タワマンはない。ギリギリマンションと呼べる少し大きめの集合住宅が町外れにポツンとあるくらいのもので、全体的に田舎っぽい。

ここにあるものは、全て作られたものだ。建物も、木々も、小川も、そしてこの星空も。

「良く出来てるよねぇ」

「だなぁ」

偽の夜空に咲く満天の星々。まるでプラネタリウムの中を散歩しているかのような、そんな雰囲気を楽しみながら、舗装された道を歩いていく。

人工の星達は、少しだけ眩《まばゆ》い。数が多すぎるのだ。夜にしてはあまりにも明る過ぎて、少しだけ目が回りそうになる。ぐるぐると、ぐらぐらと。とても奇妙な感覚。

けれど、町中に灯る色とりどりの外灯が更に賑々《にぎにぎ》しかったせいで、次第に人工の星々の明るさに俺達は慣れていった。

赤、青、黄色、オレンジ、緑、ピンク、白に紫。

様々な色の光が町中を華やかに照らしていて、まるで近所の夏祭りに顔を出しているかのような錯覚を覚えてしまう。

別に祭囃子《まつりばやし》が聞こえるわけでもないし、街行く人々は普通の格好をしているというのに変な〝っぽさ〟があるんだよな。うーむ、不思議。

住宅街を抜け、人工（というよりも中間点の地形操作機能を利用した）河川に架かる橋を渡って歓楽街エリアに入ると、その傾向はより顕著なものになっていた。

「らっしゃい、らっしゃい！　リンゴ飴《あめ》味のポーション売ってるよ！」

「どうだいお客さん、ウチの霊石クジはハズレなしだよ。しかも特賞は、あのアレイスター社の新作だ！　ノーリスクハイリターンの霊石クジ、やらなきゃ絶対損だよー！」

「パーティーのマッチング会場はこちらでーす！　現在ヒーラーが不足しておりますので是非ご参加くださーい！　他のロールの方も大歓迎でーす！」

屋台にテキ屋、それにパーティーメンバーの斡旋所《あっせんじょ》なんかが道なりにひしめき合っていて、少し視野を広げれば手品師や道化師やらが路上パフォーマンスを行っているではないか。

これはもう、まさしくといった感じだ。

「すごいよ凶さん、お祭りやってる！　今日ってなにか特別な日？　だとしたらあたし達すっごくラッキーだね」

「どうだろう。俺も詳しいことは分からないけど、多分コレがこの街の日常なんじゃないかな」

『常闇』は、十層にいる糞ボスが理不尽ムーブかますせいで未《いま》だに第二中間点も未解放なダンジョンである。

恐らくそのせいで、本来であれば中間点ごとに分かれるはずの冒険者達がこの区画に集結しているのだろう。

理由があってクリアされていないダンジョン――ダンマギではよくある話だ。

「先へは進めない、だけどここでしか手に入らない特殊な精霊石を沢山集めたいっていう板挟み的な思考を持った冒険者達が副業感覚で店を出してるってのでは、っていうのが俺の私見」

「おー！　つまり毎日がお祭り騒ぎってわけだね！」

「……ソダネ」

その大ざっぱなまとめ方、俺は好きだぜ遥《はるか》よ。

「ねーねー、折角だし見て回ろうよ」

「もちろん。なんだったらここで夕飯でも良いよ」

「いいねいいね！　今日くらいはそうしちゃおっか」

そんなわけで俺と遥《はるか》の夕食は屋台の買い食いと相成《あいな》った。

たこ焼き、牛串、焼きそば、ケバブ、じゃがバターに焼き鳥、たい焼きやリンゴ飴、焼きトウモロコシもわたあめも制覇して、チョコバナナもソースせんべいもかき氷も食べ尽くした俺達は、この日この街を一番堪能《たんのう》していたと思う。

少なくとも〝蒼い流星〟の食いっぷりは伝説に残るレベルだった。

「あーあ、こんな楽しいイベントがあるんだったら、家から浴衣持ってくればよかったなー」

ぽんぽん、と射的の景品で手に入れたチョンチョン君人形を撫でながら、遥《はるか》が残念そうに目を細める。

「そんなもんか？　ここの連中、誰も浴衣なんて着てなかったぞ」

「分かってないなぁ、凶さんは。風情だよ、風情。周りがどうとかじゃなくてあたしが感じたいの」

ふむ。さっぱり『風情』の基準が分からん。それっぽければいいのだろうか？

「じゃあ、花火なんてどうだ？　季節感はゼロだが祭りっぽくはあるだろ」

「花火は熱いね！　こう、この辺に割物《わりもの》がどかーんと打ち上がって、あっちから錦冠《にしきかむろ》がパーッて長いしっぽを引くの……うん、あたし的にはすごく風情がある」

うっとりと頬を染めながら遥《はるか》が見つめる空の先には、きっと幻想の花火が咲き誇っているのだろう。

「遥《はるか》って、案外こだわりが強いタイプなんだな」

「強いかなー？　でも形は結構大事にするかも」

「でもって根っからのロマンチストと」

「だねー、ワクワクするの大好き」

良い事だ。そのままスクスクまっすぐと成長するのじゃぞ、遥《はるか》よ。

「なんか凶さん、ジジ臭い」

「何を言うか。心はいつまでも思春期《ちゅうに》だぞ」

「何故《なにゆえ》中二？　凶一郎《きょういちろう》ってあたしと同い年だよね」

「あっ、うん。中二というか厨二《ちゅうに》というかそういうスラングがあってさ――」

中学生に厨二の語源を説明する。これほどの羞恥プレイが他にあるだろうか。

「えぇっ？　どうしてその人は何の能力もないのに〝暗黒の邪天使〟の生まれ変わりだなんて吹《ふい》聴《ちょう》して回ったの？　全くメリットないよね」

「その時はカッコいいと思ってたんだよ！」

いや、ないだろう。

■第十話　前人未到を目指して

◆ダンジョン都市桜花・第三百三十六番ダンジョン『常闇』第一中間点「歓楽街エリア」

二日目の朝、俺は朝早くに借り家を出て歓楽街エリアに向かっていた。

理由は端的に言って、買い物だ。

昨日の夜、修学旅行みたいなテンションで遥《はるか》とはしゃいでいたら今日の食料を買い忘れたのである。

中学生らしいといえば中学生らしいのだが、向こうにいた頃の俺の年齢はゲフンゲフン。……きっと中坊と融合したから精神も引っ張られているのだろう。そういうことにしとこうぜ☆

とまぁ、かくも幼稚な理由で回ってきた昨日のツケを払うべく、俺は一人さびし楽しく食料調達中というわけなのさ。

遥《はるか》はどうしたのかって？　あいつは今も自分の部屋のベッドの中だよ。

というかついさっき午前六時を迎えたばかりの早朝にわざわざ起こすのも悪いなと思って、そのまま放ってきた。

まぁ、あのワクワク娘も、この程度の単独行動に一々目くじらを立てたりはしないだろう。

念の為、リビングに置き手紙をしたためておいたから、変なトラブルも起こらないはずだ。

こういう時、スマホが使えれば楽だったのに、とつくづく思う。

五大ダンジョンのような例外を除いて、基本的に電波を介するアイテムは、ダンジョン探索で役に立たない。

基地局《サーバー》がないからだ。

俺達が日ごろお世話になっているテレビやスマホも、肝心要《かなめ》の発信源がなければ途端に光ることだけが取り柄の物言わぬ箱になってしまう。

体験してみて痛感したのだが、電波のない世界ってかなり辛い。

《思念共有》を利用した通信革命が起こるのはもっと先の話だし、現状はどうしようもないのだが、それでもあの光る箱が使えないことに軽いストレスを感じてしまう。

どうしようもないくらいに、俺はスマホ世代の人間だった。

……あー、ウェブ小説が読みたい。こっちの世界のエンタメ界隈もあっちに負けず劣らず面白いんだよなぁ。

自分の内から溢れ出す即物的な欲求に悶々《もんもん》としながら、頼りない足取りで橋を渡る。

そこから更に少し歩いてようやく目的の場所へ。おっ、見えてきた見えてきた――ってなんじゃコリャ？

「完全に別物じゃねえか」

閑静な街並み。

影も形もない屋台の群れ。

人の往来も驚くほど少ないし、何より誰も騒いでない。

当たり前といえば当たり前なんだろうが、白んだ朝焼けに照らされた明け方の歓楽街は、夜の雰囲気からは全く想像できないほど落ち着いていた。

地図を開き、道を確認しながら不自然なくらい綺麗な通りをひたすら進む。

そして五分後、俺は無事目的の店に辿り着いた。


桜の花びらの形をしたロゴマークの下に書かれた『桜花冒険者組合《ギルド》公認店舗』の文字が示す通り、ここ『サクラギ』は、桜花の冒険者ギルドが各ダンジョンの中間点に設置している総合ディスカウントストアだ。

店員から配送業者まで全員冒険者ライセンスの持ち主で構成されており、その豊富な品揃えとサービスの良さから桜花の冒険者にとってなくてはならない存在として愛されている……というのがゲーム内での設定だった。

実際、客にとっては居心地の良い店なんだろう。

桜色を基調とした店の外観は掃除が行き届いているし、店舗内の整理整頓具合も気合が入ってる。

店の中を忙しなく動き回る店員さんの動きも機敏《きびん》で、客として訪れる分には本当に素晴らしい店だと心から思う。

……けどなぁ。これ絶対、店側の負担が半端ないよなぁ。

ネットが繋がらないダンジョンの中間点でこれだけのクオリティを維持するのって本当にブラッ……大変なことだ。

あっちの世界で学生時代に似たような店でバイトしてたから分かるけど、大きめのディスカウントストアってマジで忙しいからな。

その更に上の二十四時間営業仕様《ハードモード》と考えるとここの店員さん達は下手な冒険者よりもよっぽどタフなのかもしれない。

俺は心の中で彼らに尊敬と感謝と僅かばかりの共感を捧《ささ》げながら、出来るかぎり仕事の邪魔にならない足運びを意識しつつ店内を巡った。

缶詰やおにぎり、更にはカップ麺といった定番の保存食品を幾つか入れつつ、それだけでは健康に悪いので幾つかの生鮮食品をかごに入れる。

ダンジョンの中で肉や野菜が買えるというのは本当にありがたい。

噂に違わず、商品のラインナップもバラエティに富んでいて、これなら三食バランスの良い献立を組むことが出来そうだ。

さて、次は調味料の方を……

「……っと」

丁度野菜売り場を抜け出そうとしたタイミングで、運悪く現れた他の客とぶつかりかけた。

「大丈夫ですか!?」

接触はなかったはずだが、万が一ということもある。

俺は振り返りながら、状況の確認と謝罪の言葉を紡ごうとして

「えっ？」

瞠目《どうもく》した。

銀髪のツインテール、ノワールカラーのゴシックドレス、そして特徴的な紅の瞳。

『キャハハハッ、キャハハハハハッ』

知っている。知っているとも、その顔を。

『みんな、みーんな痛めてアゲル、傷つけてアゲルッ！　苦しめてアゲルッ!!　消し去ってアゲルッ！！！』

故になぜ、という疑念が真っ先に頭をよぎった。

『だから、ねぇしっかり泣き喚きナサイッ。無様ヲ晒してこの■■■■ヲ楽しまセルノ。それが、無能デ無価値ナお前達に許された唯一の贖イヨ。キャハッ、キャハハハハッ、キャハハハハハハハハハッ！』

なぜだ。どうして〝彼女〟がここにいる？

「あの、君は」

「…………大丈夫、こちらの不注意。気にしないで」

それだけ告げて、銀髪の少女は去っていった。

時間にして僅か数秒にも満たない短い会話。日常生活を送っていれば、誰もが一度は経験したことがある類の瑣末《さまつ》に過ぎないすれ違い。

ぶつかりそうになって、俺が謝り、彼女が大丈夫と頷いた――――そんな〝普通〟を、〝普通〟であったことを、俺の脳は〝異常〟であると判断した。

どういうことだ？　わけが分からない。いやそもそも、俺の知っている〝彼女〟であれば、あんな常識的な対応をとるはずがない。

顔も、声も、服の趣味すら一致しているというのにパーソナリティが全く違う。

双子？　ドッペルゲンガー？　いやいやそんな設定はなかったはずだ。

ならば一体、あの子は誰だというのか。

頭の中の設定資料とフローチャートを総動員させて、この時間軸における〝彼女〟の可能性を虱《しらみ》潰《つぶ》しに探り続け、そして

「まさか」

そして辿り着いた最も確度の高い解答を前に、俺はただ呆然《ぼうぜん》と立ち尽くすことしか出来なかった。

◆ダンジョン都市桜花・第三百三十六番ダンジョン『常闇』第一中間点「住宅街エリア」

「悔しいけど、やっぱり文明の利器って偉大だわー」

テーブルの上に並べられたシュガーバタートーストをつまみながら、寝起きの遥《はるか》さんがそんなことを仰《おっしゃ》った。

「ベッドで寝られて、お風呂も入れて、しかもこんな素敵なモーニングセットまで出てくるなん

て――――至れり尽くせりが過ぎて、ここの子になっちゃいそう」

「馬鹿なこと考えてないでさっさと……いや、お前の場合はよく味わって食べなさい」

カップに注がれたミネストローネに口をつけながら、形ばかりの注意を入れておく。おっ、うまい。トマトの酸味と仕上げの粒胡椒《つぶこしょう》がいい感じに嚙み合ってる。

「こんな気合の入った朝ごはんで餌づけしておいてそれはないよー。ていうか、凶さんって料理できたんだね」

「姉さんの手伝いをしてたら自然にな」

最初は姉さんの負担を少しでも軽くする為に台所に立っていたのだが、気づいたらすっかりハマってしまい、今となっては、普通に特技の一つになってしまった。

「あたしはその辺からっきしだから、普通に尊敬しちゃうなー」

「そうなのか？　妹さんとかすっごい上手そうなイメージあるけど」

「？　なんで急に彼方《かなた》の話？」

しまった。うっかりダンマギオタクの血が反応してしまった。

「いや、別に他意はないよ。本当に根拠のない勘みたいなもんで」

「ふーん……、まぁいいけど。でも実際、凶さんの推理は合ってるよ。ウチの妹の料理チョー美味しいの。身内贔屓《びいき》なしでお店が開けるレベル」

そうなんだよなぁ。かなたんってヒロインの中でもトップクラスに料理が出来る子なんだよ。

確か自身のルートでは、「簡単な物だが」とか言って主人公に懐石料理を振る舞ってたっけ。……

うん、それは色々と重いよかなたん。

「で、凶さんや。今日の予定はどちらまで」

「あー、そうだな。とりあえず当初の計画通りここの最深記録を塗り替える」

俺の大言壮語を聞いた遥《はるか》の口元が三日月のように歪《ゆが》む。悪そうな笑みなのだが、唇の端にサラダドレッシングがついていたので台無しだった。

「前人未到の攻略かぁ。いよいよって感じだね。でもさ、凶さん。第十層が誰にも攻略されてないのにはワケがあるんでしょ？」

「あぁ。当然その点は織り込み済みだ。――――織り込んだ上で、今日中に十層を攻略する」

「秘策があると？」

「秘策ってほどのものじゃないさ。ただ覚えたてのスキルを使う、それだけで噂の試練は突破可能だ」

サラダの中に入っているスライス状のゆで卵を飲み込みながら、大丈夫だと親指を立てる。

なにせこの数週間、その為だけに自分の息子を邪神に捧げてきたんだ。ここで成果を出さなきゃどうするよって話。

「じゃあ少し早いが、話のついでに対十層に向けたブリーフィングもやっとくか。まずボスの特徴だが――――」

俺は事前に仕入れておいた「誰もが知っているデータ」を基に、十層の試練の内容を遥《はるか》に語った。

十層のボスは、六層行きのポータルゲート前に注意喚起の張り紙が貼られるほどに悪名が轟《とどろ》いている。

だから俺が奴の情報を知っていても、なんらおかしなことではないし、仮に少し知り過ぎていたとしても、きっと誤差や噂の範囲で片付けられるだろう。

俺はボスの体力、術技、特性、行動パターン、更には弱点や試練の抜け穴を余すことなく遥《はるか》に伝えながら、同時に本番用の対策プランを複数個提示する。

自画自賛するわけではないが、十層の攻略法は安全かつ迅速な仕様に仕上がっている。しかも独りよがりの結論ではなく、ちゃんと邪神《アル》のお墨付きをもらった良策だ。

だから当然、快諾されるものだと思っていたのだが
「うわ、凶さん悪趣味ィー」

返ってきたのは、若干引き気味のジト目だった。

おい待て、遥《はるか》よ。いつも散々無茶苦茶やってるお前が引くのは卑怯《ズルい》だろ。

■第十一話　判決は、死罪の後に

◆ダンジョン都市桜花・第三百三十六番ダンジョン『常闇』

十層までの道中は、これまでの冒険となんら代わり映えのしないものだった。

いや、出てくる敵の種類や道なりには色々な変化があったよ。

だけど、敵は結局基本スキルも使わずにワンパン可能な奴らばかりだったし、フィールドの方も俺達の体力《スタミナ》に響くレベルのものではなかったのだ。


変化はあった。

だけどその変化が俺と遥《はるか》にとっては些細なものだったから、結果として代わり映えがないように感じてしまったのだと思う。

楽勝だとか無双し過ぎて俺ツエーなどと驕《おご》り昂《たかぶ》った天狗になるつもりはないけれど、正直余力は相当残っていた。

途中、気合を入れ直す意味も込めて、遥《はるか》に軽い剣術稽古をつけてもらったほどである。

「凶一郎《きょういちろう》の剣は、いい意味で誇りがないね。完全に〝手段〟として割りきってるから変な癖がない」

良い先生に教えてもらってるね、と素直な言葉で褒めてくれる人類最高峰の剣術使い。

〝良い〟先生か。

確かにうちのアルさんは、優秀な指導者である。

指導は的確だし、教える内容も幅広い。

俺がたった一年の間にここまで強くなれたのも間違いなくあいつが傍にいてくれたからだ。

けれども、奴が優しい人格者かといわれたら答えは確実にノーだろう。

パワハラ、ロジハラは当たり前、理不尽な金的《たいばつ》もあるし、基本訓練メニューは俺が壊れないギリギリのラインで攻めてくる。

……うん、向こうの価値観で捉えたら、間違いなく悪い先生だ。

ネットの正義マン達にこぞって叩かれる様が目に浮かぶ。

しかし、郷に入っては何とやら。

強さや生産性が第一とされる『精霊大戦ダンジョンマギア』の世界において、奴の教育方針はやり過ぎのきらいこそあれ、格別謗《そし》られるほどでもないのである。

そもそも、〝こちら〟と〝あちら〟では命に対する価値観が全然違うわけだから、あちらの物差しで測るのはナンセンスなのだ――――けれども、だからといって自分の息子を無表情で蹴ってくるあの邪神様を肯定するのは間違っていると思うし、かといって奴のお陰で強くなったのも厳然たる事実なわけで――――うーむ、堂々巡り。

「優れた先生だとは思うよ、でも全然優しくない」

結局、行き着いた答えはそんな当たり障りのない台詞だった。

優れているけど、優しくない。

完璧な正解とはいえないだろうが、奴の性質を概《おおむ》ね押さえた言葉だと俺は思う。

でも、あれであいつも案外……いや、いい加減キリがないので話を進めることにしよう。

なんだかんだでそれなりに冒険を満喫した俺達が、十層への転移門を見つけたのは午後四時過ぎのこと。

入りが昨日よりも遅かったのに、到着までの合計タイムが大幅に更新されたのは、日課のランニングの代わりとかいって遥《はるか》と一緒に六層七層を爆走したのが功を奏したのだろうか。

「というわけで、やって参りました十層前」

いえーい！　と無駄に元気な遥《はるか》さんと謎ハイタッチを交わす。

前人未到の試練を前にしてこのノリだ。頼もしいことこの上ない。

「んじゃ、手筈《てはず》通りに頼むぜ」

「了解。凶さんもしくじるなよー」

よっしゃ行こかと軽い足取りで前進する中坊二人組。

纏う空気はほとんど平常時と変わらず、まるでこれから修学旅行にでも行くかのような緩《ぬる》さである。

「おい待てアンタ達！　一体どこに向かおうとしてるんだ!?」

突き刺すような怒号が鳴り響く。

振り返ると、血相を変えてこちらに向かってくる色黒の男性の姿が目に飛び込んできた。

「その先は未踏破区域だ。悪い事は言わん。引き返せ」

「……冒険者組合の方ですか？」

「違う。だが、〝燃える冰剣《Rosso&Blu》〟の末端を担う者だ。この意味が分かるか？」

「分かりません！」と正直に告白する遥《はるか》さんの口元におにぎりを突っ込みながら、俺は神妙な顔で頷いた。

「〝燃える冰剣《Rosso&Blu》〟といえば、五大クランの一角ですよね。最大手さんが、何故俺達みたいな木端《こっぱ》のパーティーに忠告を？」

「これから死にに行こうとする若いのを止めるのに、ご大層な理由は必要ねえだろ。いいか、この先に足を踏み入れたら間違いなく死ぬぞ」

険のある口調で俺達を威圧する黒肌の男性。恐らく心底からの親切心で俺達を引きとめようとしてくれているのだろう。

「今までアンタ達のような若くて血気盛んな連中が何人も〝試練〟に挑戦し、そして一人残らず死んじまった。分かるか？　一人残らずだ。今その紫の扉をくぐっちまったら、アンタ達も必ず同じ目にあう。勇気と無謀を履き違えるな。度胸試しならよそでやれ」

ありがたいことだし、先輩の優しさに報いたいという気持ちもある。だけど

「忠言、痛み入ります。十層のことは俺達も調べたつもりでいましたが、貴方の話を聞いて、より一層身が引き締まりました。ありがとうございます、先輩。貴方は俺達を必死になって止めようと

してくれた。だからこの先で俺達に何があってもそれは貴方の責任ではありません。俺達の責任は、俺達自身が取ります。──────では、またどこかで」

深々と頭を下げて、そのまま一気に紫渦の扉を駆け抜ける。並走する恒星系、悲痛な叫びを上げる先輩冒険者。

人としての尊敬の念と、一抹の申し訳なさが胸をひりつかせるが、最も強く去来《きょらい》した想いは酷《ひど》く冷めたものだった。

「(成る程、ここで〝燃える氷剣〟か)」

もしかしたらこの出会いが今後俺達の何かを変えるのかもしれない──────そんな予感めいた推測を立てながら、次元と次元の狭間を通過する。

そしてその先に待っていたものは

◆ダンジョン都市桜花・第三百三十六番ダンジョン『常闇』第十層

『よくぞ参った咎人《とがにん》よ』

大型の立方体部屋、壁一面に敷き詰められた無数の棺桶と不自然に漂白された床。

そんな不快指数の極めて高い病み部屋の中心に、枯れ木のような男が立っていた。

男の身長は二メートルを軽く超え、二十センチ、三十センチ……下手したら五十センチに届くかもしれないほどに伸・び・て・い・る。

もしも奴の身体に人並みの〝肉〟がついていたら、きっと〝巨体〟と形容するにふさわしい大きさの化物に仕上がっていたことだろう。

しかし、眼前の怪人に肉と呼べるものはほとんどない。

あれはそう、皮だ。骨に皮をつけて、その上から更に白い包帯を巻いているのだ。

棒人間に最低限の輪郭だけつけて、全身を包帯でぐるぐる巻きにした奇人――――それがこの部屋の主を表すのに最も適した言葉だった。

高く、細く、そして声だけは理知的な男声の包帯ミイラ。

奴こそが十層の主であり、ダンジョン『常闇』の停滞を招いた元凶に他ならない。

名はシンプルに〝死魔〟、またの名を――――

『我が名はアストー・ウィザートゥ。汝《なんじ》ら咎人を裁く魂の運び手にして死出の番人。さぁ、咎人よ。この先に進みたくば、我が裁きを受けよ』

「裁き、ね」

ゲームで、そしてこの世界に来てからも何度も見聞きしたから知っているのだけれども、一応確認と礼儀の意味を込めて意味を尋ねる。

「一体全体、何の罪で俺達は裁かれるんだ？　後、当然弁明の機会はあるんだよな？」

『咎人の罪とは在る事也《なり》。故に我は死をもって咎を清めん。汝らの身が真に潔白であるのなら、自《おの》ずと道は開かれるであろう』

奴の仰々《ぎょうぎょう》しい弁舌を聞き終えた遥《はるか》さんが、難しそうな顔で小首を傾げた。

「ねぇ、凶一郎《きょういちろう》。何言ってるか全然わかんない」

うん、そうだね。言葉遣いが堅過ぎて最早ただの厨二病《ちゅうにびょう》だもんな、アイツ。

「えーっと、ものすっごい嚙み砕いて説明するとアストー・ウィザートゥさんは〝お前達はいるだけで邪魔だからこれから殺すね。もし僕のスーパーパワーに耐えられたら通してあげてもいいよ〟とほざき散らかしております」

「ふむふむ…………って滅茶苦茶身勝手なこと言っててんじゃんあのノッポ！」

「そうなんだよ。無茶苦茶なんだよ」

ダンマギのボスキャラは大体「こんにちは！　じゃあ死んでね！」の精神で襲いかかってくるから普通といえば普通なんだが、このミイラ男の場合、一見理性的に見えるから性質《タチ》が悪い。

なんだよ〝在る事が罪〟って。完全にゲームジャンル間違えてんじゃねぇか。

……まぁいい。郷に入れば何とやらだ。

「分かったよ。んじゃ、まずは俺から裁いてくれ」

『良かろう、前へ』

ミイラ男の枯れ枝のような手が俺を指す。

突然の浮遊感――――否、本当に浮いているのだ――――そして次の瞬間俺の身体は、強制的に奴のいる方角へと突き飛ばされた。

「っ!?」

大の字の形で宙を飛ぶチュートリアルの中ボス。傍から見れば相当間抜けな絵面だろう。実際、後ろから遥《はるか》さんの爆笑ボイスが聞こえてくるんだから間違いない。……後で覚えておけよ恒星系！

『止まれ』

丁度、死魔の手前まで来たところでストップの号令が下る。

奴の指示に従って、俺の身体は緊急停止。ぐえっとカエルのようなうめき声を吐き出しながら大の字状態で空中浮遊。

恥辱プレイにもほどがある。

『捕らえよ』

そして全然嬉しくないことに、死魔の辱《はずかし》めはまだ終わっていなかった。

左右の壁面に飾られた棺桶から突如飛び出す無数の黒縄。それらが俺の四肢を締め上げ拘束したのである！

「筋肉だるまの縛りプレイとか、誰得なんだよ」

『損得の話ではない。貴様が逃げ出さぬよう緊縛したまでのこと』

すかした声で危ない台詞を吐くんじゃないよ。クソッ、完全に同人誌みたいな展開じゃんか。ならばいっそのこと――――！

「くっ、殺せ！」

『元よりそのつもりだ』

「ぶふぉっ！」と後ろで盛大に吹き出す遥《はるか》さん。よしよし、奴の腹筋に一発デカいのをかましてやったぜ。一度言ってみたかったんだよなぁ、くっ殺《ころ》。

『それでは、これより試練《さばき》を始める』

「(……試練ね)」

十層のボス〝死魔〟アストー・ウィザートゥによる試練とは、簡単に言ってしまえば「今からぶっ殺すけど死ななかったら無罪ね！」という理不尽極まりないものである――なんて書くと、まるで目の前のミイラ男が異常なサイコ野郎であると詰《なじ》っているように聞こえるかもしれないが、それは違う。

さっきも語った通り、ダンマギのボスは大半が「こんにちは！　じゃあ死んでね！」の精神で襲いかかってくる修羅《バカ》共だ。

だから「死刑の後に判決出すね！」などと意味の分からない供述をほざくこの枯れ木のようなミイラ男の行動も、ボスキャラの仕様として見るのであれば、そこまで突飛なものではない。

では、何が理不尽なのかというと、それはもう端的に〝殺し方〟である。

奴の使う術の特性は『即死』。

対象の魂そのものに干渉するタイプの術で、まともに喰らえばゲームの主要キャラクタークラスでもひとたまりもないほどの威力を秘めた厄《やく》いヤツ。

その一方で、一発ごとの長時間チャージや低速弾道、そして単体攻撃しか持たないという強烈なデメリットを複数持っている為、良くも悪くも威力重視のピーキースタイルとしてバランスが保たれてい……れば良かったのだが、残念ながら「そうは問屋が卸さない」のである。

奴のそういった弱点は〝試練設定型〟ボス特有のルール設定能力によってことごとく解消《むし》されて

いるのだから。

【特定の攻撃以外は無効化する】、【防御行動を制限する】、【精霊からの霊力供給を一定時間停止させる】――――とまぁこんな感じの試練（という名の俺ルール）を一方的に押しつけることによって戦闘を有利に運ぶのが〝試練設定型〟ボスの強みなんだが、このアストー・ウィザートゥさんはソレを憎たらしいほど有効に活用していやがるのさ。

奴が今この十層内に敷いている特殊ルールは三つ。

その①【ボス側の攻撃行動を一度受けるまで、回避行動を制限する】

その②【ボス側の攻撃行動を一度受けるまで、ボスへの攻撃は全て無効となる】

その③【ボス側の攻撃で敵が死亡した場合、上記二つのルールは再度適用される】

回避無効、攻撃出すまで無敵化、相手が死亡したら次の敵にも俺ルールというインチキ効果のオンパレードである。

術の攻撃速度の遅さを①のルールで対策し、チャージ時間の問題を②のルールでまかない、そして仕上げに③のルールで最強状態を維持……なんというか全く可愛げがないラインナップだよな。

攻撃と回避を封じて絶対に即死技を当てるというコンセプト自体は非常に凶悪なんだが、そこに一切遊びがない。ゲーム時代は何この糞ボスって思ったよ。

まぁそれがこうして現実となって、実際に文字通りの縛りプレイ状態に陥った今となっては無限の殺意しか湧かないけどな！

バーカ！　バーカ！　インチキ効果のチート野郎！

『それは自己紹介か何かですか、マスター』

義憤に駆られる俺の脳内に直接語りかけてくる邪神の声。

主が縛られているこの状況で暢気に《思念共有》をかけてくる辺りに性根の悪さが窺える。

『今日は間に合ったじゃないか、アル』

『主がこんなおもしろ――――ではなく、大変な目にあっているのですから当然観《み》に行きますよ』

『…………』

主が捕縛され、しかも即死攻撃の刑にさらされようとしている大ピンチだというのにこの言い草だ。男性器を蹴ることに微塵の躊躇《ちゅうちょ》もない女は、やはり違う。

『こんな茶番に付き合って差し上げているというのに、その言い方はなんですか。マスターが生意気だと文香《ふみか》に言いつけますよ』

『姉さんにチクるのは卑怯だろ！』

そもそも俺、全然悪くねーじゃん。

しかし、茶番か。

いや、実際その通りなんだが、ぶっちゃけ過ぎだろアルさんや。

『勿体《もったい》ぶって悲壮感を漂わせても仕方がないでしょう。それともアレですか？　散っていった愚子《ぐし》息《そく》達の為にも立ちあがりなさいとでも申し上げればよろしくて？』

『よろしくねえよ！』

もう、色々と台無しだった。

『――――今ここに、裁きの準備が整った』

棺桶に囲まれた不気味空間に、厳かな声が響き渡る。

ここの主であり、沢山の死者を生み出した〝死魔〟の宣告は、本来であればものすごくシリアスな感じで映えたのだろう。

しかし、主にアルとの脳内会話のせいで緊張感というものが粉々に砕かれた今の俺には、死魔の言葉はえらく空虚で滑稽なものに思えた。

可哀想なアストー・ウィザートゥ…………いや、そうでもないな。

締まらない展開が続いてついつい見落としがちになってしまうが、こいつもこいつで色々とやらかしてるんだった。

視線を周囲の壁に移す。

棺桶、棺桶、棺桶、棺桶、どこもかしこも棺桶だらけ。よく見れば天井部分にもビッシリだ。

恐らくは、この悪趣味なオブジェ一つ一つが奴の犠牲者なのだろう。

裁きと称して冒険者達をハメ殺し、そしてそれをまるでコレクションのように飾り付けてる悪趣味野郎。

どれだけ厨二っぽく格好つけた台詞で取り繕おうが、死魔の本性はゲスの極み。あーあ、どうして死神属性っていうのは、こうも糞野郎揃いなんだろうな。

「なぁ死魔さんさ、これが裁きだっていうなら懺悔《ざんげ》の時間くらいはもらえんのか？」

『汝が必要とするならば』

ありがとよ、と形ばかりの感謝を述べ、目の前のミイラ男に向き直る。

人の形をした枯れ木に包帯を巻いたようなか細い身体。ルール設定能力の代償《コスト》として払った能力値《ステータス》の割合は、俺の知る限り無印屈指のものだろう。

「アンタ、どうして棺桶なんざ集めてる？　咎人やらを死なすのが目的なら、こんな悪趣味なオブジェはいらんだろ」

『我の手によって閉ざされた命は、我のもの也。故に我はそれらを天に煌めく星座の如く飾るのだ。俗物的な理由など必要なし。命を統べる我が死の星々を紡ぐは、これ即ち天の意志なり』

意訳すると「僕が殺したんだから、僕のものだもん。こうやって並べると星座みたいでしょ？あっ、凡人には理解できないか、僕は選ばれた存在だからね」ってな具合か。

厨二病に加えて選民思想持ちとは恐れ入るぜ全くよ。

まぁいい。大体分かった。懺悔の時間はこれで終わりだ。

「始めてくれよ、アストー・ウィザートゥ」

『その意気やよし。――――では』

死魔の細腕が花弁のように開く。迸る紫色のオーラが奴の右手に集束し、掌からはガス状の球体が形作られていく。

大きさは小玉スイカ程度。全体が毒々しい紫色で、誰が見ても「厄モノ」だと判断するだろう禍々《まがまが》しさだ。

『――――散るがいい』

そうして完成された《即死》の術式が放たれた。

一メートルという至近距離からの発射にも関わらず、優に目で追えるようなスピードで近づいてくる死の宣告。

本当に威力以外は全部捨ててるんだなと苦笑しつつ、俺はアルに新術のオーダーを出した。

『茶番は終わりにしよう』

『御意。【四次元防御《フォースフィールド》】展開』

時の女神の発動宣言と共に、世界への認識が全く別のものへと切り替わった。

モノクロの背景、コマ送り気味に刻まれていく時間の動きと完全な静寂。

肌からは熱が奪われ――――いや、これはそんなチャチなもんじゃない。暑いとか寒いとか、そういった感覚自体が消えているのだ。

俺の世界を構成する大切な要素の数々が欠けた孤独な空間で、それでも現実はチクタクと忙しなく動いていく。

迫りくる死魔の術式。近づいて近づいて近づいて近づいて――――やがて俺の心臓部に届いた《即死》の術は、盛大に爆発し、そしてあっけなく霧散していった。

種も仕掛けもありはしない。三次元の存在は、四次元上の存在に一切干渉できないという当たり前の摂理《ルール》。

【四次元防御】——俺自身の時を止めることであらゆる攻撃を無効化する絶対防御スキル。剣だろうが霊術だろうが即死の呪いだろうが、この術を展開している限り全部無駄だ。

無論、これは凶一郎《きょういちろう》バージョンなので弱点も死ぬほどあるんだが、それでも単純な防御性能だけでいえば間違いなく無敵である。

目には目を、歯には歯を、チートにはチートをだ。

悪いな死魔さんよ。アンタは人に死をもたらすことが出来るのかもしれないが、ウチの相棒は全ての時間を操る時の管理者様だぜ？

勝負は端《はな》から決まってたんだよ、ざまあみろ。

『他人のふんどしでこうもイキり散らかせるとは。流石はマスターです。調子に乗った三下ムーブをさせたら天下一品ですね』

『わはは！　今はお前の皮肉も許せちゃう』

上機嫌になりながら【四次元防御】を解く。世界に色彩が戻っていき、同時に痒みと胸やけのような気持ち悪さが襲ってくる。

……あーもう、これがあるから『時間停止』は嫌なんだよ。

『馬鹿な……！　何故、汝が生きている？』

「効かなかったからに決まってんだろ、この厨二ミイラ。テメェの裁きなんて屁でもねーよ」

【四次元防御】の反動のせいで身体中が悲鳴を上げているが、それをなんとか堪えて挑発する。

一息つくにはまだ早い。ようやくこちらのターンが回ってきたんだ、遠慮なく反撃させてもらうぜ。

『────ぬ、貴様らは見事我が試練を踏破した。さぁ、先へと』

「進む前に落とし前が先だ。【俺達はお前を攻撃する】！」

瞬間、俺をふん縛っていた黒縄が消える。

『!?』

そして代わりとばかりに壁面の棺桶から飛び出す四本の黒縄。抗《あらが》う間もなく拘束されたのは、他でもない死魔である。

ルールその①が攻略されたことによる反転効果、【ボス側は敵の攻撃行動を一度受けるまで、回避行動を制限される】だ。

「攻略された試練は反転して返ってくる────ルール設定能力のリスクは当然お前も熟知していたはずだ」

そう。一見最強のボスタイプに見えるかもしれない試練設定型には、致命的な弱点がある。

それが試練の反転効果。

バフはデバフに、耐性は欠点に、メリットはデメリットに。

一度越えられた試練は、必ず自分に返ってくるのである。

能力値《ステータス》というコスト、そして反転効果というリスク、この二つのバランスをうまくとりながら戦うのが良い試練設定型の在り方なんだが、残念ながら件《くだん》の死魔は、攻める方に重点を置きすぎてしまったのだ。

まぁ、仕方がないといえば仕方がないのだ。

なにせアストー・ウィザートゥは、下層レベルの中ボスである。

到底スペックが高いとはいえないこの厨二ミイラが、前人未到の極悪コンボを成り立たせる為には相応の代償と一度でも失敗すれば終わるレベルの危険なリスクを背負わなければならなかったのだろう。

コストのせいでまともに戦うことも出来ず、反転したルールによって攻撃も回避も制限されてしまう。

今やこいつは『月蝕』のゴブリン達にすら劣る糞雑魚野郎だ。

「死を統べる者から死を待つだけのモノに成り下がった気分はどうだい？　あー、厨二チックな御託は並べなくていいよ。懺悔の時間は与えたはずだぜ？」

『――――あの時の言葉は、まさか⁉』

今さら気づいたところで、もう遅い。お前は貴重な告解の時間を選民思想丸出しな厨二ポエムでふいにしたんだ。それにここのルールは刑罰の後に判決なんだろ？

「郷に入れば何とやらだ。ちゃんとこの階のルールに則《のっと》って裁いてやるから安心して逝ってくれよ咎人さん」

つきつけられた現実を前に、死魔の顔が初めて歪む。

『待て、咎人よ』

「待たない」

『話せば分か』

「話さない」

『慈悲を』

「与えない。……そーら、おっかない執行人さんのお出ましだ」

耳を震わす暢気な足音。ひょっこひょっこと漂白された床面を踏み抜く足音は、まるでピクニックにでも出かけているかというほど軽やかだ。

「待たせたな、遥《はるか》。ようやくお前の出番だ」

「もー待たせ過ぎだよ。暇すぎてちょっと寝そうになっちゃった」

そう語る遥《はるか》の瞳には、心配とか安堵《あんど》といった感情が毛ほども映っていなかった。

いつも通りの空気感。前人未到だろうが、敵が即死攻撃使いだろうが「だから何だ」と言わんばかりのフラットさで、天稟《てんぴん》の剣士は刃を抜く。

「ハンバーグ、たたき、三枚下ろし、あー皮とかケバブもいいかもね。うーん、すりおろしも捨てがたいし、いっそジュースにしても……」

今日の献立を決めるかのような物言いで、試したい斬り方を吟味していく恒星系。

『待て、咎人よ。貴様一体何の話をしている!?』

「んー？　多分貴方は知らなくてもいいことだと思うよ。こっちの話、こっちの話。何が良いかな。ワクワクするね。どうせなら沢山切りたいな。切った感覚が欲しいかな」

あら、今日のメニューが決まったわとでも言いたげな様子でぽん、と膝を打つ遥《はるか》さん。どうやら

何か閃《ひらめ》いたっぽい。

「決めた！　サイコロステーキにしよう！」

『待て待てまて本当にま――――』

その数秒後、十層の番人〝死魔〟アストー・ウィザートゥは還《かえ》らぬ人となった。肝心要の末路については、一応奴の名誉の為に黙っていようと思う。

サイコロステーキというか微塵《みじんぎ》切りというか……少なくとも、俺は絶対にあんな死に方したくない。

■第十二話　第二中間点～ぷるぷる、そしてぷるぷる

◆ダンジョン都市桜花・第三百三十六番ダンジョン『常闇』第十層

「中々おっきい精霊石だね」

「一応、中ボスだからな」

かつて死魔と呼ばれたサイコロステーキが光の粒子となって消え去った跡地には、濃紫色の精霊石が転がっていた。

高さ、幅、奥行き共に五百ミリメートルは下らない代物だ。運搬は……まぁ、なんとかなるだろう。

「しかし凶さんの防御スキル――えーっとなんだっけ」

「【四次元防御】」

「そう、【四次元防御】！　あれスゴいねー！　無敵じゃん」

「……実は全然そんなことないんだよ」

遥《はるか》の言う通り、単純な防御性能だけでみればあのスキルは無敵である。

しかし先程も述べた通り、【四次元防御】は出力以外の部分に大幅な弱体化補正《きょういちろう》が加えられてい

るのだ。

例えば燃費、こいつはもちろん悪い。

レベルアップボーナスと毎日の訓練による地道なキャパ上げでこさえた潤沢な霊力も、【四次元防御】をフル稼働すれば一分も持たずにスッカラカンだ。

しかも発動時間が長びけば長びくほど、四次元内での負荷がかかるし、解除すればその反動でやっぱり身体が悲鳴を上げる。

おまけに……。

「動けないんだよ、発動中」

凶一郎《きょういちろう》版【四次元防御】の最大の弱点、それは俺自身が何も出来なくなるということだ。

攻撃も回避も仲間とのコミュニケーションも全部無理。

発動中は確かに無敵だが、その間俺は何も為せない置物になってしまうのである。

もしも敵が距離を取って、解除タイミングと同時に遠距離攻撃なんてしてきた日には間違いなく一巻の終わりだ。

「おー……なんというか、ロックだね！」

「無理に褒めんでいい」

せめてもう少し遠距離適性のあるキャラだったら話は全く違ってたんだが、こればっかりは嘆いたところで仕方がない。

『時間停止』スキルを使ったら、自分の時間だけ止まる――――それが清水《しみず》凶一郎《きょういちろう》という男なのだから。

「さて、それじゃあそろそろ出発しようか」

「うん！」

戦利品を抱えながら、主のいなくなった棺桶部屋を後にする。

さらばアストー・ウィザートゥ、えーっと他に言うことは……特にないや。

◆ダンジョン都市桜花・第三百三十六番ダンジョン『常闇』第二中間点

ポータルゲートを抜けた先で待っていたのは、起伏のない平野だった。

雲一つない黄昏色の空、穏やかな気候、そしてまっ平らな大地。

「すっごい静か」

「ここまで来た人間は、俺達が初めてだろうからな」

「前人未到の未開地域ってやつだ」

「まぁ人以外の先住民はいたりするんだが」

「なんですと!?」と鳩《はと》が豆鉄砲でも喰らったような顔で驚く遥《はるか》さん。

「えっ何？　これから中間点在住のサムシングさんと一戦交えたりするの？　わはー、これは嬉しいサプライズだ」

「お前の望むような展開にはならないから、とりあえず刀をしまえ」

どうどう、と火がつきそうになっている遥《はるか》さんにフルーツがぎっしり詰まったシリアルバーを与え鎮静化を図る。

ったく、このバトル大好きっ子め。

「でもさぁ、先住民がいるって言っても、ここ何にもないよ」

「今は見えないだけさ。すぐに向こうからやって来るよ」

俺の発した予測が現実に変わったのは、それから約五分後のことだった。


『はじめまして冒険者サン。ここの管理を任されておりますヤルダ三三六と申します！』


紫色の身体をした全長四十センチほどのぷるぷる生物が、突如として地面の下から現れたのである。

ナマコとウサギを足して二で割ってものすごくゆるキャラっぽく仕上げた外見とでもいえばいいのだろうか。頭上にある耳だか触覚だかイマイチ判別がつかない部位をぷるぷるさせながら、奴等は愛嬌《あいきょう》のある声で口々に自己紹介を始めた。

『ようこそおいでくださいました冒険者サン。ボクはヤルダ三三六と申します。仲良くしてくださいね！』

『ボクはー、ヤルダ三三六っていいますー。どんな小さなことでも何なりとご用命くださいー』

『拙者、ヤルダ三三六という名前のものでござるで候うの巻。冒険者サンの支援活動に全力で取り組む所存に候うあにはからんやいとをかし』

ぽこぽこと地面から現れては「ヤルダ三三六」という名前を一人ずつ名乗り上げていくぷるぷる生物達。

一、十……気がついたら百匹に届きそうな勢いでぷるぷる密度を高めていく彼らに向かって俺はとりあえず落ち着くようにと促した。

「あー、ヤルダの皆さん、大勢での歓迎はありがたいんですけど、そのもう少しお静かに……」

『冒険者サン達はなんてお名前なんですかー』

「あっ、申し遅れました清水凶一郎《しみずきょういちろう》です」

「蒼乃遥《あおのはるか》でっす」

『わー、お二人とも素敵なお名前ですねー！』と一斉にぷるぷるしだすゆるキャラもどき達。

まずい、これは全然話が進まない流れだ。

奴らのペースに合わせていたら、恐らく夜が明けてしまう。

わちゃわちゃしだした状況を打開すべく、俺はバッグの中からとある物体を取り出して頭上に掲げた。

「君達、コレ欲しくない？」

ぴたり、とぷるぷるするのを止めるヤルダ三三六の皆様。つぶらな瞳が一斉に俺の手の先へと向く様は、えも言えぬ愛らしさで満ちていた。

やはりこの辺はゲーム時代と変わらないみたいだな。

「えっ？　ぷるぷるさん達どうしちゃったの？　ていうか凶さん、ソレどうするの？」

俺は疑問符を浮かべる遥《はるか》にニヤリと口角を上げて言った。

「何、少し買い物をするだけさ。ヤルダ三三六の皆さん、コレで二人分の椅子を頼めるかな？」

腰を落とし、一番手前のぷるぷる星人に硬貨くらいの大きさの精霊石を二欠片《かけら》ほど渡す。

一瞬の沈黙の後、ゆるキャラもどき達は口々に『お石様だー！』と歓声を上げながら、全身を小刻みに震わした。

『わーいわーい、お石様もらっちゃったー！』

『お仕事くれた、お仕事くれた！』

『ねぇねぇ、どんな椅子作る？　みんなでかんがえよ！』

わーわー、きゃーきゃーとこちらをそっちのけで盛り上がるぷるぷる星人達。

そのはしゃぎっぷりは、まさにお祭り騒ぎ。

彼らの習性を知らない恒星系以外は、熱狂の渦に巻き込まれていた。

「凶さん、解説ぷりーず」

「あいよ」

俺はこほんと一度わざとらしく咳《せき》ばらいをし、現時点で遥《はるか》に伝えても問題ない情報を脳内で精査しながら〝ヤルダシリーズ〟についての情報を語った。

「ここにいるヤルダの皆さんは、中間点の管理者なんだ。

特性としては《無限増殖》、《完全情報共有》、《物質創造》と実に多彩で、基本的に中間点の中なら何でも出来る。

好きな物は冒険者サンと精霊石で、趣味はお仕事。だからさっきみたいに対価分の石を渡すと素敵なアイテムを作ってくれるのさ」

「なんかサラッとヤバいフレーズが聞こえた気がするんだけど」

「気のせい気のせい。ヤルダの皆さんは可愛くて優しくて理想的な管理者です。だから我々も敬意を払って彼らに接しましょう」

訝《いぶか》しげにこちらの瞳を見つめてくる恒星系。

いや全く、これっぽっちも嘘はついていませんよ、ええ。

ただ彼らに狼藉《ろうぜき》を働くと恐ろしい〝存在〟が降臨することだったり、体験を共有し合っているからどこのダンジョンに行っても好感度が引き継がれることだったり、なんならその大源はアルと同じ――――ゲフンゲフン、兎に角一見普通の可愛いらしいマスコットもどきさん達の裏設定について詳《つまび》らかに語っていないだけで、嘘はついていない。

ついてないったらついてない。

「中間点での生活を支えてくれる大切なビジネスパートナーと認識してくれればいいよ」

「……えっ？　凶さんなんかビビってない？」

「ビビってない。畏敬の念を抱いているだけだ」

「いや、それって堅い言葉で言い直しただけじゃ……まぁ、いいか。オッケー、とりあえずこの可愛いぷるぷるさん達を蔑《ないがし》ろにするなって話でしょ」

理解が早くて非常に助かる。

しかしそれはそれとして一つ気になることがあった。

「お前、いくらなんでも知らなさすぎじゃね？」

「いやー、遥《はるか》さんって、まだぴっちぴちのルーキーですし」

違う違うと首を振って恒星系の自己弁護を遮る。

「別に知らないこと自体を咎めているわけじゃないんだ。新人に知識が足りないのは当たり前だからな。でもさ」

あくまでも軽く柔らかな口調で、俺は彼女に問いかけた。

「でもお前って、確かファン向けのクランミーティングに参加するくらい熱中してた時期があったんだろ。その割に」

「なんにも知らないのは不思議議だと？」

「そうそう」

中間点やハウジング、百歩譲ってヤルダシリーズの表設定について知らないだけならまだ分かる
（一応全部講習会で教えてくれるような内容だが、アレは丸一日講師がテキスト朗読してビデオ見るだけの詰め込み式だから頭に定着しづらいんだよ）。

だけど五大クランの一角である〝燃える氷剣〟の名前にまでピンときてなかったのは、流石に「んっ？」と思ってしまったのだ。

五大クランなんて桜花のチビッ子なら誰でも知っているレベルの有名どころだぜ？　クランミーティングに行くような奴が覚えていないなんてにわかには信じられないのだが
「そりゃあ、あたしが〝にわか〟だからでしょ」

あっけらかんとした口調で回答する遥《はるか》。

すげぇ。こんなに胸張って堂々と自分をにわかだと認める奴は初めて見た。

「あたしが好きになったきっかけは〝あの人〟だし、その追っかけやってたからあの人のクランについて詳しくなった。だけど他のクランについてまで興味が湧いたかというと、そりゃあまた別の話というか、正直食指《しょくし》が動かなかったんだー」

ちょっとだけ申し訳なさそうに事の次第を語る遥《はるか》さん。

にわかで好奇心旺盛なバトルジャンキーとか、死亡フラグのオンパレードみたいな女である。

「成る程な。了解した。悪いな、変なこと聞いて」

「あれ？　それだけ？　『そんな浅い知識でこの先うんたらかんたら～』みたいな説教はなし？」

「最初に言っただろ、咎めてるわけじゃないって。初めはみんな初心者だし、にわかなんだ。その当たり前を忘れて知識マウントを取る古参オタなんて一番クソだろ」

知識量があっても、その知識をテメェの薄っぺらい自己顕示欲を満たす為にひけらかす奴にコンテンツ愛があるとは言えないし、逆に多少知識が足りなくても楽しそうに熱中している奴の方が〝良いファン〟であることも多いんだ。

大体、好き嫌いの方向性はあっても、そういう気持ちの定義って個人個人で全然違うじゃんか？

それを暗記テストみたいな方法だけで無理やり格付けし合うのってスゲー不毛だと、俺は思うんだよね。

後、何かにつけて「向上心が～」とか「プロとしての心構えが～」とか言う奴な。

仕事にしろ趣味にしろ初心者相手にウザい根性論語るんじゃねぇよ。テキストやマニュアルの内容を完全暗記してない奴はやる気なし判定とか馬鹿じゃねーの。

そんな器のちっちゃい奴らがのさばっているから、世のブラック企業が（以下略）

「うーんと、ゴメン凶さん、途中からなんの話？」

「……お前はそのまんまでいいよって話」

おー！　と遥《はるか》の目が一際綺麗に輝きだす。

「凶さんは心が広いねぇ」

「わはは！　もっと褒めてもいいぞ！」

そんな感じで俺達の四方山話《よもやまばなし》が温まってきたところに、ぷるぷる星人がやって来た。

『遥《はるか》サン、凶一郎《きょういちろう》サン、お二人の座る椅子ができました！』

ヤルダ三三六の案内に従って視線を移すと、そこにはとても見事なアームチェアが二つ並べられていた。

『みてみてー、とっても上手にできたよ！』

『ボクたちいっぱい頑張りました！　褒めてください！』

『座って座ってー』

ぴょんぴょこと跳ねまわるぷるぷる星人に導かれるまま、俺と遥《はるか》は肘掛け椅子に腰を下ろす。

「うん、いい感じ。作ってくれてありがとう、ぷるぷるさん達」

遥《はるか》がリラックスした表情で目尻を下げる。

そしてその言葉を待っていたとばかりに歓声を上げる無数のヤルダ達。

前人未到を越えた先に辿り着いた第二中間点の夜は、こうして穏やかに過ぎていくのだった。

■第十三話　遠距離タイプの必要性

◆ダンジョン都市桜花・第三百三十六番ダンジョン『常闇』第二中間点

「明日の予定、どうしよっか？」

夜もすっかり更《ふ》けた頃、遥《はるか》がヤルダ三三六製のバーベキューグリルで焼かれたマシュマロを頬張りながら、答えにくい質問を切り出した。

うっ、と気まずさを覚えた俺の視線が、思わず傍らでぴょんぴょこ跳ねているマスコットもどき達の方へと泳いでしまう。

『どうしましたー、凶一郎《きょういちろう》サン？　もしかしてまたボク達にお仕事くれるんですか！』

「いや、とりあえず今はいいよ。ありがとな」

俺の返答に少しだけ残念そうに顔をうつむかせながら、しかしすぐに『わかりました！　ご用がありましたら、すぐにお申しつけくださいね！』と元気を取り戻して跳ねまわるぷるぷる星人。畜生、あざとかわいいじゃねえか。

「凶さーん？」

「悪い悪い。明日の予定だよな」

逃げられないと悟った俺は、観念して答えづらい質問――――つまり、明日の予定について頭を巡らせた。

昨日、五層に到達し、今日こうして十層のボスを倒した以上、当然明日の目的地は十五層ということになる。

……でもなぁ、十五層のボスって今の俺達じゃ逆立ちしても倒せないタイプなんだよなぁ。

決して十層の死魔のような理不尽ボスではないし、スペック自体も格別大したものでもない。

だけどあいつは俺達では倒せない。物理的に無理なのだ。

しかしだからといって誰も知らないはずのボスの詳細をべらべら喋って、「行っても無駄です、諦めましょう」と結論付けるのはあまりにも身勝手だし傲慢だ。

そもそもなんでそんな情報を知ってるんだお前ってなるのは、目に見えてるしな。

遥《はるか》を信頼していないわけじゃないが、転生者カミングアウトはどうしてもリスクがつきまとう。

ゲーム知識は、俺の持つ最大の武器だが、同時に使い方を間違えれば我が身を喰らう諸刃《もろは》の剣にもなり得るのだ。

……ぶっちゃけ公開するだけで戦争起こせるようなヤバい情報も沢山持ってるし、俺が〝知っている〟ということはなるべく隠したい。あるいは噂話やら、謎の情報筋をでっち上げれば万事丸く収まるのかもしれないが
「（あんまりこいつに嘘はつきたくないんだよなぁ）」

のっぴきならない事情があったりすればまた別なのだが、今回の情報は知っていようがいまいが

あまり変わらないケースである。

というか、ぶっちゃけ知ってたってどうしようもないのだ。転生者カミングアウトが必要性のない場面で切れるような安ぃカードではない以上、ここはやはり一般冒険者清水《しみず》凶一郎《きょういちろう》として答えるのが得策だろう。

「ここから先は、攻略情報のない正真正銘の最前線だ。だから今まで以上に用心しつつ、なんなら下見のつもりで十五層を目指そう」

「うん！　そうこなくっちゃ！」

遥《はるか》の美貌がこれでもかというくらい嬉しそうに破顔する。

ギリギリのラインではあるが、嘘はついていない。……罪悪感は半端じゃないが。

表情からの読心《サトラレ》は、すぐに焼きマシュマロを口いっぱい頬張ることで誤魔化して――うん、どうやらカモフラージュは成功したっぽい。

あぁ、もう自分のサトラレ体質が恨めしくてしょうがない。やっぱり、少しでも表情を誤魔化せるアイテムが必要かもなぁ。

◆ダンジョン都市桜花・第三百三十六番ダンジョン『常闇』第十五層

翌日、俺達の冒険は十五層のボス戦で無念の停滞を迎えた。

「これは無理だねぇ」

「……だなぁ」

二人して溜息を交えながら十五層の天井を見上げる。といっても高過ぎてその全容がよく分からなのだけれど。

底の見えない天井――――いや、最早これは天空と称すべきだろう。どこまでも広がる果てのない天《ソラ》に根を張るバオバブのような大樹。まさに王道。ザ・ファンタジー。これだよこれと言いたくなるようなフィールドだ。

標高にして約三百メートルほど離れた空域に浮かぶ巨大植物、その天辺《てっぺん》にはこれまた大層立派な巨鳥が羽を休めている。

毒々しい体毛に体軀の倍はありそうな大翼、猛禽類《もうきんるい》を彷彿《ほうふつ》とさせるような双眸《そうぼう》は、絶えず此方《こちら》を睨《ね》めつけている。

〝覆雨怪鳥《ふくうかいちょう》〟カマク。

十五層を支配する階層守護者は、空に浮かぶ巨大樹に引っ込んだまま全く動かない。攻撃はおろか牽制《けんせい》すらしてこない体たらく。

カマクは動かない。ただ高度三百メートルの安全圏から睨むだけだ。

「おーい、降りてこーい！　楽しく戦おー」

「テメェ降りてこいこのクソチキン野郎！　中ボスの癖にニート決め込むとかどんな神経してやがる！」

やいのやいのと大地直送の罵声や挑発を繰り出す俺達であったが、そんなものはどこ吹く風といった感じで涼しげに聞き流す巨大鳥。

畜生め、やはりこうなったか。

特定の戦闘タイプへの対策や優位性を活かして戦う〝戦術特化型〟のボスは数え切れないほどいるが、〝高度〟と〝距離〟で近接タイプを無力化するのは一周回って好感が持て……るわけねぇだろクソが！

圧倒的な地形アドバンテージもらっておいて、やることが威嚇だけとかボスとしての自覚がなさ過ぎんだろうが！

「ねぇ、あの鳥さん、ずっと降りてこないつもりなのかな？」

「俺達が叫び疲れて寝たりしたらあるいはだけども、見るからに警戒心強そうだからなぁ」

実際、ゲームでは飛行能力のあるキャラクターか、あの高さまで攻撃を届かせることの出来る長距離射程持ちの遠距離アタッカーがいないと戦闘イベントが発生しなかったし。

「俺は論外として、お前の『布都御魂《フツノミタマ》』でも届かないとなると大分詰み臭いぞコレ」

「せめて足場でもあれば話は違ったんだけどねー」

「複製した剣を足場にして登ってみるか」

「流石に無理だよォ。刀折れちゃう」

残念そうに苦笑する恒星系。こう見えて遥《はるか》は割と刀をデリケートに扱う。というか、コピーとはいえ剣士の命とも言える刀を踏むのは、そりゃあ気が引けるよなぁ。

視線を再びカマクの方へ移す。見上げた先には空飛ぶ巨大樹以外何もない。そして救済ギミックも特になしときたもんだ。

空を飛ぶか、空まで撃つか。

それが出来なきゃ、戦えないということだ。

「多分、仲間がいるんだ」

「仲間？」

遥《はるか》のオウム返しに頷きをもって答える。

「そ、仲間。追加のパーティーメンバーだ。飛べる奴か、遠距離攻撃が可能な奴が必要なんだと思う」

「ということは今回の冒険はここで終了？」

「いや、お前の望むまでここにいて良いぞ。アイディアがあれば、可能な限り協力するし」

「……むぅ」

しばらく悶々と考え抜いた後、遥《はるか》は観念したかのように息を吐き出し、苦笑い混じりの顔で言った。

「とても残念だけど、今回はここまでにしよう。今のあたし達じゃ、あの鳥さんに近づけない」

「分かった。じゃあ一度五層の中間点に戻って荷物を整理してから、ダンジョンを出よう」

「了解。……もうっ、次は絶対倒そうね！」

「あぁ！　派手にリベンジかまそうぜ」

拳を突き合わせ、再戦の誓いを胸に中間点用の《帰還の指輪》を起動する。

地面に出現した幾何学模様の円陣に吸い込まれるようにして、俺達は十五層を後にした。

覚えてろよトリ公め、この『借り』は必ず返してやる。

◆ダンジョン都市桜花・第三百三十六番ダンジョン『常闇』

二日ぶりに桜花の街へ帰って来た俺達を待っていたのは、惜しみない賞賛と怒濤《どとう》の質問攻めだった。

前人未到だった十層の突破に第二中間点の解放、そして新たなる〝最深〟地点となった十五層の見聞、しかもそれを成し遂げたのがデビューしたてのルーキー二人組ときたものだから、もう信じられないほど囲まれたよ。

緊迫した面持ちで状況を聴取する職員。

目の色を変えて勧誘してくる先輩冒険者。

獲得した報酬も数百万は下らない。

正直、一介の中坊が受けるには、いやたとえ大人であっても中々味わえないような富と栄誉を俺達は賜ったのである。

「まさかこんな騒ぎになるとはねぇ」

「ぶっちゃけ五層のボス戦より疲れたんだが」

「あたしも」

二人して入口のベンチに腰掛けながら、ははははっと乾いた笑みを浮かべる。

目立つことはそれなりに疲れるのだと、今日初めて知った。

『やれやれ、あんまり目立ちたくはなかったんだがな』とイキり散らかすウェブ小説の英雄達の気持ちが少しだけ分かった気がする。

よっぽどの承認欲求モンスターでもない限り、アレはキツいわ。無駄にしがらみも増えちゃったし。

「沢山もらっちゃったねー、クランからの名刺」

「パーティー申請も山ほど来たしな」

頂いた名刺の束を月明かりに照らしながら、ぼうっと眺める。すげぇ、原作に出てきた有名所の名前まであるじゃないか。

「どこか入りたい所でもあった？」

じっと俺を見つめる視線に気づいて、遥《はるか》の方へと目を向ける。

月光に照らされた蒼い髪留めの少女の瞳は、サファイアのように澄んでいた。

「興味がないと言えば嘘になるな」

「うん」

「だけど俺はどこかのクランに入るつもりはないよ」

断言する。長いものに巻かれればそれだけ楽な思いが出来るが、その対価として色々なものを分け与えなければならない。

労力、報酬、時間、そして何よりも万能快癒薬《エリクサー》の所有権で揉《も》めるなんて展開だけは絶対に避けたいので、クラン入りは論外だ。同じ理由でパーティーに入れてもらうという選択肢もノー。

到底ガラではないが、『常闇』の攻略は俺主導でやり遂げなければ意味がないのだ。

「お前こそどうなんだ、遥《はるか》？　例えば〝あの人〟からのラブコールが来たらどうする？　憧れなんだろ」

「うっ、嫌な質問するねー、凶さん」

居心地悪そうに頬をかきながら、小首を傾げる恒星系。まぁ、遥《はるか》の気持ちも分かる。

カッコいいもんな、〝蓮華開花《かのじょ》〟。

「んー、でもやっぱりあたしも断ると思うよ。いつかあの人と肩を並べて冒険したいとは思うけどさ、それよりも今は凶さんといっぱい冒険がしたい。

だから凶さんがどこにも属さないっていうなら、あたしもそれに付き合うよ」

その言葉を聞いて、俺の心臓は自然と熱を帯びた。

なんだろう、今日もらった他のどんな賞賛よりも嬉しい。

「ありがとう、俺も遥《はるか》と沢山冒険がしたい」

「両想いというやつだ」

「ある意味な」

顔を見合わせながら同時に笑い合う。

月と風と大樹の梢《こずえ》がさざめく音。
初めての冒険の終わりは、大層〝風情〟があるものだった。

■第十四話　風雲急を告ぐ

◆

　その電話が俺の所にかかってきたのは、俺達の初めての冒険が終わってから一週間後のことだった。

『お世話になっております、冒険者組合第三百三十六支部渉外担当の霧島《きりしま》と申します。恐れ入りますが、清水凶一郎《しみずきょういちろう》様でいらっしゃいますか』

　霧島と名乗る女性曰《いわ》く、ダンジョン『常闇』に俺達宛《あ》ての〝お客様〟が来ているらしい。

　ものすごく丁寧な口調で「暇なら今すぐフル装備で来てくれ」という旨の要請を受けた俺は、急いで『常闇』へ向かう——————などということはせず、「スケジュールがあるので終わり次第、伺わせて頂きます」と霧島さんに伝え、その〝お客様〟とやらに待っていてもらうことにしたのである。

　……いや、俺だって心苦しくはあったよ。自分の都合で客人を待たせるなんて、とんだ大御所様だよって自分自身を詰《ディス》ったりもしたさ。

　だけど、考えてもみてくれ。俺は学生で、時刻は平日の午後二時半。

つまり絶賛、お勉強中だったわけである。

とはいえ、俺の通う桜花第二中等学校は、冒険者活動にとても寛容な学校だ。だから、もしも俺が「向こうの事情で……」などと頼み込めば、優しい先生方は簡単に早退を許してくれたことだろう。

だけど、いやだからこそ俺は彼らの厚意に甘えてはいけないのだと自戒する。

学生の本分は勉強とまでは言わないが、それでも行ける時に行っておかないと後で必ず後悔する日が来ると思うから、だから俺は……うん、ごめん。流石に格好つけ過ぎたわ。貴重な出席日数をこんなわけの分からない用事の為に犠牲にしたくはないというのが本音です、はい。

「それじゃあ、次の問題を」

「はい、先生」

「おいおいまた清水《しみず》だけか。お前らもちょっとは手ぇ、挙げろー」

かくして俺の学生生活は今日も今日とて平穏に過ぎ去っていき

◆桜花第二中等学校・校門前

「やっほー、凶さん！」

そして放課後と共に非日常がやって来た。

校門の前に群がる人だかり。

その中心に立っていたのは俺のよく知る恒星系のなんと眩《まぶ》しき制服バージョンである。

今時珍しいセーラー服を可憐《かれん》に着崩したその姿は、贔屓目抜きにトップアイドルのそれであり、恐れ多くも隣を歩くなんて到底できるはずもなく。

「おぉ、学ランだ、学ラン姿の凶さんだ。しかも真面目にボタン留めちゃってて、ちょっと可愛いっ」

「う、うるせぇ。俺なりに周囲に溶け込もうとした結果だよ。そういうお前は」

周囲がどよめく。

「あの清水《しみず》が、どうしてこんな美少女と？」だとか「ばか、お前知らねぇのか。あの子清水《しみず》と組んでるパーティーメンバーの」とか色々外野が騒いでいるが、俺の脳と心臓はそれどころではなかった。

「行こうぜ遥《はるか》。ここはちょっとばかし目立ち過ぎる」

「えー。遥《はるか》さんはもう少し、モジモジしている凶さんを見ていたかったりするんだけど」

校門前で他校の異性と待ち合わせ――――これだけでも、オタクにはハードルが高いってのに、こんな、こんな絵に描いたような美少女と下校だなんてもう幾つ心臓があっても足りないってんだよ、もう！

「凶さんって、部活動とかしてないの？」

遥《はるか》は兎に角、目立った。人通りの多い場所は元より、閑静な畦道《あぜみち》を歩いていても、通行人が必ずといっても良いほどの頻度で彼女の方へと振り返る。

「してないよ。家事とトレーニングで忙しいからな」

その理由は多分、彼女の服装にあるのだろう。セーラー服。スカートの丈や、胸元のリボンにこそアレンジの跡があるものの、華美というほどではない。

清楚《せいそ》というか、清涼というか。出《い》で立《た》ち自体はものすごく爽やかなのよ。だけど、不思議なんだよな。それが逆に彼女の輝きを何倍にも高めているんだ。

露出の少なさが逆に素材を引き立てているというか、やらしくない気持ちでその姿を拝めるというか。

「(……いやでも、これはこれで色々とまずい)」

田園部に漂う独特の匂いと、熱い風。見上げた先には鮮やかな青空と綿菓子のような入道雲。何このシチュエーション。極上の青春《あおはる》スポットじゃねぇか。しかも隣を歩いてるのが国民的アイドルみたいな美少女って、どんなご褒美だよ。そりゃあ、心臓もバクつくわ。

「んー、てことはだよ」

◆

近くの駄菓子屋で買ったラムネ瓶に口をつけながら、眉をひそめる恒星系。

「凶さんって、もしかしてあんまり遊んでない系？」

それは俺のような陰の者からしてみれば、劇毒のような質問だった。

見る見るうちに顔面へと収束する血液。もしかしてあんまり遊んでない系――これを陰キャ特有の被害妄想フィルターで翻訳すると「お前ボッチだろう」という意味合いになる。

心臓が、違う意味でバクついた。ダメだ、この質問は俺に効く。効きすぎる。

「いや、なんというか」

必死に冷静な自分を取り繕いながら、言い訳の言葉を述べる。

「遊ぶか遊ばないかって言われれば、そりゃあ俺だって遊んでるよ。ゲームとか読書とか最近だと料理とかも好きかな。後、筋トレも遊びと言えば遊びだと思う。でもさ、遥《はるか》。俺にとっては楽しい遊びであっても、それが他の誰かにとっても遊びになるかどうかはまた別の話だと思うんだよ。サッカーやドッジボールを遊びだと思う子もいれば、集団球技全体を拷問だと思う子だっているわけで、そういう多様性の視点から鑑みれば誰かと楽しく遊ぶことは本当はとても難度の高い行為だと思うし、そもそもの話、友達の定義というのは」

「うわ、めっちゃ早口で喋るじゃん」

我に返った時には、色々と遅かった。あぁ、オタクの悪い癖が出てしまった。俺達は得意分野と言い訳をする時だけ早口《アレグロ》になる。そしてそのことを指摘されると、顔が真っ赤になってしまうのだ。

恥ずかしいっ。

「つまり要約するとだ」

ラムネ瓶の中に閉じ込められたビー玉がカラコロと音を放つ。

「凶さんは、割と放課後暇なんだよね」

「級友とのアポイントメントが少ないということをそう呼ぶのならば、そうだろうな」

「うん、完全にお暇さんだねー」

断じた少女のその声は、心なしか弾んでいた。

「楽しそうだな」

「んー、ぷくくっ。白状するとちょっとだけね」

遥《はるか》が笑う。だが、そこに嘲るような嫌な気配は感じられなかった。奏でる音色も、ほころぶ顔色も、どちらも清流のように澄んでいる。

「でも馬鹿にしてるとかそういうんじゃないよ？　むしろ、凶さんの放課後が空いててくれて良かったなーって」

「……俺が暇だと、なんでお前が良いんだよ」

「えー、だって」

くるり、とその場で一回りする恒星系。手に持ったラムネ瓶をマイクに見立てたそのパフォーマンスは、足のつま先から揺れる髪先の一片にいたるまで、どこまでも綺麗で
「それだったら、これから気兼ねなく放課後遊びに誘えるじゃん？」

「えっ」

彼女が笑う。その可憐な微笑みにつられて俺の心臓はどうしようもなく高鳴り、そして――あぁ

「それはあたしにとって、とっても嬉しいことなんだよ？」

もう、なんだよこの生き物。何から何まで全部反則じゃねぇか。

◆ダンジョン都市桜花・第三百三十六番ダンジョン『常闇』応接室

その後二人揃ってダンジョン『常闇』を訪れた俺達は、係の人に案内されるままに応接室へと通された。中はシンプルな木目のローテーブルと、黒革のソファが二つずつ。窓のサッシやら、白壁に飾られた果物の絵画、それから加湿器やウォーターサーバー、そして名前の分からない緑色の観葉植物も含めて「いかにも」という感じである。

「お菓子おいしいね」

「あんま食べ過ぎんなよ」

「大丈夫！　あたし脂肪がおっぱいにいくタイプだから」

シャクシャクとお茶受けに出された抹茶のフィナンシェを齧りながら、とんでもない爆弾発言を放つ恒星系。俺はカップに注がれたコーヒーを少しだけ噴き出しながら、無理やり話題を転換した。今の話題のままではどう考えても、キョドってしまうと冷静に自己分析をした結果である。

「誰が俺達を呼び出したんだろうな」

「ほんと、謎だよねぇ」

遥《はるか》の露出した胸が軽やかに揺れる。いつ見ても際どいバトルコスチューム。その癖、しっかり各部位に保護霊膜発生装置《アストラルガード》をつけているから、実は防御面もそれなりだったりするのだ。

探索用の装備を整えて来て欲しい——これもまた、先方からの「お願い」である。

「一体どこのどなた様は、あたし達に何をさせたいんだろうねぇ」

「さぁなぁ。あっ、でもさ、もしも、お前の大好きな〝蓮華開花《れんげかいか》〟が来たらどうするよ？　めっちゃテンション上がらね？」

「いやまさか。そんなわけない……よね？」

しゃくりとフィナンシェを飲み込み急に居ずまいを正す遥《はるか》。分かりやすい奴である。

しかしこの時の俺達は知らなかったのだ。俺が冗談半分で言った軽口が、実は当たらずとも遠からずであったことを。

◆

「失礼する」

芯の通った男声と共に開かれる応接室の扉。

部屋に現れたのは一組の男女。

クラシカルなメイド服に身を包んだ銀髪赤目の美女と、灰色の髪の偉丈夫。どちらも間違いなく容姿端麗だが、特に目を引いたのは男の方だ。

逆立った髪に漆黒のトレンチコート、突き刺すような眼光を放つ両の眼《め》は、まるで鍛えられた剣のような鋼色。

「（……おいおい嘘だろ、超大物じゃねぇか）」

十層前の一件でフラグは立ったと思っていたが、よもやよもやだ。

まさか彼が直々に出てくるだなんて。

「ジェームズ・シラード」

「知っているのか、私のことを」

「桜花の冒険者で貴方を知らない人間などいません」

「えっ？　どこのどなた？」とほざきかけた恒星系の口にありったけのフィナンシェを突っ込みながら、俺は彼の栄誉ある地位を諳《そら》んじた。

「桜花五大クランが一つ、〝燃える冰剣《Rosso&Blu》〟のクランマスターにして最高峰の熱術使い——お会い出来て光栄です」

俺が頭を下げ、手を差し出すとシラードさんは快くその手を握ってくれた。

「礼を述べるのはこちらの方だ。急な申し出にも関わらず、こうして足を運んでくれたことに感謝するキョウシ、キョウジ……あー、すまない。君達の名前を教えてくれないか？」

「はいっ、清水凶一郎《しみずきょういちろう》と申します」

「蒼乃遥《あおのはるか》でっす」

「そう、キョウイチロウとハルカだ。ここ最近、何度も耳にしたはずなのだが、どうもこちらの名前は覚えづらくてね。不作法を許して欲しい」

「不作法というのなら、こちらこそお待たせしてしまい申し訳ありませんでした」

「何、構わんよ。むしろ気を利かせられなくて済まなかった。君達の年齢を鑑みれば、普通は学業に励むものだからな。完全にこちら側の落ち度だ」

品のある仕草で深々と謝意を伝える〝燃える氷剣〟の長。

あぁこの感じ、原作通りのジェームズ・シラードだ。

抜き身の刃のような鋭いオーラを纏いながらも、その実思慮深くて仲間想いで気配りも出来る真のイケメン――――やっぱ主要キャラは格が違うわ。

「(……ってそうじゃないだろ、凶一郎《きょういちろう》)」

ここで浮かれてどうするよって話だ。俺達みたいなぺーぺーが五大クランの一長に呼び出されるなんてよっぽどだぞ。何をやった？ もしくは何をやらされる？ その辺りの真相と、ついでにお付きのメイドさん（こっちもかなりの有名人だ）のことを尋ねるべく、俺はシラードさんに語りかけた。

「それでシラードさん、本日は一体どういったご用件で？ 後、そちらの方は？」

「そう大仰に構えなくてもいい。少し君達と話がしたいだけだ。そして、重ねがさね申し訳ない。彼女は私の秘書官だ。エリザ、名乗りたまえ」

「承知いたしました」

右目を黒のヴェールで覆ったその銀髪のメイドさんは、簡潔に自らの名を俺達に告げた。

エリザ・ウィスパーダ。約二年後の世界では、泣く子も黙る〝燃える氷剣〟の副クランマスターとして君臨することになる静かなる女傑。

「(こりゃあ、ただでは済まんぞ)」

ジェームズ・シラードとエリザ・ウィスパーダ。突如現れた二人の大物を前にして、俺の胃袋はキリキリと悲鳴を上げていた。嫌な予感とまでは言わないが、何事もなく終わるビジョンが浮かばない。

一体、これから何が始まる?

◆

「ハッハッハッ！　良き哉《かな》良き哉。やはり若者の活躍する話は聞いていて耳心地がいい」

「あ、はは。恐縮であります」

「あっ、凶さん凶さん。このお茶菓子とってもおいしいよ！　中にクリームチーズが入ってる」

「成る程。ハルカはそれがお気に入りなんだね。であれば、エリザ。至急手配を」

「仰せのままに」

しかし俺の心配をよそに、会合は終始和やかな雰囲気《ムード》で行われた。

お茶と洋菓子を楽しみながら、冒険の話をちょこちょこと。

基本的にシラードさんが聞き手に回り、俺達が喋ることが多かったかな。

特に盛り上がったのは、『常闇』の話。

十層、そして十五層の冒険譚《たん》は案の定ウケが良く、この話だけで時計の長針が一周しかけたほどである。

後は、武器の話。これもバカ受けだった。

特に遥《はるか》の持つ『蒼穹』が気に入ったらしく、子供のように目を輝かせながら恒星系の解説を聞いていた。

あまりに熱心に話を聞いてくれるものだから、見かねた遥《はるか》が特別に刀身を見せてやった時のリアクションは、すごかったなぁ。

感極まって母国語が出ちゃうくらい興奮していたシラードさんは、もう滅茶苦茶可愛かったですよ。

ギャップ萌《も》えというやつだな、ウン。

「――――それで十層に入る前に〝燃える冰剣〟さんのメンバーにも出会いまして」

「ダムだな。彼からも君達の話を聞いたよ。口下手なあの男が珍しく褒めていたものだから、私も気になってはいたのだが、今日会って確信したよ。君達は本当にヤるようだ」

「きょ、恐縮です」

謙遜しつつも、内心はテンション爆上がりだった。

だってあのジェームズ・シラードだぜ？　強くてカッコよくてルートによっては主人公達のパー

ティーメンバー入りまで果たす五大クランの一長が、俺達のことを褒めてくれたんだぜ？　正気なんて保ってられるかっての。

「…………」

もそもそと一人フィナンシェを齧る恒星系。不機嫌というわけではないが、若干目が据《す》わっていてちょっと怖い。

「どうした遥《はるか》、お菓子の追加でも頼もうか？」

「えっ……違う違う。お菓子は美味しいし、スゴい人と話が出来てありがたいと思ってるよ、ちゃんと！　ただださ」

若干困惑気味に小首を傾げながら続きの言葉を紡ぐ我らがワクワクおサイコさん。

「この茶番、いつまで続くのかなーって」

ぴきり、と。その時空気が凍りつく音を俺の両耳は確かに聞いた。シラードさんは微笑み、メイド服のエリザさんは淡々とティーカップにお茶を注いでいる。しかし、その瞬間、確かに室内の空気は変わったのだ。そして変えた張本人だけが、のほほんとしてやがる。

「おまっ、なんちゅう暴言を――――」

「あっ、ごめん。チョイスを完全に間違えた。えーっと、えーっと、見え透いた？　おためごかし？　前座？　兎に角その、なんというか、そろそろ本題に入って頂ければと！」

なんて奴だ。取り繕おうとして逆に全力で墓穴を深めてやがる。

俺は恒星系の失言を詫《わ》びるべく急いで頭を下げようとしたが、それをジラードさんの手がやんわりと制した。

「気にする必要はない。むしろその実直さは非常に好ましく思えるよ。良い仲間に恵まれているな、キョウイチロウ」

灰髪の偉丈夫は薄い微笑を浮かべながら、恒星系失言サイコ女に問いかけた。

「何か私に至らない点があったかな、レディ？」

「いえいえ、シラードさんに文句なんてありませんよー。というか逆にシラードさんが良い人だからこそ気になるというか」

もごもごと失礼のないように言の葉を選びながら、たどたどしく論陣を展開していく遥《はるか》。

やだ、ちょっと愛らしいじゃないの。

「ここの職員を顎で使って、わざわざあたし達を呼び出しておきながら、やることが毒にも薬にもならないお雑談？　何それどこのお貴族様って話ですよ。あたしには、シラードさんがそんな無駄なことする偉《えら》ぶり人《じん》には到底見えないというか、良い意味で性格が悪そうというかー」

やだ、全然愛らしくないことをほざきなさってる。お口にガムテープでも突っ込んでやろうかしら。

「それになにより」

よっせっと壁際に立てかけられた愛刀を手元に寄せながら、稀代《きたい》の剣術使いとしての顔を覗《のぞ》かせながら言い放つ。

「こ・ん・な・ものを持って来させておいて、お喋りオンリーなワケないですよね？」

それは至極まともな正論だった。

遥《はるか》の言う通りである。純粋なコミュニケーション目的で招集をかけたのならば、わざわざ俺達に装備を整えさせる必要などない。

にも関わらず『エッケザックス』や『蒼穹』を持参させたということは……。

「ハハッ、成る程。君はそういうタイプなのかハルカ。ならば致し方あるまい。本音を言えばもう少し君達との歓談を楽しみたかったところだが、焦がれている女性を待たせるのは紳士的ではないからね」

猛禽類のような鋭い眼差《まなざ》しを俺達に注ぎながら、けれども澄みきった小川の清流のような音色で口火を切る最高峰の熱術使い。そして彼は、傍らに美人のメイドさんを置きながらこう言ったのだ。

「どうかな、君達さえ良ければ、私達と一戦交えてみないかい？」

◆ダンジョン都市桜花・第三百三十六番ダンジョン『常闇』シミュレーションバトルルームＶＩＰエリア

無印のダンマギにおける対人戦の半分はリアルバトルで出来ていた。

リアルバトル。読んで字の如く生身の肉体同士が喧嘩したり、殺し合ったりする野蛮極まりない争い方の総称である。

戦えばどちらかが傷つき、最悪の場合死ぬ可能性すらある普通の、そう……三次元の法則に則ったこのバトル形式を仕掛けてくるのは、専ら悪役側だった。

まぁ、当然といえば当然さ。だって、「生身の状態で武器振りまわして市街地で霊術を放つ」なんて犯罪じみた真似、よっぽどの悪役《ワル》じゃなければ、やりゃしない。

で、主人公を始めとした善側同士が戦う時に使うのが、今回扱う〝もう半分の側〟である。

冒険者達が互いを傷つけずに、けれども全力で戦えるような場所を提供する色々な意味で〝夢のある〟バトル方式、それこそが――

「おー！　これが噂のシミュレーションバトル！」

目を煌めかせながらシミュレーションバトルルームを見渡す恒星系。

太い管のような配線に繋げられた白い繭型の筐体《きょうたい》が等間隔で並んでいる様はどことなくサイバーパンクちっくで趣がある。

「二人共、シミュレーションバトルは初めてかな」

コクコクと頷く俺達に微笑みかけるシラードさん。一々表情が格好良くてたまらない。

「シミュレーションバトルは、そこの『白い繭《コクーン》』に乗り込んで行う仮想戦闘だ。コクーンでスキャンした生体情報を基に作られた自分の精巧なアバターを使って仮想空間での戦闘シミュレートを行う――そうだな、認識としては、没入感の高いバーチャルゲームのようなものだと思ってくれればいい」

シラードさんの例えは、言い得て妙である。そう。シミュレーションバトルとは、読んで字の如くの模擬戦闘《シミュレーション》。仮想空間の中で自分達を戦わせる限りなく現実に近い遊戯《ゲーム》なのだ。

「仮想現実の中での出来事は全て夢のようなものだから、どれだけ傷つこうとも、現実の肉体に還元されることは決してない。存分に君達の才能《ちから》を見せてくれ」

変な笑いがこみ上げてくる。精霊とか冒険者がいるファンタジー世界でVRゲームの説明を受けるこのなんでもチャンポン感が、実にダンマギらしい。一作目からジャンルのバーリトゥード状態だったもんなぁ。

「細かい設定はこちら側で調節しておくから、君達はコクーン内のヘッドセットを装着するだけで構わない。さて、ここまでの事柄について何か質問はあるかね？」

はい、と控えめに手を挙げる。

「すごく自然な流れでここまで来てしまったのですが、俺達が戦わなければならない理由って何ですか」

「何言ってんのさ凶さん、闘争《あらそい》に理由なんてないんだよ！　ヤりたくなったから、ヤる！　それが人間ってもんでしょ！」

「おだまり」

誰も彼もがお前のような戦闘サイコ民族じゃないのだよ。

シラードさんほどの人物が、何のメリットもなく俺達みたいな新人と戦ってくれるわけがない。

本来であれば五大クランの長との模擬戦闘なんて幾らでも金が取れるレベルの大事なんだ。

そんな値千金なレア体験を知り合ったばかりの俺達に無償で提供してくれる？　馬鹿な。天地がひっくり返ったってあり得ない。

「クランメンバーでもない俺達と模擬戦闘を行って、シラードさん側にメリットがあるとは思えません。新人潰しをするならば人目のつかないＶＩＰエリアを選ぶはずがありません」

「君達との会話を経て、私が気まぐれに誘ったという線で納得は出来ないかな？」

「出来ません。俺達は、装備を整えてここへ来るようにと指示されました。つまり貴方は俺達と初めからヤるつもりだった、そうですよね？」

ふむ、と何事かを思案するように顎を下げるシラードさん。

やがて彼は良いアイディアが浮かんだとばかりに天を見上げ、そして斯様な台詞を宣《のたま》った。

「・・・・・・・・・・・・・・ではこういうことにしよう」

ＶＩＰエリアの照明がシラードさんを照らす。どうやら、裏でエリザさんが機材を弄《ろう》しているらしい。演出感が、半端なかった。

「私は『常闇』における利益の独占を考えていた。未だ十層以降の攻略者が二人だけというこのダンジョンの最前線にもし私の愛する同志達を送り込むことが出来れば大きな利益になるのでは、と」

スラスラと、つらつらと、まるで湧水のように出てくる言の葉の大群。ライトアップされた偉丈夫の微笑みは、快活ながらもどこか狂気的で
「だから君達をここまで誘導し、その上で賭け事を申し込むつもりだったのさ。もし私が君達を制した場合、勝利の褒賞《ほうしょう》として我がクランメンバーと強制的にパーティーを組ませ、再度十層を攻略せよという風にな。フハハハハハハッ、我ながら随分悪辣な企みを考えついたものよ！」

ハッハッハッと腹の底から響くような笑声を上げる〝燃える氷剣〟の長。

いや、それどう考えても今考えついたやつでしょアンタ。大体そんな企み、俺達が断るだけで瓦解しちゃうじゃん。

「凶さん、多分この人どれだけ問い詰めてもテキトーにはぐらかしてくると思うよ」

「そりゃあ分かってるんだが」

万が一にでもさっきの意見がシラードさんの本意だった場合、折角の独走状態が崩されることになる。

だから申し訳ないけれど……。

「すいません、シラードさん。普通に戦うならばまだしも、そのような一方的な賭けに乗るわけには……」

「十五層の攻略には、優秀な砲撃手が必要だと言っていたね」

遮るようにして放たれた文言は、あまりにも意外なものだった。

砲撃手。遠距離タイプの精霊使いの中でも特に威力と射程に優れた遠距離アタッカー。

シラードさんの言う通り、確かに今の俺達が欲しているタイプの人材である。

「もしも君達が私を打倒し得た場合、我がクランから選《よ》りすぐりの砲撃手を君達のパーティーへ移籍させても良いと言ったら、どうするかね？」

「なっ⁉」

一瞬、頭の中が真っ白になりかけた。いやいや、落ち着け。即決なんて絶対にするなよキョウイチロウ。

慎重に、冷静に、情報収集と分析を並行させながらリスクとリターンのバランスを考えるんだ。

「……砲撃手、ですか。可能であれば詳細をお聞かせ願えないでしょうか」

「そうさな。多少の難はあるが、少なくとも私に匹敵する出力と射程を持った人材であることだけは保証しよう」

その言明に俺は思わず耳を疑った。

シラードさんクラスの出力と射程を持った砲撃手だと？　本当だとしたら間違いなくトップレベルじゃねぇか。

クソッ、完全にこちらの足元を見られている。

カマクは元より、その先の最終階層ボスのことまで考えるならば、シラードさんクラスの砲撃手は是が非でも欲しい。

お手つき？

紐付き？

悪いけどそんなことにこだわっている余裕はないのだ。

いやむしろ、あの最終階層守護者《インチキボス》を超える為には、多少のリスクを呑《の》み込んででも積極的に取りに行く必要がある。

それにどれだけシラードさんの息がかかっていようと、ちゃんと契約で縛りさえすれば無茶な裏切りは出来ないだろうし、何より彼は策士は策士でも闇討《そうい》ちタイプの策士ではない。

もしも俺達が勝てば、約束通り本当に砲撃手を連れてきてくれるだろう。

そうすれば、念願の万能快癒薬《エリクサー》獲得への大きな一歩に繋がって…………

「その顔を見るに、どうやら少しはやる気になってくれたようだね、キョウイチロウ」

「……流石は五大クランのマスター。人を手玉に取るのが本当にうまい」

首筋に冷や汗を垂らしながら、それでも俺の胸中はこの危機《チャンス》に燃えていた。

負けたら侵略、勝ったら傑物――チクショウ、悔しいが滾《たぎ》るじゃねぇか。

■第十五話　燃える冰剣

◆仮想空間・ステージ・プレーン

二キロメートル四方に広がる黒の空間。

等間隔に配置された電子の輝きを光源としたこの仮想世界の中心に四つの人影が集っていた。

「わはー！　すごいすごい！　現実で動いているのと全然変わんないや！」

ぴょんぴょことご機嫌に跳ねまわる遥《はるか》さんを尻目に、俺は眼前に佇《たたず》む〝燃える冰剣〟の主に向かって声をかけた。

「勝負は時間無制限の一本試合。バトル形式は特殊ルールなしの総力戦で、決着はどちらかの陣営の全滅か、シミュレーターの〝降参機能《リザインシステム》〟を用いての降伏。初期配置は、互いに中央のラインを中心とした半径二百メートル以内の自由位置……これで相違ありませんか？」

「うむ。問題ない」

鷹揚《おうよう》に頷くシラードさんの佇まいは、流石というべきか堂に入っていた。

今更になって去来する後悔の念。あれよあれよという間に本当にあのジェームズ・シラードと一戦交えることになっちまったよ。――――いや、場合によっては

「分かりました。では改めて確認というか、お尋ねしたいのですが」

視線を彼女の方に向けながら、俺はシラードさんに問いかけた。

エリザ・ウィスパーダ。シラードさんの秘書官にして、未来の副クランマスター。そして〝燃える氷剣〟が誇る鉄壁の守り手《タンク》でもある。

「彼女は、この戦いには参加しないんですよね？」

「あぁ。エリザはこれから行われる我々の戦いには全く関係がない。ただの観覧者だ」

「なら、〝外〟のモニターからご覧になればよくありません？」

「…………」

俺の指摘に銀髪メイドさんは何も答えなかった。代わりにシラードさんが口を開く。

「彼女はどうやら君達のパーティーをえらく気に入ったみたいでね。どうしても、間近でキョウイチロウ達の戦いぶりを見たいのだと、珍しく私にねだってきたのだよ」

シラードさんが視線を合わせると、エリザさんはその白色の首をコクリと下に傾かせ
「もしもお邪魔なようでしたら、刃を向けてくださって結構でございます。また、私の生死はこの試合に一切関係せず、そして私が貴方達を殺《あや》めることは決してありません」

「今言った文言を彼女が破った場合には、罰《ペナルティ》として我が陣営の即時敗北を認めよう。なぁ、頼むよキョウイチロウ。いつも働いてばかりいる我が麗しの秘書官殿が珍しくワガママを言ってくれたのだ」

「……」

俺は拙い脳みそをフル回転させながら、色々なことを考える。彼女に気に入られるようなことをした覚えはないのだが、それを言ったらシラードさんとこうして相対しているシチュエーション自体が意味不明なわけだし……うーむ。

「ちょっと相棒と相談させて下さい」

そう言って、遥《はるか》とあれやこれやとゴニョゴニョ話し合ったその果てに
「良いですよ、エリザさん。存分に観ていって下さい」

「寛大な心遣い、感謝いたします」

エプロンドレスを小さくたくし上げ、恭《うやうや》しく礼をするエリザさん。しかし、本当に美人だよなこのメイドさん。見ているだけで吸い込まれそうな魅力があるというか
「凶さん……」

遮るように現れた恒星系の顔が心なしかむくれていた。多分、早く戦いたくてうずうずしているのだろう。俺は彼女に小さく詫びのジェスチャーを入れながら、シラードさんの方へと目線を移す。

「もしもエリザさんがルールを破った場合は、無条件でこちらの勝利ですからね」

「もちろんだとも！　〝燃える氷剣〟の威信にかけて、ルールの順守を約束しよう」

「分かりました。では、エリザさんの扱いに関しては、そういうことで。あぁ、そうだ。開戦のタイミングはどうします？　無難にシステムアナウンスを使った〝よーいドン〟でいいですか？」

「タイミングは君達が決めてくれたまえ。……そうだな、キョウイチロウかハルカのどちらかが中央ラインを越えた戦闘行動を取った時にしよう」

「戦闘行動の定義を教えて下さい」

「移動と攻撃全般としておこうか。もちろん、攻撃というのは遠隔攻撃も含まれるよ」

中央ラインを越えた攻撃と移動が開戦の合図、つまり裏を返せば幾らでも下準備は整えてもいいということか。

「随分気前がいいですねー、シラードさん」

「元より君達に分の悪い賭けだからね。これくらいはサービスさせてくれ」

「おー！　トップクランの余裕というやつだ！」

シラードさんの涼やかな返しを、これまた天然記念物級の面の皮の厚さで受け流していく恒星系。

今だけは、こいつのマイペースさが羨ましい。

「熱い勝負を期待しているよ」

「はい、よろしくお願いします」

「お願いしまーす！」

握手と一礼を終えて、そのまま二手に分かれる俺達とシラードさん。

想いはそれぞれ、足取りも様々に。

そうして出来あがった両陣営の初期配置は、見事に対照的なものと相成った。

シラードさんが陣取った場所は、後方二百メートルギリギリのライン。

後衛タイプの術師としては定番の位置取りだ。

対して俺達は……。

「うん！　やっぱりここだよね！」

「ここ以外あり得ないよな」

中央のライン、ギリギリの立ち位置で、二人してうんうん、と頷き合う。

そう。近距離タイプの俺達のセオリーは、〝なるべく相手の近くに位置取る〟だ。

射程的な後塵《ビハインド》を拝している俺達の最適解は、この最前線をおいて他にない。

後衛はより遠く、前衛は限界まで近くに――戦闘前の陣形選びは、互いにオーソドックスな形で落着した。

「さて、それじゃあものすっごく気の重い作戦会議始めるぞ。遥《はるか》、何か良い案あるか？」

「そうだねー、折角好きなだけ準備時間もらったんだし、アレ使っちゃえば？　ほら、凶さんの最強技」

「【始原の終末《エンドオブゼロ》】か」

コクコクと頷く遥《はるか》さん。相変わらず戦闘ごとに関しては非の打ちどころのないほどにキレッキレである。

そんな彼女が提示したプランは、ある一点を除けばほとんど満点と言っても差し支えないほどに有用な代物だった。

超長時間のチャージが必要なものの、その弱点さえなんとか出来ればほぼ勝利に至れる【始原の終末《エンドオブゼロ》】。

ネックとなるラインの内側で発動状態まで持っていき、更に霊力を溜めて《時間加速》を発動、ついでに遥《はるか》の援護まで組み合わせれば、高い確率でシラードさんを仕留めることが叶うだろう。

ただなぁ……。

「確証はないが、多分【始原の終末《エンドオブゼロ》】を当てたらシラードさんが死ぬ」

「そういうルールなんだし、なんの問題もないじゃん」

「いや、仮想空間のアバターが消失するとかじゃなくてリアルに滅ぶ」

「おー……」

何ともいえない顔をさせてしまった。

すまん、遥《はるか》。

しかし模擬戦で死人を出すわけにはいかんのだよ。

しかもシラードさんはダンマギの重要人物だし。

「で、【始原の終末《エンドオブゼロ》】が使えないとなるとシラードさん相手に俺がメインアタッカーじゃ力不足。だから俺の案としてはお前に主役を張って欲しいんだが、やってくれるか？」

「えっ!?　あんな美味しそうなヒト一人占めしちゃっていいの!?」

「あぁ、お前の『蒼穹』は、シラードさんと相性がいいからな。それになにより――――」

す一っと仮想世界の酸素を取り込んで、シラードさんに聞こえるような大声で言い放つ。

「いくら五大クランのオーナーといえども、シラードさんは後衛だからなー！　接近戦にさえ持ち込めば、俺達でも勝機があるんじゃないかなー！」

「えっと、凶さん急に声を張り上げてどしたの？」

「別にー！　普通に作戦会議してるだけだぜー！　まぁ、〝燃える氷剣〟の長ならきっとルーキーの俺達の土俵で勝負してくれると思うしー？　てかルーキー相手に遠距離攻撃で圧殺なんてしたらチョーおとなげなくなーい？」

なんか後半ギャルっぽくなってしまったけど、ひとまず挑発はこのくらいでいいだろう。

なにせ負けたら侵略、勝ったら傑物だ。俺の恥と名誉を代償に有利な状況を作れる可能性があるのなら、喜んでピエロになってやるぜクケケケ。

「んじゃ、こっから真面目な作戦会議に入るぞ」

声のトーンを最小限に絞り込み、遥《はるか》と内緒のコソコソ話を開始する。

「この戦いにおける俺達のアドバンテージはどこにあると思う？」

「手の内を知られてないところでしょ」

「そ。逆に向こうは有名人だから、ある程度手札が透けている」

実際は、まだシラードさんが世間に公開していない伏せ札まで把握済みなんだが、その辺をうまくチョロまかしつつ彼の戦術スタイルを解説していく。

「ジェームズ・シラード。ポジションは後衛寄りのオールレンジシューター。威力射程共に優れた熱術を機関銃のような密度で速射してくる化物だ」

「優れた威力って具体的にはどれくらい？」

「術にもよるが、モノによってはお前が『蒼穹』と『布都御魂《フツノミタマ》』のコンボを決めても崩せない」

それを聞いた遥《はるか》の瞳が「マジで⁉」とつり上がった。

「えっ？　この時点であたし達に勝ち目なくない？」

「シラードさんが本気で殺しにかかってきた場合は、そうなるだろうな」

首を下に揺らす。残念ながら、これは事実。

「射程も密度も超一流なシューター相手に超高威力の遠距離掃射を決められたら、基本的に近距離アタッカー側は為す術がないし」

おまけにシラードさんの保有している無数の天啓《レガリア》達を余すところなく展開なんぞされた日には、間違いなく凄惨《せいさん》なワンサイドゲームが待っていることだろう。

「だけど多分、そんな味気ない展開にはならないと思う」

「どうして」

「この戦いにおけるシラードさん側の目的が、俺達の戦いっぷりを〝観る〟ことに関係しているからだ」

恥をかかせたいだとか、新人に灸《きゅう》をすえたいといった邪《よこしま》な理由があったのならば、大勢の前で公開処刑をすればいい。

もし本当に『常闇』の利益の独占を狙うのであれば、賭けの賞品を侵略行為の強制ではなく俺達を〝燃える氷剣〟に移籍させた方が手っ取り早い。

そもそもあのテキトーに成立させた賭けの約束自体にも疑問が残る。

俺の知る限り、ジェームズ・シラードという人物はヤクザまがいの手法で無理やり自分達の活動拠点を増やそうとするような野蛮な男ではない。

義に厚く、同時に狡知《こうち》にも長けたカリスマ冒険者であり、一見、深く考えていないかのように振る舞いながらも、その実、後から振り返れば、全てがこの人の掌の上であったかと錯覚させるほどの鬼謀《きぼう》をさりげなく差し込む策略家——それが、ダンマギの世界におけるジェームズ・シラードというキャラクターだ。

「情報収集か、何かを見定める為なのか、その真意についてまでは分からないけど、シラードさんの本来の目的は俺達の力量を肌で感じることにあると思うんだ。つーか、クランマスターが、デビューしたてのルーキーを大人げなくボコって侵略行為を働いたなんて噂が広まれば、〝燃える氷剣〟に迷惑がかかるだろ？」

「自分のクランの看板に自ら泥を塗るような真似はしないかー。うん、確かに凶さんの言う通りかも」

「だから加減というわけじゃないが、ある程度戦いになるような試合運びをしてくれると俺は信じている」

推測というよりは願望に近い甘い見立て。

しかし、このか細い蜘蛛《くも》の糸のような可能性だけが、今の俺達がシラードさんに一泡吹かせられる唯一のチャンスなんだ。

「どれだけシラードさんが俺達を観たがっているかが勝負の肝だ。兎に角相手がガチになる前に距離を稼いで懐に入れ。さっきも言ったが近距離戦にさえ持ち込めれば、絶対にお前が勝つ」

「えー？　嬉しいけどちょっと凶さん、あたしのこと買いかぶり過ぎてないかにゃー？　後衛とはいってもシラードさんは〝あの人〟と同じ五大クランのマスターでしょ？」

「あぁ。動画サイトとかに上がってるシラードさんの戦闘ログを見る限り、あの人は近距離戦闘の腕前も普通じゃない」

だけどな、遥《はるか》と俺は胸を張って断言する。

「お前はもっと普通じゃない。そして俺はお前の普通じゃなさを誰よりも信頼している」

それは嘘偽りのない誠言《せいげん》だった。

こいつは天才だ。異次元と言っていいほどの。

単純な武芸者としての技量だけで測るのであれば、歴代シリーズの中でも五指、いや三指に入ってもおかしくないほどの〝規格外〟である。

シラードさんがこいつのことをどれだけ高く評価しているのかは分からないが、馬鹿を言うな。

こいつの才能はアンタの叡知《えいち》を以《もっ》てしても、測りきれないほどにイカれてるんだよ。

「そんでもってエリザさんについてだが」

ちらり、とシラードさん達の陣営を見やる。シューターであるシラードさんが陣取る更に後方、右の隅の方にちょこんと佇む高身長銀髪メイドさん。役割《ロール》が近接タンクである彼女が遠距離攻撃使いの主よりも後ろに下がるだなんて、本来ならば絶対あり得ないことだ。だが、彼女は観覧者。この試合には何の関係もない赤の他人である。であれば――

「お前は何にも気にしなくて良いよ、遥《はるか》。シラードさん達の言葉を信じよう」

念には念をと言うべきなのだろうが、その辺の気配りは俺がやっておけば良いのだ。遥《はるか》は、シラードさんを倒すことだけに集中しておくべきなのだ。方々に気を散らして勝てるほど、あの御仁は甘くはない。

「どんな手段を使っても俺がお前をシラードさんの所まで届けてやる。だから思う存分ワクワクしてこい」

「ん、分かった。目一杯楽しんでくる！　だから、ちゃんとあたしをエスコートしてね王子様」

「王子って柄じゃないが、精いっぱい頑張るよお姫様」

「あたしもお姫様ってガラじゃないや」

「知ってる」

ワハハッといつものように笑い合ってから俺達は決意と霊力を漲《みなぎ》らせた。

「行くぞ遥《はるか》、大一番だ」

「頼りにしてるし、頼りにしてね、凶一郎《きょういちろう》」

拳を突き合わせながら前へと進む。

全身に満ち溢れる白の霊力と、仮想世界の宙を回遊する六つの『蒼穹』。

ダンジョン『月蝕』での死闘以来の全力戦闘に、脳内の神経細胞がフルスロットルの歓喜を上げる。

さぁ行くぜ、ミスター燃える冰剣《Rosso&Blu》、今日この瞬間だけ、俺達はアンタを超える。

歩幅を揃えて、共に踏み抜く生と死の境界線《デッドライン》。

そうして俺達は――――。

「境界を越えたな若人よ、ならば是非もなし！　君達の勇気ある進撃に、私も相応の誠意をもって応えるとしよう！」

◆

◆

──────絶望を見た。

それは、超高温と極低温、相反する二つの熱術をあらゆる熱力学の法則を無視しながら対消滅させ解き放つ絶対破壊術式であり、同時に彼のクランの名を冠したジェームズ・シラードの代名詞的必殺技。

【Rosso&Blu】──────シラードさんの初手として繰り出された対消滅の砲撃が、炸裂《さくれつ》したのである。

■第十六話　マクスウェルの悪魔とアダマント

◆仮想空間・ステージ・プレーン

ジェームズ・シラードが擁《よう》する亜神級精霊《デミス》『マクスウェル』の能力は、その名が示す通りの『分子運動操作能力』である。

分子運動操作能力とは端的に言ってしまえば、熱の動きを自由自在に操る異能のことだ。

炎を生み出す能力でも、氷を創り出すスキルでもない。

『マクスウェル』はその前提、あるいは原因となる事象を掌握することによって『燃える氷剣』という矛盾すら可能にするのである。

その『マクスウェル』の特性を最大限に活かしたシラードさんの絶対破壊術式【Rosso&Blu】が、初手からかっ飛んできたのだ。

控えめに言ってチビりかけたね、俺は。

「凶さんっ！」

「しっ心配すんな！　おおお俺がなんとかしちゃる！」

「そこはかとなく不安！」

真っ白になりかけた思考をどうにか現実に引き戻し、ポンコツ色の脳細胞をフル回転させる。

綺麗な螺旋《らせん》を描きながら進撃する対消滅の閃光。

当たれば終わり、そして回避という選択肢は……恐らく下策だ。

『マクスウェル』は同系の中でも、極めて操作性に優れたステータス特性を持つ精霊である。

そして契約者であるシラードさんの能力値傾向も操作性に重きを置いたパラメータになっている。

精密操作に長けた敵相手に、下手な回避を試みたところで術を誘導《ホーミング》されて終わりだ。

「遥《はるか》！　少し距離取りながら俺の後ろに隠れろ！　こいつは俺が引きつける」

「任せたよ！」

だから俺達が取るべき選択は当然【四次元防御】一択になる。

全てを物理的に消失させる理不尽には、更に上の理不尽で対抗するしかない。

エッケザックスを右方に突き下ろし、柄を握った状態のまま左方に仁王立ち。

ガード範囲を武器で広げつつ、可能な限り隙間を失くしながら【四次元防御】を展開する。

迫りくる対消滅の閃光。

行く手に阻むものを全て破壊し尽くす悪魔のエネルギーに、五感と本能が恐怖する。

消えゆく轟音、彩《いろど》りを失う空間。

大昔のサイレント映画のようなモノクロームの世界の中心で、俺は対消滅の光に呑み込まれる自分の姿を俯瞰《ふかん》した。

【四次元防御】によって一時的に四次元体となった俺の身体はシラードさんの【Rosso&Blu】を

どうにかせき止めているようだった。

絶対破壊術式と全身でキスをしている自分の姿なんて見たくもなかったが、幸い術の反動による痒みや悪心《おしん》を除けば肉体は無事。

傷《いた》ましいが、痛くはなかった。

贅沢は言ってられない。ひたすら耐えるのみである。

気になるのは霊力の消費量だが、それは向こうも同じことだ。

【Rosso&Blu】はその圧倒的威力と貫通性能の代償として多大な霊力を消費する。

いかにシラードさんがトップクラスの使い手だとしても、超高温と極低温を融合させた対消滅エネルギーの放出なんて無茶苦茶を長時間持続させられるはずがないんだ。

ダンマギの設定に準拠するのであれば、秒間あたりの霊力消費量は概算で【四次元防御】の四倍程度。

このまま暖簾《のれん》に腕押し糠《ぬか》に釘《くぎ》と【Rosso&Blu】を打ち続ければ、やがてどこかでガス欠になるのは目に見えている。

そうなれば完全に勝負の趨勢《すうせい》がこちらに傾くだろうが、当然そんなことは向こうもお見通しのはず。

時の経過と共に徐々に勢いを弱めていく対消滅の閃光。

案の定とでもいうべきか、必殺技での強襲は数十秒で沈黙した。

そうだよな。リソース配分も考えられないような人間がトップクランのマスターなんか務まるはずがないもんな。

欲を言えばもう少し削っておきたかったが、まぁいい。

こっちも結構危なかったが、なんとか無事に耐えきったんだ。

◆

「つーわけで、行って来い遥《はるか》、お前のワクワクをシラードさんに叩き込んでやれ！」

返事の代わりに疾走する一陣の風。

敵の大規模砲撃が止《や》んだドンピシャのタイミングで、天稟の剣士が出撃する。

長い黒髪をたなびかせながら、颶風《ぐふう》のような速さで直進する恒星系。

そしてそんな彼女の周囲を回遊する六本の蒼穹。

さながら輝く恒星に傅《かしず》く惑星群であるかの如き威容を放つ刀剣達の群れが、主と共に凄まじい圧をかけながら迫って来る。

まるで天体の縮図とでもいうべき円状の軌道が計六層。

そのどれもが高速回転を行いながら、同時に層ごとに別の奥義を放ち続けているのである。

六本の刀が織りなす六種の奥義乱舞。しかも一周ごとに技のスタイルや回転の軌道をころころ変え続けているのだから始末に負えない。

信じられるか？　あれでまだ本人的には準備体操なんだぜ？

これには流石のシラードさんも苦笑い……ではなく、心底から喝采しているようだった。

「よもやこれほどのものとは……驚いたよハルカ。君の才気はまさに神々しく燃え滾る太陽だ！」

「いえいえ、まだ驚く場面じゃないですよシラードさん、ワクワクするのはこれからです！」

短い会話を終えて両者が同時に動き出す。

シラードさんは周囲の空間に無数の『噴出口《ゲート》』を形成し、そこから複数の術式を一斉掃射。

熱線が走り、凍《い》てつく大気が吹雪《ふぶ》き、プラズマが爆ぜ、氷塊が落ちてくる。

対消滅の閃光などという超大技を出したばかりにも関わらず、ありとあらゆる熱術の砲撃を惜しげもなく披露してくる〝燃える氷剣〟の主。

オイオイやっぱりあの人とんでもない化物だよ。

【四次元防御】の反動でヒィヒィと喚く肢体をどうにか無理やり動かしながら、念の為シラードさんの射線から離れた位置へと移動する。

万が一流れ弾が飛んできてゲームオーバーになったら目も当てられないからな。

たとえ届くわけがないと分かっていてもじっとしていられないっていうのが人情ってもんよ。

視線を遥《はるか》の方に向ける。

恒星系はワッハッハと目を煌めかせながら飛来する熱線を斬り裂いていた。

熱線を斬り裂く。うん、意味が分かんないよね。

いかに奴が空前絶後の天才だとしても、集束された熱エネルギーをぶった斬れる道理なんてない。

だからこの異次元の御業《みわざ》の源泉は、遥《はるか》の才能とは別の部分《ところ》にある。

蒼穹。ダンマギにおいてかの《剣獄羅刹《ラクサス・サラマ》》討伐の切り札として蒼乃彼方《あおのかなた》が当代当主より賜った蒼《あお》乃《の》の至宝。

その効力とは霊体並びにエネルギー体への干渉と特攻——つまり生身では斬れない存在へのアンチウエポンである。

斬れないものを斬り、断てないモノを断つ。

ダンマギに出てくる主要キャラクターの専用武器としては、イマイチぱっとしない効能であるが、その分、特攻性能は折り紙付きだ。

汎用性を犠牲にしたその特攻倍率はまさに作中屈指のレベルであり、ダンマギユーザーの間では、特攻が通る相手との戦いでは、天啓武器《レガリアウエポン》ではなく、あえて蒼穹をメインウエポンに添えたかなたんを物理アタッカーにするのがテンプレになっていたほどである。

なにせ蒼穹は、あの糞ボス筆頭《剣獄羅刹《ラクサス・サラマ》》にすら有利を取れる代物なのだ。

霊体や流体、はたまたエネルギーそのものを断ち斬る蒼乃《あおの》秘伝の対魔刀。

シラードさんのようなエネルギー放出をメイン火力とする相手ならば、これだけでも相当な優位が取れるだろう。

しかしこの蒼穹を本来の持ち主が振るった場合、その凶悪さは桁違いに跳ね上がる。

何故か？

その答えは、遥《はるか》が保有する亜神級精霊《デミス》『布都御魂《フツノミタマ》』の持つ能力にある。

彼《か》の精霊の特性は『術者の所持している刀剣の複製及び操作』、即ち装備状態の武器のコピー武器を召喚して操る異能である。

『布都御魂《フツノミタマ》』の複製能力は、極めて精巧なものだ。

これは亜神《デミス》級という上位クラスの能力であることに加え、複製対象に対する二重の縛りを課しているが故にこそ成り立つ事象なのだが、まぁこの辺の裏設定は、またの機会に語るとしよう。

今大切なのは、『布都御魂《フツノミタマ》』の力によって生み出されたコピー武器が、その切れ味や強度だけでなく、元の対象が持つ加護の力まで完全再現されるという点だ。

そして、あぁ筆舌するのも恐ろしいことに、こうしてコピーされた複製品達は、全て「主が装備している武器《もの》」として扱われるのだ。

現在、遥《はるか》が展開している蒼穹の数は本人が握っている物も含めて計七本。

七本全ての蒼穹には全てに特攻の加護があり、同時に遥《はるか》の装備品でもあるわけだ。

七本の刀に七つの加護……もう分かっただろ？

蒼乃遥《あおのはるか》の蒼穹の特攻性能は、現在既存の数値の七倍に達しているのである。

ただでさえアホみたいに高い蒼穹の特攻性能の七倍化、しかもその増加された加護の力が、遥《はるか》が操る全ての刀にも均等に浸透しているのだ。

そう。これこそが『布都御魂《フツノミタマ》』の真骨頂。

コピーした刀剣の加護や特殊能力を、コピーした本数分だけ倍加させる驚天動地のバグ技だ。

バグみたいな女が、バグみたいな特攻武器を、バグみたいな力で増やしているのである。

力と業と武器が織りなす三重層の反則コンボ。

この完璧な布陣の前では、いかなシラードさんといえども並の熱術掃射では太刀打ち出来ないだろう。

対応するとしたらそれこそ【Rosso&Blu】級の大技をぶちかますしかないが……今の状況じゃあ撃てないよなぁシラードさん。

アンタがアレを初手に撃ち出せたのは、溜める時間が十分にあったからだ。

だが今は違う。

ワクワク狂いが急速に距離を詰め、それを阻止すべく牽制の掃射を行っているこの状況において、並行して次弾を用意するだけの暇はない。

遠距離アタッカーが戦うシチュエーションとしては、この一対一状況は、およそ最悪と言っても過言ではないだろう。

「(――――さぁ、どうするよ?)」

周辺視野を広げながら、フィールド全体を注視する。四人目《かのじょ》は動かない。己の定めた観覧席で奥床しげにエプロンドレスをまくり上げ、ガーターをつけた美脚を露わにし、そして
「…………」

戦場に地響きが鳴った。

スカートの中から取り出された二本の管が変質し、二振りの大斧槍《ハルバード》となって地面に根を下ろす。

響き渡る重低音。音だけで重さが分かるその代物を、エリザさんは軽々と片手で持ち上げくるりと宙で一転させる。くるり。くるり。またくるり。世にも奇妙な大斧槍《ハルバード》のお手玉だ。左、右、左、右。二つのハルバードが典雅に空を舞い
「やっぱ当然」

地響きが鳴る。メイドの姿がやにわに消える。俺は、《時間加速》を五割のレベルで加熱《かそく》させ
「そうなるよなぁっ！」

今まさに遥《はるか》へ向けて襲いかかろうとしたアサシンメイドの懐へとひた走り、その鳩尾《みぞおち》に渾身の一太刀を叩き込んだ。

瞬間、両腕に尋常じゃないほどの衝撃が雪崩れ込む。硬い。比喩ではなく物理的に刃が立たない。下手人は無傷。その紅《あか》き隻眼で俺の顔を空虚に一瞥し
「詰らないのですか、凶一郎《きょういちろう》様？」

そう問いかけてきた。

「この嘘つきと、約束破りで横紙破りのブタ野郎と、そのように私のことを罵倒する権利が貴方にはございます」

二振りのハルバードが振り下ろされる。体勢を崩した俺の首を目がけて容赦なく飛んできた二つの殺意を俺は最小限の動作で避《か》わし、黒大剣に《遅延術式》を乗せる。

「別に」

《遅延術式》は、触れた相手の動きを少しずつ鈍くしていく術式だ。武器や防具越しでも通る為、

こういった白兵戦では何かと重宝する。

「別にエリザさんはルールを破っちゃいないでしょう。貴女に課された禁則事項は〝殺すこと〟だけだ。つまりそれ以外なら何をやったって良い」

クソみたいな言葉遊びだが、さもありなんというやつだ。だって俺達が今相手にしているのは、あのジェームズ・シラード。ゲーム時代に〝腹黒イケメンタヌキ〟とプレイヤー達からこき下ろされてきた彼ならばこれくらいのことは平気でやってのける。

「丁度一仕事終えて暇だったところですしね。流石にウチのお姫様のところまでは近づけさせませんが、俺でよければ幾らでもお相手します――――よっ！」

省エネの為に《時間加速》から下位互換の《脚力強化《ストライド》》に切り替えながら、《遅延術式》を染み込ませた大剣で双大斧槍《ハルバード》の挟撃を受け流していく。ぶつかり合う金属。恐ろしいことにこうして武器と武器とをぶつけ合っている方がエリザさんを直接斬るよりも余程軽く、そして柔らかい。

亜神級《ハイデミス》上位『アダマント』――――その効能は、物理、霊力、概念の三系統を結合させた『存在の硬質化』である。

金剛と呼ぶに足るべき物理強度、堅牢《けんろう》さに特化した霊力《オーラ》の纏装《てんそう》、そして【不壊】の概念の付与化による【あらゆる物理属性への強固な耐性】。その鉄壁さは、まさに〝神話の金剛《アダマント》〟、今のエリザさんを傷つけることは、たとえ遥《はるか》であっても難しい。だって硬さと頑丈さが取り柄の俺のエッケザックスがたった一度の衝突で罅《ひび》入れられたんだぜ？　斬ることに重きを置いた刀で打ち込んだら一発でお終《しま》いよ。

「（だからこそ）」

そう、だからこそ俺が彼女を抑えなければならない。

幸いにも彼女は【俺達を殺してはならない】という縛りがある。本来であればその金剛化した五体を使った格闘術こそが持ち味の彼女が己の身体よりも柔らかい双大斧槍《サブウエポン》を使っているのがその証拠さ。彼女に俺達を殺す気はない。つまりエリザさんはガチじゃないのだ。加減をしている。かといって、大人しく見学しているわけでもなく、その有り様は端的に言って中途半端。正々堂々俺とのマッチアップに付き合ってくれているのも気にかかる。

「俺達に興味があるっていうの、アレどこまで本気なんです？」

《遅延術式》をエリザさんの身体に浸透させる為の時間稼ぎも兼ねて、聞いてみる。

「そりゃあ、多少目立ってるなぁっていう自覚くらいはありますよ？　だけど、五大クランの一長とその秘書官様にこうしてお手合わせしてもらうほどの活躍は、まだしちゃいない」

「まだ、ということはいずれはなさるおつもりで？」

「そりゃあ、ね」

武装メイドさんの身体が大きく動いた。自分の身体の変調に気がついたのだろう。幾ら防御に優れた『アダマント』といえども四次元の理、それも超神級《アルテマ》のスキルの前では形無しだ。速度デバフはちゃんと効いている。

「聞かせて下さいよ、エリザさん。貴女の、いえ、貴女達の本当の目的はなんです？」

三度ほどの瞬きの間に、後ろの方から男の高笑いと少女の哄笑《こうしょう》、そして空気が燃える音と無数の斬撃音が矢継ぎ早に轟いた。

「選定を」

ぽつりと呟《つぶや》く、隻眼の美女。

「貴方達を見定めるべく」

「見定める？　一体何を？」

しかし、それっきりエリザさんの口が開かれることはなかった。代わりにただ一つの紅目が鋭く光る。最早問答は無用と言わんばかりの――いいや、実際にそういう意思表示なのだろう。ならば
「あっちは大分派手にやってるみたいですね」

エリザさんの方に八割方の注意を置きながら、俺は主役達の戦場を指差した。

端役《おれ》達の暗躍を背景《よそ》に、シラードさんと遥《はるか》のせめぎ合いは続いていく。

そうして炎の嵐と刃の竜巻の激突が加速度的に激しさを増して増して増して増して増していき――

「あの様子だと、流石のシラードさんでもこちら側に過剰な注意を払う余裕はないとみた」

「それが何か？」

俺は笑う。シラードさん達の戦場を背にして、万が一にでもこちらの射線《ようす》を覗かれないように神経をすり減らしながら
「条件は三つでした。シラードさんから視られない位置に立ち、同時に半径五メートル以内に貴女

を捉え、万が一にでも逃がさないように速度を落としておく」

「だから何を」

「ですから」

そうして俺がもう一度彼女に笑いかけると
「――――俺の勝ちです」

エリザさんの胸に赤い花が咲いた。血が、血が迸る。エプロンドレスに覆われたエリザさんの左胸が深紅に染まる。彼女はわけも分からぬまま、ゆっくりと視えない殺意の前に倒れ伏した。

あらゆる攻撃を防ぐ『アダマント』の三重防御。離れていた距離。俺が動く素振りはまるでなかった。少なくともエリザさんの目にはそのように映っていたはずだ。

なのに、にも関わらず彼女は倒れている。〝燃える氷剣〟が誇る鉄壁の守り手《タンク》がわけも分からないままに崩れ落ちたのだ。

「遥《はるか》は、あぁいう性格なんで割と自分の手札を正直に話すんですけどね」

俺が手向けの言葉を語り始めたところで、エリザさんの身体が輝き始めた。退場の合図だ。彼女のアバターが終わりを迎えたことを示す幕引きの合図。

「俺は逆で、自分の手札は出来るだけ隠しておきたいタイプなんですよ」

「成る程」

エリザさんの口角が少しだけ上がった。白く淡い光を放ちながら、彼女は何故だか嬉しそうに微笑する。

「見誤っておりました。貴方は私が想定していた何倍もお強いのですね」

「隠し事が多いだけです。それに何より相性が良かった」

防御力に特化していて、再生能力を持たず生命力も人並み。そんな〝うってつけの相手〟だったからこそ勝ちを拾えたのだ。初見殺し的な要素も極めて大きい。

「続きはあっちの世界で観戦していて下さい。きっと退屈はしないでしょう」

「承知いたしました。――――あぁ、凶一郎《きょういちろう》様」

かくして〝神話の金剛《アダマント》〟は仮想世界から姿を消し
「合格にございます」

そうして後には、三人だけが残ったのである。

◆

美しき乱入者をなんとか奇策で払いのけた俺は、急いで主戦場へと駆け戻った。正直、今の俺に出来ることはあまり多くない。位置調整《ポジショニング》を整えて、いざという時いつでも肉壁になれるよう準備しておくのが精々だ。

先のエリザさん戦みたいに条件さえ満たせば、理屈上はワンチャン狙えなくもないんだが――

「(あそこに割って入るのはちょっと無理だわなぁ)」

飛び交う斬撃の嵐と、爆ぜる冰熱の奔流。華麗かつ劇的な主役達の戦場は、瞬《まばた》く度にその激しさを増していく。

「行くぞ、ハルカ」

快活な掛け声と共にシラードさんが大きく動いた。

両手から氷の双剣を召喚し、両足の特殊レギンスから火柱を放出させながら宙を駆ける〝燃える冰剣〟の主。

横の領域に圧力をかける遥《はるか》の布陣に対する解答札が、ジェット噴射を利用した高速三次元軌道とは恐れ入る。

嘘みたいだろ？　あの単身で刃の竜巻に突撃してる人、後衛なんだぜ？

「そんな便利な物があるなら、さっさと使って後ろに逃げれば良かったのにー！」

「野暮を言うな。君達のような才ある若者を前にして、逃げの一手を講じるなど愚の骨頂！　先達者として私が魅せるべきは、賢《さか》しい後退ではなく、勇気ある前進だ！　死中にこそ活があり！　さぁ強敵よ！　存分に踊ろうではないか！」

「なるほどなるほどー。そういうことなら……よろしくてよ、ミスター！」

上空からの双冰剣の斬り下ろしと、地面からの斬り上げが激突する。

刹那、二人を中心とした周囲一帯が鏖殺地帯《キリングゾーン》と化した。

乱れ飛ぶ熱線、吹き荒れる絶刃。

互いの手札を高速で捌き合いながら、同時にド派手な剣戟《けんげき》を交える化物達。

五大クランのマスターと互角に張り合う遥《はるか》と、天稟の才能と天敵じみた相性の暴力で襲いかかる相手との接近戦を、見事に成立させているシラードさん。

いや、これヤバくね？

どう控えめに評しても、歴史に残る名勝負じゃねぇか。

すげぇ、すげぇよ二人共。すごすぎて俺の出る幕が全然ない！

そう。二人の熱戦の前に、チュートリアルの中ボスがしゃしゃり出る隙間など欠片もなかったのである。

剣術と熱術、前衛と後衛、ルーキーとトップランカー――――バトルスタイルもポジションも立場もまるで違う二人の一騎打ちは、いつしか幾百の術式と幾千の武技が飛び交う壮絶な死闘と相成っていた。

斬って、躱《かわ》して、飛んで、撃って、走って、ぶつけて、防いで、騙《だま》して、迫って、操って。

そうやって無数に存在する戦闘コマンドを、一秒ごとに全部載せしながら争い続ける両者の趨勢は、しばらくの間、完全な拮抗《きっこう》状態にあった。

斬り合いに関しては、完全に遥《はるか》の方に軍配が上がる。

シラードさんも健闘はしているが、それでも純粋な剣術の技量は恒星系には敵《かな》わない。

しかしシラードさんはそれを手数と冒険者としての経験値で補っているのだ。

多少押し負けても隙が出来る前に熱線の掃射をする。

ジェット噴射の三次元軌道で常に上のアドバンテージを取る。

死角には常に高密度の弾幕を張り、そもそも敵を近づけない。

――数多《あまた》の手練手管《てれんてくだ》が、恒星系の優位性を潰していき、逆にシラードさんの不利盤面を覆《くつがえ》していく。

まさに、歴戦の猛者といった戦いっぷりだ。

五大クランのマスターにとっては、武術の技量が格上である相手との勝負すらも、小慣れたものらしい。

「いいね、シラードさん。とってもワクワクする！」

「そう言ってもらえると光栄だよ、レディッ！」

言葉を交わしながら、その数十倍の攻防を撃ち合う両雄。

才能と相性ＶＳ経験値と手札。

より強いのはどちらで、より重要なのはどちらか。

その答えが出ることは、今までも、そしてこれからもないだろう。

しかしそれらを体現する二人の決着は、長い時間を経た末にハッキリとした形でつけられることになる。


「覇ァぁあああああっ！」

斬ッという小気味よい音が鳴り響くと同時に、シラードさんの右腕が仮想の宙を舞う。

長いつばぜり合いの末に、何重ものフェイントと複数の流派の奥義を無理やり混ぜた

《複合混成奥義《ヴァリアブルアーツ》》×七連撃の合わせ技で作り出した一瞬の隙を、遥《はるか》がモノにしたのだ。

鮮血と共に飛び散るシラードさんの右腕。

即座にソレが爆弾に変わり恒星系へと牙を剝くが、奴はこれを最小限の動作で避けつつ隻腕状態のシラードさんへ追撃をかける。

勝因となったのは、遥《はるか》の高い適応能力だった。

シラードさんとの無数の攻防の中で、奴は彼の行動パターンを解析し、その上で対ジェームズ・シラード専用の対抗武術を編み出したのである。

もちろん、戦闘中にだ。

この角度で斬るとこれだけの熱術をぶつけてくる、この技を使うと回避を優先する、この太刀筋だとつばぜり合いを選ぶ――――そういった相手のこと細かな反応を全て学習し、やがてシラードさんほどの達人を手玉に取るメタ戦術をあろうことか即興で開発した恒星系の才能には、最早「すげぇ」以外の語彙《ごい》が言語野から出てこない。

才能だけでなく成長速度すら人外とか、バグキャラにも程があるぜ遥《はるか》さんや。

「フフッ、フハハハハハッ！　まさかこの私がルーキー相手に一騎打ちで後れを取るとは！　善哉《ぜんざい》、善哉！　桜花の未来は明るいな！」

敗色は濃厚、断頭台の刃は目の先といった状況で満足そうに哄笑するシラードさん。

素直に敗北を認め、潔く散るつもりか？

「だが――――ゲームに勝つのはこの私だ！」

瞬間、シラードさんはありったけの熱線を遥《はるか》に向けて放ちながら、戦場を離脱した。

フルスロットルのジェット噴射で後方へと逃げていく五大クランの一長の姿に遥《はるか》は思わず口をぽかんと開けて素直な感想を呟いた。

「にげちゃった」

あまりにも的確な指摘に、思わず苦笑がこぼれる。

そうだ。そうなんだ。ジェームズ・シラードという男は、あの局面で「にげちゃった」を選べる男なんだよ。

シューターにも関わらず、勇猛果敢に近接戦を挑んだかと思えば、いざ不利になると迷わず敗北を認めて逃走を選択する。

で、さっきの宣言通りあの人は勝負に負けても大人げなく試合に勝ちにいくことが出来るんだ。

「ねぇ、凶さん。これなんかまずくない？」

遥《はるか》は額に大粒の汗をかきながら、すっかり冷え切った仮想の地面に指を差す。

霜が降りた大地は、霊力で強化された肉体すら蝕むほど寒いのに、上半身は焼けるように熱い。

いつからこの場所は、こんなおかしな温度設定になったんだ？　もちろんシラードさんが逃げてからだ。

天は烈日、地は氷獄。

それはジェームズ・シラードが持つ【Rosso&Blu】級の大技の一つであり、空間そのものを対消滅のエネルギーで満たす防御回避不能の全体攻撃。

名は【Calmi Cuori Appassionati】、ダンマギでは〝静穏と熱情の狭間〟なんて訳され方をしていたっけ。

この技の脅威は、自分すら巻き込む無差別性にある。

なにせ座標ではなく空間を対消滅エネルギーで満たすのだ。

相手は死ぬし、高い熱術耐性持ちのシラードさんといえどタダでは済まない。

おまけに今の彼は遥《はるか》との一騎打ちで右腕と少なくない霊力を失っているから、ダメージリスクもマシマシだ。

だが、うまく決まった時の見返りもまた計り知れない。

仮想空間のフィールドを【静穏と熱情の狭間《Calmi Cuori Appassionati》】で満たし、対消滅エネルギーで破壊してしまえば、まず遥《はるか》はリタイアである。

【四次元防御《ログアウト》】で守ろうにも、空間そのものが対消滅エネルギーと化しているわけだから問答無用であの世行きだ。

そして残った単体糞雑魚野郎《俺》に関しては、話にもならない。

為す術なく特攻を仕掛けたところを熱術の一斉掃射で丸焼きにするだけでゲームオーバー。

シラードさんなら仮に四肢がもがれていてもイージーウィンが狙えるだろう。

回避不能、防御不能、おまけに相手は大人げなくジェット噴射で時間を稼ぐ腹積もり。

必殺技を防いで、武装メイドさんを倒して挙げ句の果てには一騎打ちにまで勝ったのに一転して大ピンチとは全くもって恐れ入る。

笑えねェよな。笑えねェし、許せねェ。

遥《お前》の栄光《ワクワク》は、誰にだって汚させねェよ。

だから俺は――――。

「遥《はるか》、なるべく早く追いついてくれ」

それだけ言い残し、戦場を駆ける。

纏う術式は《脚力強化《ストライド》》と《時間加速》の二重掛け。

《時間加速》は俺が初めて覚えた固有スキルだ。その効力は時の流れの高速化。

ゲーム的に言えば行動ターンの追加、現実に落とし込むと〝他人の数十倍の早さの世界を動くことが可能になる〟という説明が妥当かな。

今の俺のレベルだと、大体、常人の六十倍の早さで動くことが出来る。

六十倍、つまり他の奴らにとっての一秒が、俺にとっては一分になるってわけ。

そこに《脚力強化《ストライド》》まで組み合わせれば、まさに鬼に金棒。

俺はこの戦場の誰よりも早くて速い存在になるって寸法よ。

全てがスローモーションになった世界を一人颯爽《さっそう》と駆け抜ける。

無双のスピードを手にしたからといって浮かれている時間はない。

事は一刻を争うんだ。今は六十分の一秒だって無駄にしたくない。

寸暇を惜しまず働け凶一郎《きょういちろう》。

急《せ》かなきゃ事を仕損じる今の状況で、チンタラしてたら全てが終わる。

◆

インチキじみた六十倍加速で走行して、それでも現実時間の二秒が経過した。

ようやく再会できたシラードさんにウェルカム熱線《ビーム》をもらうが、これを難なく回避。

大技構築中にも関わらず、咄嗟《とっさ》の判断でこれだけの数の熱線を放出できるのは流石だが、それでも今の俺には届かない。

シラードさんの左腕が上がる。

「〈虹の光槍《ビフレスト》〉」

掛け声と共に彼の中指に嵌められた白金の指輪が光り輝く。

次の瞬間、仮想世界の地面から七色の閃光が瞬《また》いた。

彼を囲むように展開される〈虹の光槍《ビフレスト》〉。その数は合計九つ。

触れたものをたちまち溶解させる効能のある破邪の光を曲芸じみた旋回で避けながら、俺は決まり手の準備を始めた。

目には目を、歯には歯を、天啓《レガリア》には同じく天啓《レガリア》を。

右手の人差し指に着けた髑髏《どくろ》の指輪《リング》に殺意《ねがい》を込めて
「（さぁ、出番だぜこの野郎）」

俺は、己《おの》が天啓《レガリア》である死神の残影の名を告げた。

「やれ、〈獄門縛鎖《デスモテリオン》〉」

■第十七話　〈獄門縛鎖〉

◆仮想空間・ステージ・プレーン

天啓《レガリア》とは、アバターではなく、本体をダンジョンに置く精霊――――つまりはボスクラスの敵が討伐された時に落とす専用アイテムである。

その形式は武器や防具にアクセサリーと多彩だが、どいつもこいつも人智を超えたぶっ壊れ性能であることは間違いない。

なにせ天啓《レガリア》は、ボス精霊の残滓《ざんし》がアイテム化したものだ。

強敵を討伐した証としてその敵の能力の一部や特性を受け継いだ一点ものが弱いはずもなく、その取得難易度の高さも相まって、界隈では天啓保持者《レガリアユーザー》イコール一流冒険者と見なす者も多いらしい。

正当な所有者以外が所持しても真価を発揮しないという共通ルールがなければ、きっと想像も出来ない額の売買とそれに伴う諍《いさか》いが数多く引き起こされていたことだろう。

この設定《ルール》を作った神様《シナリオライター》に、グッジョブの言葉を送りたい。

閑話休題。さて、ここに一つの天啓《レガリア》がある。

銘は〈獄門縛鎖《デスモテリオン》〉。

俺が彼の死神を討伐した際に入手したアクセサリーだ。

趣味の悪い髑髏の造形が目立つこの指輪が、奴より継承したその能力は『月蝕』。姿を消し、相手の力を失わせる〝死神の鎖〟の召喚だ。

それはまさに残滓。『月蝕』ダンジョンにて俺達を散々苦しめたあの厄介な鎖の完全再現である。

「やれ、〈獄門縛鎖《デスモテリオン》〉」

俺の宣言に伴い、周囲の空間が黒く歪む。

生成された三つの黒穴から、間髪を入れずに現れたのはトラウマ必至の鎖達。

宙に舞うシラードさんの全身に喰らいつく怨嗟《えんさ》と悪意の赤鎖は、瞬く間に五大クランの一長を無力化した。

鎖による物理的な拘束と、一時的な霊力の完全遮断による二重捕縛。

本家と違い拘束効果のタイムリミットこそあるものの、その絶対性は健在だ。

しかも発動時のステルス性能まで再現されているのだから、隙がない。

初見かつタイマンという状況であればトップランカー相手でもこの通りである。

「……捕まえました」

最大限の警戒心を張り巡らしながら、捕らえた獲物に目を向ける。

全身を鎖で縛られ、指一本すら動かせずに倒れ伏すシラードさん。

彼はこの状況においてもなお、快活な笑みを浮かべていた。

「トドメを刺さないのかね」

「その手には乗りませんよ。確かシラードさんって復活系統の天啓《レガリア》を持っていますよね」

正しくは死をトリガーとして、己の存在を熱エネルギーに変えてそこから転生を果たすという無茶苦茶な天啓《レガリア》なのだが、細かいことはどうでもいい。

下手な攻撃をすれば回復される、それだけ分かっていれば十分だ。

「だからちゃんとヤれる奴にヤってもらいます。ウチのエースなら、熱《エネルギー》ごと貴方を切り刻める」

「そうか」

敵が乗ってこないことを察したシラードさんは、満足したように頷き、そして小さく息を吐き出して
「ならば致し方あるまい。レディが到着する前に死切り直しといこうじゃないか」

次の瞬間、七色の光槍が彼の頭蓋を穿ち貫いた。

〈虹の光槍《ビフレスト》〉、先の攻防でシラードさんが最後に解き放った『破邪』の天啓《レガリア》。

地面より生まれ出でた九つの光槍を、あの時俺は確かに避けた。そして獲物を失った槍達はそのまま天高くへと昇っていき
「(上で待機させていたのか)」

奇襲と万が一の時の為の自決用。つまり、このシチュエーションを
「(……読んでいた?)」

「何、全て読んでいたわけではないさ」

紅蓮《ぐれん》の光が俺に語りかける。〈鳳凰転生譚《フェネクス》〉、肉体的な死をトリガーとして発動する『転生』の天啓《レガリア》。

それは『不死』と『熱』に類する特殊能力である。つまり、遥《はるか》の『蒼穹』が対抗策《カウンター》としてこの上なく機能するパターンだ。だから俺は待てば良かった。シラードさんを捕らえ、〈鳳凰転生譚《フェネクス》〉の発動をそのエネルギーごと遥《はるか》に斬ってもらえば、それで俺達の勝ちだったんだ。でも

「ただ、君はあのエリザを屠《ほふ》っている。そして彼女を討つ為には、君が私に語ってくれた見せ札だけでは不可能だ」

その勝ち筋はもう使えない。自死によって終わりを迎えた彼の身体は無数の火柱へと変化を遂げ、死神の鎖を容易にすり抜けていく。

「だから隠し札は当然ある。そしてそれは、春先に君達が倒した『月蝕』の死神に関連するものだ」

炎が集まる。柱から球体へ、球体から人の輪郭へ、そして燦々《さんさん》と輝きながら堂々と

「後は逆算さ。私の仕入れた死神の情報と、最も厄介な展開を想定し、それに応じた〝保険〟を用意しておく」

灰髪の偉丈夫が、死の淵《ふち》より帰還した。装いはなく、代わりに赤と青の炎を全身に纏う姿は、下手なボスキャラよりも余程らしい。

「さぁ、少年」

シラードさんの両手が開かれる。大仰に、そしてまるで遥《はるか》に斬られたはずの右腕の復活を見せつ

けるかのように、腕を広げて
「第二ラウンドといこうじゃないか」

その言葉と同時に熱線と氷柱の掃射が俺を襲った。至近距離で放たれた霊術の乱れ撃ちに俺が何とか対応できたのは、彼がわざわざ教えてくれたからだ。

第二ラウンド、そんなことをはるか格上の相手に面と向かって告げられたら、そりゃあ馬鹿だって身構えるって話だよ。良く言えば正々堂々。悪く言えば彼にはまだ余裕があった。

「（とはいえ、復活の切り札は使わせたんだ）」

展開した【四次元防御】の中で俺は猛スピードで思考を巡らせる。

〈鳳凰転生譚《フェネクス》〉の転生効果は一度きり――正しくは、再稼働時間《クールタイム》が相当長めに設定されている為一度の戦闘に一回しか使えないと言うべきなのだがまぁ兎も角――つまりシラードさんをもう一度倒すことさえ叶えば、今度こそ俺達の勝利である。

「（逆にシラードさん側は、【静穏と熱情の狭間《Calmi Cuori Appassionati》】を完成できれば勝ちなんだよな）」

戦場《フィールド》ごと敵を対消滅させるあの驚異の広域殲滅術式が一度完成してしまえば、最早俺達に為す術はない。そしてそれを阻止する為の伏せ札であった俺の性能は既にバレている。

……彼が笑いながら、無敵状態の俺に攻撃を浴びせ続けているのがその証拠だ。【四次元防御】中の俺はあらゆるダメージを受けない代わりに何も出来ない。《時間加速》による奇襲も、〈獄門縛鎖〉を使った捕縛もこの状態では不可能。加えて霊力の残量もそう多くはない。

ジリ貧だった。俺はシラードさんの攻撃を耐えることしか出来ず、逆にシラードさんは霊術の一斉掃射で俺を沈黙させたまま、徐々に距離を取り始め、そしてきっと例の術式の準備も始めているのだろう。

【四次元防御】の展開中は、世界がモノクロに変化してしまう為イマイチ「外」の変化が分かりづらい。だがしかし、それでも上と下がなにやら騒がしいことになっているなと感じる程度には、フィールドは凍《燃えて》っていた。

シラードさんが笑う。笑いながら、両足に纏った赤と青の炎で宙へと浮き上がり、戦いの勝敗を決定づける会心の退避《いって》が今まさに行われようとしていた。

「(ハッ)」

だから俺も笑い返してやったのだ。生憎と表情筋も動かせない身であるが故、その笑みは我が心の中だけで花を咲かせたのだが、あぁ、そんなことはどうでもいい。

「(シラードさんよ)」

戦闘。捕縛。自死。復活。からの再起動。その粘り強さと手数の多さは、流石だと認めざるをえないが、しかし、あるいはだからこそ
「(アンタ、時間をかけ過ぎだ)」

エースの到着が間に合った。

戦場に飛来する六花の剣。華麗に、絢爛《けんらん》に。複製された『蒼穹』達が前方に撒《ま》かれた熱術の弾幕を裂いていく。モノクロの世界で燦々と輝くその霊力の色は、きっと蒼。色彩のない世界《ここ》ですら、彼女の蒼色《イメージ》は俺に届く。

そうして蒼乃遥《あおのはるか》が、俺の隣を横切った。

「凶さんっ！」

彼女が言う。音は聞こえない。しかし、唇の動きを追えば、何を言いたいのかは瞭然だった。

「ごめん」

こっちこそ、ごめん。

「遅れた」

いいや、お前はちゃんと間に合ったよ。

「一緒に」

あぁ、一緒にだ。

〝一緒に戦おう〟

二振りの『蒼穹』が、眼前の熱術掃射を完全に沈黙させた刹那を見計らい、俺は【四次元防御】を取り消した。一斉にゆり動く三次元の感覚。音が、匂いが、色彩が、【四次元防御】の反動と共に俺という存在を侵していく。痛み、悪心、目眩《めまい》。そして何よりも、兎に角熱《さむ》かった。肩口からは煙が立ち込め、足元は霜つき、あまりの異常事態に脳が震える。

これが【静穏と熱情の狭間《Calmi Cuori Appassionati》】、これがジェームズ・シラード。大技を放ちながら、宙を浮き、絶え間なく俺に向かって熱術を撃ち続けながら、同時に遥《はるか》の相手もやってのける。

阿修羅《あしゅら》もビックリな、八面六臂《はちめんろっぴ》の大活躍。それでいて隙あらば距離を取ってイージーウィンを狙おうとする狡猾《こうかつ》さまで備えているだなんて、全く、この人はどこまでも……。

「遥《はるか》っ」

むせかえるような熱気の中、俺は太刀を振るう彼女に問いかけた。

「飛べるかっ⁉」

言葉は短く
「やってみるっ！」

けれども、その意図は簡単に伝わって、彼女は戦場を飛び交う複製された『蒼穹』の上へとアクロバティックに飛び乗った。

空飛ぶ刀に跨がり、そのまま己が得物の剣先を眉間の先につけ、そのまま〝燃える氷剣〟の主の元へと一直線に突っ込んでいく恒星系。

「すごいな、ハルカ！　まさかそんな隠し玉を持っていたとは」

「いいえ、ミスター」

首筋に汗の雫《しずく》を垂らしながら、碧眼《へきがん》の少女が白い歯を覗かせた。

「たった今、覚えたばかりですわっ」

戦慄する。俺自身が振った無茶であるにも関わらず、それでも興奮が止まらない。

刀剣を使った空中遊泳《エアサーフ》なんて普通に考えれば無茶である。だって刀は何かを斬る為の道具だ。乗り物じゃない。

その前提というか道理を、こいつはぶっつけ本番で突破したんだ。複製した刀剣に大量の霊力を注《つ》ぎ込み、操作可能限界《ギリギリ》を見極め、放出された霊力流《ベクトル》を天性の勘《アドリブ》で制御してみせた。

遥《はるか》が飛ぶ。風を切りながら、熱線を断ち、地面から湧き出た〈虹の光槍《ビフレスト》〉の突き刺しを初見で避けながらシラードさんの懐に苛烈な斬撃を叩き込んでいく。

「今度は腕と言わず、全部頂きますよ」

「ハッハッハッ！　やってみたまえ若人よ」

それでもなお、シラードさんは強かった。先の一戦で見せた攻防を優に上回る術技に加え、〈虹の光槍《ビフレスト》〉による果てのない破邪誘導光槍撃《ホーミング》が、遥《はるか》の猛攻に水を差す。

「その空中曲芸《サーカス》、霊力の消耗が激しそうだね」

「さぁ、どうでしょうねぇっ！」

遥《はるか》はいつも通りのアイドルスマイルを浮かべているが、恐らくはシラードさんの指摘は的を射ている。飛行のカラクリは端的に言えば、〝膨大な霊力《エネルギー》を垂れ流しながら、細心のコントロール技術で操っている〟状態だ。

彼に指摘されるまでもなく、長くは持たない。先の戦いでの消耗分も鑑みれば、精々が三十秒。一分も持てば奇跡といえる。

「《時間加速》、《脚力強化《ストライド》》」

だから俺は動いた。

自分の時間を加速させて、凍気と熱射に覆われたフィールドを一心不乱に駆け上がる。

「――――ぐうっ！」

途端に肩口が発火し、足元の一部がシャーベットのように凍りついた。

当然だ。時間を早めたんだから。使い勝手の良い《時間加速》が抱える唯一の課題点。それは毒や燃焼といった、俺にとって不利な状況も加速させてしまうという部分にある。

仮想現実《シミュレーション》の設定で、痛覚を無効《オフ》にしてなお鳴り響く頭の中の警告音。……問題ない。いや、問題にしてはいられない。ここで動かなければ、多分俺達は、負ける。

「おっとキョウイチロウ。残念ながらもう君を見逃すことは出来なくなった」

言葉と共に放たれる熱線の掃射。繰り出された赤と青の弾幕を、俺の側で控えてくれていた二本の『蒼穹』達が切り刻む。

一瞬だけ遥《はるか》と目が合った。言葉よりも雄弁に輝く彼女の双眸。任せて、と恒星系の瞳が瞬いた。

俺は走る。口も開かず、頷く手間すら省いて、シラードさんの背後へと回る。

「覇ぁっ！」

掛け声と共に、仮想の宙を舞う三本の『蒼穹』が上昇する。遥《はるか》は、〈虹の光槍《ビフレスト》〉を避けながら、刀ごと突進。シラードさんは爽やかに笑いながらその身を左方向へ
「させるかよっ」

と向けようとしたところで俺は〝槍型〟に変形させたエッケザックスを投げつけた。日ごろのトレーニングで身に付けた全ての筋肉達を集約させて放った総身の一投げは、しかし寸前のところでシラードさんが後ろへと下がった為にあっけなく、空を切る。

「(問題ねぇっ！)」

そこへ、先程上空へと飛翔《ひしょう》した三本の『蒼穹』達が彗星《すいせい》と見紛《みまが》うばかりの勢いと霊力を迸らせな

がら駆けつける。角度のついた上からの三連撃と、刀に乗った至高の剣術使いの突き。

選択肢《たく》としては下か、横。まぁ、ぶっちゃけ、どちらだろうと構わないさ。距離はもう、十分に稼がせてもらった。

「(やれ、〈獄門縛鎖《デスモテリオン》〉)」

地に伏せた三本の鎖達が、再び敵を捕まえようと動き出す。起動する視覚迷彩《ステルス》。数え切れないくらいのマルチタスクと俺達の連携攻撃によって追い詰められたシラードさんにこいつが避けられるはずもなく――

「仕掛けるならこのタイミングだと思っていたよ」

シラードさんが、爆ぜた。突撃する遥《はるか》と『蒼穹』達、そして三本の〈獄門縛鎖《デスモテリオン》〉を巻き込んでの大爆発。その熱が、爆風が、衝撃が、俺達の築き上げた包囲網を無慈悲に壊していく。

俺は吠《ほ》え面《づら》をかきながら、爆心地を離れた。しかし、あぁなんということだろうか。爆心地《シラードさん》が追いかけて来る。

「不可視不認識、成る程、厄介な特性だ。だが『不可視』は兎も角、『不認識』の迷彩は、一度きりのようだね」

彼は無傷だった。契約精霊である『マクスウェル』の高い熱術耐性だからこそ為せる業である。赤と青の炎を足元で爆発させ、それを推進力として宙天を翔ける灰髪の偉丈夫。

微《かす》かに聞こえる遥《はるか》のうめき声。『蒼穹』の加護のお陰で、ダメージ自体は大したことがなさそうだ。

けれど、俺達の攻め手は完全に途絶えてしまった。

そしてシラードさんの指摘は事実である。

〈獄門縛鎖《デスモテリオン》〉に備わる『不認識』――――つまり、相手に認識されなくなる特性は、召喚した鎖一本一本に別途施されている。

しかし彼の言う通り、この力は一度認識されてしまえば、それまでなのだ。視覚の欺きこそ可能なものの、他の五感や霊覚で、相手側は認識した鎖達を追うことが出来るようになってしまう。

そこを読まれたのだ。二重の意味で読まれてしまった。タイミングと特性を見極められ、完璧なカウンターを打ち込まれた。

ミスはなかった。だが、俺の想像以上に彼はクレバーで、そして本気だったのだ。

「君達はよく頑張ったよ」

宙を舞うシラードさんの両掌が赤と青の炎を纏う。眼前に迫る死の予兆。遥《はるか》は無事だが、多分間に合わない。

「だが、私を倒すには一手足りなかった」

展開される【静穏と熱情の狭間《Calmi Cuori Appassionati》】の法。地面に輝く〈虹の光槍《ビフレスト》〉の光。終わる。終わる。後一度でも瞬きをすれば、それだけで全てが終わる。

「言い残す言葉はあるかね」

「……いいえ」

頭を横に振る。その時、俺はきっと笑っていたんだろうな。シラードさんが怪訝《けげん》そうに眉をひそめる。直撃《ぐさり》。

「一手差は一手差でも」

シラードさんの胸に紅の花が咲き誇る。吹きあがる血液。穿たれた心臓。彼我の距離は五メートル。不認識の特性を失った三本の鎖は沈黙中。そして

「一手差で、俺達の勝ちです」

シラードさんが、〟燃える氷剣〟の主が、今度こそ崩れ落ちる。

「死神の鎖は四肢を縛るんです。つまり〈獄門縛鎖《デスモテリオン》〉の最大展開数は」

「……四本っ」

三本は捕縛用に。そして最後の一本は万が一の時の為の保険として、温存《ステイ》。慎重案が功を奏した結果だ。遥《はるか》が彼の腕を断ってくれたお陰で、誤解させやすい状況を作り出せたのも大きい。

「後学の為に教えてくれないか、キョウイチロウ」

シラードさんが問いかける。

「私は、いいや私達は、一体何にやられた？」

「……死神野郎は専ら、捕縛の為だけに使ってましたけどね」

口を開きながら、シラードさんの胸を貫いた得物に殺意を込める。絶対に油断はしない。種明かしは、ちゃんと殺しながら、だ。

「実は獄門縛鎖《こいつ》、ナイフぐらいの大きさの武器なら巻いて隠せるんっすよ」

言うなれば、それは遠隔操作で動かせる〟鎖付きの刃〟。

ただしその刃は不可視で不認識で、そして

「これが正真正銘、俺の最強の切り札です」

彼の胸を貫いた鎖付きの『レーヴァテイン』が獰猛に跳ねまわり、シラードさんの仮想の肉体を両断した。

『レーヴァテイン』――――ゲームにおいては裏ボスのダンジョンで、あり得ないほど難易度の高い条件を満たした場合にのみ獲得できる幻の武器。

その能力は、《因果切断》。ゲーム時代では超強力な固定ダメージとして機能していたこの武器に触れたものはたとえいかなる耐性や強度を持とうとも、問答無用で断ち斬られる。

無論、弱点も多い。こいつは言うなれば何でも切れるナイフであり、それ以上でもそれ以下でもないのだ。適切なダメージを与える為には敵に近づかなければならないし、その切断範囲もナイフ相応のものでしかなく、巨大な敵へのダメージソースとしては些か心許《こころもと》ない部分がある。

何よりも、幾ら切ったところで再生されてしまえばお終いだ。スライムや火の玉《ウィスプ》などの不定形にもとことん弱い。

だが、およそ人を殺める武器としてはこの上なく強力だ。それが再生持ちでなく、復活能力を枯渇させていたのならば、〝神話の金剛《アダマント》〟だろうが、五大クランの一長だろうが、問答無用で両断する。

〈獄門縛鎖〉×『レーヴァテイン』

不可視不認識の鎖×あらゆる防御耐性を貫く絶対の刃

天啓《レガリア》と裏ボスダンジョン産の武器を組み合わせたこの必殺コンボを初見で回避することが出来る

人間なんざ、誰もいない。いや、正しくは一人だけいる。ウチの遥《はるか》さんだ。彼女だけは持ち前の勘で、ぬるりと避けたがあんなものは例外中の例外であり、普通は為す術もなく断ち斬られる。

例えば先のエリザさんのように。あるいは今のシラードさんのように。

「どうでしたか、シラードさん。満足頂けましたか」

一度きりの復活能力を使い切り、今度こそ光の粒子となって現実世界への帰還《ログアウト》を始めた灰髪の偉丈夫が、とても満足そうな顔で頷いた。

「うむ！　余すところなく君達を知ることが出来た！　認めよう！　君達は確かに我々に勝ったのだ！」

その宣誓と共に、シラードさんは仮想世界から姿を消し、代わりに虹色の文字が宙空に浮かび上がる。

〈WINNER　凶一郎《きょういちろう》・遥《はるか》チーム〉

〈LOSER　ジェームズ・シラード〉

湧き上がる歓声と、轟く打ち上げ花火。

所詮はバーチャルリアリティによる演出だが、それでもこれだけ盛大に祝われたらアガるってもんだ。

一秒ごとに鼓動の高鳴りが増していく。

勝った、のか？　俺が、俺達が、あのジェームズ・シラードとエリザ・ウィスパーダに？

夢かどうか確認する為に頬をつねるがあまり痛くない。

うん、仮想《ユメ》だ。……ってそうじゃなくて。

俺は仮想の世界で起きた出来事がリアルかどうかを確かめるべくもう一度、宙空に記された虹色の文字を黙読した。

〈WINNER　凶一郎《きょういちろう》・遥《はるか》チーム〉

やっぱりそうだ。何度読んでも間違いない。

リザルト画面には、俺達が勝者だと書いてある。

「おっおぉしゃぁああああああああああああああああああああっ！」

腹の底から溢れ出す無上の歓喜を、あらん限りの声量で叫び上げる。

勝った。勝ったんだ。俺達は、やったんだ！

「凶さんっ！」

バタバタと忙しない足音を立てながら、此方《こなた》より駆け寄って来る恒星系。

満開の桜のような笑顔を咲かせた奴の風姿《ふうし》は、汗と疲弊とそして喜びに満ち溢れていて、とても、とても綺麗だった。

近づく視線、感じる吐息、同時に伸びた二つの掌が快音と共にぶつかり合う。

「やったんだね！」

「あぁ！　俺達二人の勝利だ」

パチンと万感の想いを込めたハイタッチを交わし、それから俺達はアバターの声帯が嗄《か》れるまで勝鬨《かちどき》を上げ続けたのである。

◆ダンジョン都市桜花・第三百三十六番ダンジョン『常闇』シミュレーションバトルルームVIPエリア

「ハッハッハッ！　いやいや見事にしてやられたよ。ぐぅの音も出ないほどの完敗だ！」

仮想の世界から現実へと帰還した俺達を待っていたのは、対戦相手からの惜しみのない賞賛だった。

「まずハルカ、君のセンスと適応能力には感服したよ。唯一無二の刀剣技術に卓越した術式コントロール、そしてなによりも戦いの中で進化していく自己アップデートの速さが最高にクールだね。久しぶりに本物の天才に出会えた気がするよ。どうだい、是非ウチのクランに入会して、より高みを目指してみないか？」

「どーもー！　でも謹んでお断りしまっす！」

即答だった。にべもない。

しかし、シラードさんは「それは残念だ」と、大げさに肩を竦《すく》めながらも、その実まるでへこたれていない様子だった。

彼は輝くようなキメ顔スマイルを浮かべながら、今度は俺の方へと向き直る。

「では、キョウイチロウ。君を口説かせてもらおうか。先の戦いで私がキョウイチロウに抱いた率直な感想は〝厄介な指揮官〟だ。特異なチカラと、戦場全体の動きを見透かしたかのような優れた戦術眼《バトルビジョン》、……特に決定的な局面《マストカウンター》の見極めと伏せ札の広げ方が絶妙だったよ」

「あっ、ありがとうございます」

どうしよう、シラードさんにべた褒めされてしまった！　超絶嬉しい！

「走攻守、全てにおいて戦局を変えうるスキルを持っている上に、その効果的な使い方を熟知し、自身を徹底的に駒として扱える指揮官なんて滅多にお目にかかれるものじゃない。是非とも我がクランでその辣腕を振るってもらいたいものだが、どうかね？」

更に続く褒め褒め天国に一瞬、頭が沸騰しかけたが、すぐに思い直して頭を垂れる。

「シラードさんほどのお方にお褒め頂き大変光栄に思います。ですが、申し訳ありません。またとない機会であることは重々承知しておりますが、丁重にお断りさせて頂きます」

「フハハハハッ！　あっさりとフラれてしまったな！　だがその気骨もまた良し！　前途ある若者が、己の力でのし上がる！　痛快ではないか！」

ハッハッハと、心底から愉快そうに快笑するシラードさん。その横で、エリザさんも静かに、しかし確かに笑っていた。

〝貴方達を見定めるべく〟

彼女の真意は、未だに読めない。

シラードさんの真意は、もっと読めない。

残念だという割にはご機嫌だし、ふざけているにしては言葉に芯がこもっている。

ほんと、不思議な人だよシラードさんは。

ただ、先程の戦いを通じて見えてきたモノもある。

今日シラードさん達が俺達を呼び出した理由は、やはりあの戦いそのものにあったのだ。

俺がこの考えに至った根拠は、シラードさんの戦い方にある。

模擬戦において、確かに彼は〝燃える氷剣《Rosso&Blu》〟の主の名に恥じない大技の数々で俺達を圧倒していた。

術式に手心を加えていた様子もなく、霊力を惜しんでいた素振りもない。

あの時あの瞬間、確かにシラードさんは俺達相手に全力で相対《あいたい》してくれていたのだろう。

……問題は、その方向性だ。

例えば初手、彼は【四次元防御】の存在を知っていたにも関わらず、一点集中型の【Rosso&Blu】を切って来た。

例えば遥《はるか》との近接戦、彼は自分の不利対面であることを百も承知しながら恒星系との斬り合いを選択した。

ハンデを頂いていたなどと不必要な謙遜で俺達の勝利にケチをつけるつもりは毛頭ない。

だが事実として、シラードさんはあまりにも正々堂々と戦い過ぎていたのである。

あるいは正々堂々というよりも、相手が有利に戦える盤面であえて真っ向勝負を挑んできたといった方が正しいのかもしれない。

戦闘前の作戦会議で、俺は遥《はるか》に手の内を知られていない点が有利だと言ってしまったが、とんでもない。

シラードさんは、知り得る限りの俺達の情報を徹底的に調べていたのだろう。

そしてそんな手間をかけたにも関わらず、あえて俺達の有利な状況で戦ったのは、恐らくソレが目的だったからだ。

勝つ為ではなく、観察する為の戦い。そのスタンスは、まさにエリザさんが言っていたあの言葉通りのものである。

彼は自らが背負うブランドや強力なクランメンバーの所属先まで賭けておいて、勝つ為ではなく、俺達を見定める為に戦っていたのである。

賭けに負けたにも関わらずご機嫌なのは、彼にとって賭けの結果自体がどうでもいいからなのだろう。

「(……そうだ、賭けの褒賞！)」

大事な言葉が脳を駆け巡る。

賭け、そう賭けだ。

俺達が勝って、シラードさんが負けた。

ということは〝燃える氷剣〟所属のスーパー砲撃手が俺達のパーティーに……！

「あの、シラードさん。戦う前に交わした賭けの約束、覚えておりますでしょうか？」

「君は戦っている時と、平常時で言葉遣いが大きく変わるタイプなんだなキョウイチロウ。うん、そんなところもチャーミングだよ」

「え？　なに？　シラードさんってそっちも行けるタイプの方なんですか？　あと凶さんは、なんでモジモジしてるの？」

「恋多き人間であることは認めるが、その辺りの詮索《せんさく》はもう少しお互いの仲を深めてからにしようじゃないか、レディ」

「やだなー、もー」

あっはっはっとにこやかに笑い合う恒星系とシラードさん。

しかし俺は気づいてしまった。

一見、軽やかな微笑に見える遥《はるか》さんの瞳の奥底が全く笑っていないことを。

「どしたの、凶さん？」

「なんでもない。何も知らない」

俺は何も見なかった。いいね？

「失敬。少し話が脱線してしまったようだ。いかんな、君達との会話はどうにも弾んでしまう」

「そーゆーのもういいんで、話の続きをどうぞシラードさん」

「ハハッ、了解しましたレディ。もちろん、賭けの内容は有効だよ。急ぎ本人に通達し、書面による移籍登録を済ませた後に君達の元へと派遣しよう」

その言葉を聞いて俺達は手を合わせて大いに喜び

「…………」

「きょ、恐縮です」

エリザさんはそんな俺達をただ見つめていた。

口を挟むわけでも、含みがちな表情を浮かべるわけでもなく、ただ、見つめていたのである。

◆

白状すると、最初は拗れると思っていたんだ。

だって五大クランに在籍している砲撃手が、クラン無所属の中学生パーティーに移籍だなんて前代未聞も良いところである。

絶対に荒れると思った。

特に当の砲撃手本人がごねるんじゃないかと、何度も気を揉んだものだよ。

けれど俺の心配をよそに、移籍手続きはなんの滞《とどこお》りもなく行われたんだ。

五大クランが一角〝燃える氷剣《Rosso&Blu》〟のクランマスター、ジェームズ・シラードとの戦いを経た俺達は、待望の砲撃手を手に入れたのである。

そして――――

◆ダンジョン都市桜花・第三百三十六番ダンジョン『常闇』第一中間点「歓楽街エリア」

「はじめまして……じゃない。一度会ったことがある」

そして俺は彼女と再会を果たしたのだ。

銀髪のツインテール、ノワールカラーのゴシックドレスと特徴的な紅の瞳。

約束の時間、待ち合わせ場所の噴水広場に現れたのは、あの日『サクラギ』ですれ違った少女だった。

「三週間くらい前に、お店でみた。……覚えてる？」

「あぁ。覚えているよ。印象的だったからな」

忘れたくても忘れられない。

だって俺は、未来のお前を知っているんだから。


『そうさな。多少の難はあるが、少なくとも私に匹敵する出力と射程を持った人材であることだけは保証しよう』


不意にあの時のシラードさんの言葉が脳裏をよぎる。

成る程、言い得て妙だ。

確かに彼女ならば、シラードさん級という評価にも納得がいく。

なにせ彼女は、特別だ。

特別な生い立ち。

特別な精霊。

特別なステータス。

そして何よりも特別なのは、作中における彼女の立ち位置である。

「自己紹介、する。ユピテル。ポジションは後衛、得意ロールは砲撃手……よろしく」

ユピテル。ダンマギでの通称は〝瞋恚の黒雷《Raging dark》〟。

『だから、ねぇしっかり泣き喚きナサイッ。無様ヲ晒してこのユピテルヲ楽しまセルノ。それが、無能デ無価値ナお前達に許された唯一の贖イヨ。キャハッ、キャハハハハッ、キャハハハハハハハハハハッ！』

その立ち位置は、主人公達と敵対する『組織』の一員として立ちふさがる、グランドルートの中ボスである。

■第十八話　ユピテル――――やがて〝瞋恚の黒雷〟と呼ばれる少女

◆ダンジョン都市桜花・第三百三十六番ダンジョン『常闇』第一中間点「歓楽街エリア」

偉いことになった。

まさか新しく加入した砲撃手が、グランドルートの中ボスだなんて。

「(なんちゅう爆弾を送りつけてくれるんじゃシラードさん！)」

ユピテルといえば無印に出てきた敵キャラの中でも超がつくほどイカれていて、超がつくほど危険な女である。

そんな特大の厄ネタが、俺達のパーティーメンバーに……。

「どしたの、凶さん？　急に頭を掻《か》き毟《むし》り始めて……あっ、分かった！　前にいってた厨二病ってやつでしょ！」

「断じて違う。……ちょっと目眩がしただけだ」

恒星系の失礼な問いを雑に返しながら、乱れた思考を整えていく。

落ち着け凶一郎《きょういちろう》。今は失礼なことをほざく恒星系に構っている場合じゃない。

実際に会ったことで少し動揺してしまったが、この二週間の努力を思い出せ。

シラードさんから送られてきた書面で彼女の名前を確認したあの時から、俺《おまえ》はアルと一緒に様々な準備に励んできたじゃないか。

リスクは十分考えた。

とうに分析は済ませてある。

だから後は臆せず、進むだけ。

さぁ、まずは軽い自己紹介から始めよう！

「ウチのパーティーにようこそユピテルさん。俺の名前は清水《しみず》きょうびちぇっ！」

噛んだ。

自分の名前で、噛んでしまった。

「きょう……びちぇ？」

「清水《しみず》……凶一郎《きょういちろう》だ。よろしく頼む。んで、こっちが」

羞恥心を隠す為に、挨拶を早々に切り上げて遥《はるか》にパスを出す。

ちくしょおっ！　こんなはずじゃなかったのに！

「蒼乃遥《あおのはるか》でっす！　よろしくねユピ、ユピ……えっとなんて呼んで欲しいとかある？」

「……好きに呼んでくれたらいい」

「分かった！　じゃあユピちゃん（仮）ね！　よろしくユピちゃん！」

「……よろしく」

湧き出る噴水の音にも負けない大声で喋る遥《はるか》と、ほとんど消え入りそうな声で挨拶をするユピテル。

　なんだか対照的な二人だ。……いや、恒星系と同質な人間がそう簡単にいてたまるかって話なんだが、まぁいい。

「じゃあ早速で悪いがブリーフィングを始めるぞ。あー、ここじゃなんだし、どこか別の場所にでも移動するか。ユピテルさんは、ホテル住まいなんだっけ？」

「一応、予約はとってある。……だけどお金に余裕がないから、出来ればキョウイチロウ達のハウスに住まわせてくれると助かる」

「分かった。じゃあ、入居祝いも兼ねて軽く何かつまみながら、ウチでブリーフィングやるか」

「……感謝」

　ぺこり、と殊勝に頭を下げる銀髪ツインテール少女。

　本当にあのユピテルなのかと疑いたくなってしまうが、答えはきっと真なのだろう。

　二重人格でも、ドッペルゲンガーでもなく、ただ時系列が異なっているだけなのだ。

　あの『組織』に属する前のユピテル。

　今の彼女を定義するとしたら、この辺りの表現が適切だろう。

◆ダンジョン都市桜花・第三百三十六番ダンジョン『常闇』第一中間点「住宅街エリア」

　ところ変わって、借り家のリビング。

新しい入居者の巣作りを簡単に済ませた俺達は、出来合いの総菜と炭酸ジュースを並べて簡単な宴《うたげ》を開いた。

「それでは、新しいパーティーメンバーの入居を祝しまして」

かんぱーい、と琥珀色《こはくいろ》の液体が注がれたグラスを掲げ合う。

中身はジンジャーエールだ。安心してくれ。

真昼間からガキ達で集まって、ジャンクフードパーティーとか我ながら子供やってる気がする。

いいよなぁ、こういう時間。すげぇ好き。

「ユピテルさんは、冒険者を始めて長いんですか？」

さりげなさを装って質問を投げかけたら、何故か敬語になってしまった。

だって敬語って便利なんだもの。特に初対面の相手に対しては、まず間違いないし。

「うわー、でた凶さんの真面目口調。どうせすぐ崩れるんだから最初からため口でいけばいいのに」

「おだまり」

茶々を入れてきた恒星系の口にチキンナゲットを突っ込みながら、改めて斜め前のユピテルに視線を注ぐ。

ルビーのような紅い瞳に映る悪人面。いつ見てもチンピラみたいな顔立ちである。

「別にため口の呼び捨てで構わない。ワタシもそうしてる…………ていねいな口調の方がよいなら、直、します」

「いや、そのままで大丈夫だよ。俺もフランクな感じでいくからさ」

うんうん、と口いっぱいにナゲットを頬張りながら物知り顔で頷く遥《はるか》さん。

どうしてお前が偉そうなんだ……。

「で、さっきの話に戻るんだけどさ、ユピテルは冒険者を始めてどれくらいなんだ？」

砕けた口調で再度放つ軽いジャブ。

話を聞くのならば、まずはこの辺からだろう。

「二年くらい。十歳の時にこっちへ来てから、ずっと」

十歳！　ゲーム知識の逆算で知ってはいたが、改めて本人の口から聞くと衝撃がすごい。

てか十歳の少女が働かなきゃならん世界って、普通に狂ってるよね？

剣も魔法もない世界で生きてきた身としては、簡単に郷に入れば何とやらの精神で乗り切れる話ではない。

だからといって、「こんな世界は間違ってる！」などと喚き散らす勘違い系特定文化至上主義者《ゴミカス正義マン》になるつもりは毛頭ないが、それでもモヤモヤするものは、モヤモヤするのだ。

「十歳から冒険者やってて、しかもシラードさんの所のメンバーだったのかぁ。ユピちゃんは、すごいねぇ」

「そんなことはない。ワタシは異国出身だから、お情けでジェームズの所に入れてもらっただけ。デビュー早々、ここの最深記録を塗り替えたハルカ達の方が、よっぽどすごい」

謙遜、ではないのだろう。

〝燃える冰剣〟は、異国の民同士による相互扶助組織的な側面が強い。

だから、ユピテルも半ば保護される形でシラードさんの所に入ったのだろう。

皇国は異国の民や異種族に厳格だ。

特に獣人と呼ばれる人種に関しては、今でも一部の貴族階級が蛇蝎《だかつ》のごとく嫌っている。

ユピテルやシラードさんのような異国の民は、獣人《かれら》に比べたら数億倍くらい丁重な扱われ方をされているが、それでも何かあった時は、俺達よりも手厳しい罰を受ける。

まぁ、これはどこの国でもそうで、自国の精霊石や天啓《レガリア》を守る為の必要措置でもあるんだよ。

気軽に出稼ぎに来られて天啓《レガリア》取り放題なんて無法を許したら、世界中の冒険者が我先にと他国のダンジョンに攻め入る未来が簡単に想像できるからな。

冒険者として入国する者には帰化の強制を、帰化を望まないものにはダンジョンの関連施設への立ち入り禁止措置を講じるのがこの国の法律だ。

しかも仮に帰化という選択肢を取ったとしても、姓名は元の名前をカタカナ変換したものにするよう義務付けられている。

名前一つとっても、この有様《ありさま》さ。

齢《よわい》十にして、単身皇国に身を寄せなければならなかった異国の少女に、選べる選択肢なんてほとんどなかったんだよ。

ほんと、腐ってるよなこの世界。

「ジェームズのクランの中で、ワタシはいくつものパーティーをたらい回しにされた。……理由はワタシが力をコントロール出来ない未熟者だから。アナタ達のパーティーに移籍することになったのも、多分見限られたから……だと思う」

「それは多分違うと思うぞ」

景気づけにジンジャーエールを飲み干してから、俺は否定的な彼女に言葉を投げかけた。

「少なくともシラードさんはユピテルのことをすごく気にかけてたよ。『何かあったらすぐに私に頼ってくれ』って言ってたし」

「ワタシを放り出した罪悪感を紛らわせる為に、耳ざわりのいい言葉を並べているだけ」

「あの人がそんな殊勝な男だと思うか？　神経が超合金みたいな男だろ？」

「……少しだけ、言い得て妙」

あの爽やかイケメン腹黒タヌキの図太さに思うところがあったのだろう。

ユピテルは小さくコクコクと頷いた。

「でも、ワタシがたらい回しにされていたのは本当。戦闘の最中、仲間に怪《け》我《が》を負わせてしまったこともある。きゃっかんてきに考えて、ワタシはとても扱いづらい」

「……それを俺達に伝えて、ユピテルはどうしたいんだ？」

声音に全力の優しさを乗っけて銀髪の少女に問《と》い質《ただ》す。

「もし、俺達のパーティーに入りたくないんだったら、シラードさんに頼んで再び〝燃える氷剣《Rosso&Blu》〟に入れるよう口添えするよ。ウチに入ってくれるのなら、もちろん歓迎するし、他の道を考えているなら相談に乗る。だからユピテルの考えていることを教えてくれ」

「……ワタシは」

絞るようなか細い声で、ぽつりぽつりと想いを綴《つづ》る銀髪の少女。

「ワタシは、このパーティーで頑張りたい。他に行くあてもないし、ジェームズの所に迷惑もかけたくない。……でも、ワタシは危ない。二人のことも傷つけたくない。だから、知っておいて欲しかった」

それは、少女の誠心からこぼれる思いやりの言葉だった。

新しい環境で、これから苦楽を共にする仲間に向かって「自分は危険」だと伝えられる勇気を、一体、どれだけの人間が持ち合わせているのだろうか。

痛かっただろう、辛かっただろう。

誤魔化すことも出来ただろうに、それでも彼女は本当のことを伝えてくれたんだ。

とても健気《けなげ》で、優しい子だ。

その精いっぱいのまごころに、俺は誠意をもって応えなければならない。

「ありがとう、ユピテル。俺も君────いや、かたっ苦しいのはなしにしよう────お前さんと冒険がしたい。不束者《ふつつかもの》ばかりのパーティーだけど、一緒に頑張っていこう」

「……ありがとう」

小さくお辞儀をして、それから控えめな手つきでレタスサンドを手に取る銀髪の少女。

つられるように俺も卵サンドを口に運び、恒星系は両手いっぱいにミックスサンドを抱え込んでいた。

チュートリアルの中ボスと、トラウマルートのボスと、グランドルートの中ボスが同じ食卓でサンドウィッチを食べている。そして俺の契約精霊に至っては、泣く子も黙る裏ボス様だ。

三人寄れば文殊の知恵と言うが、ボスキャラが四人も集まれば、それはもうただの悪の組織である。

少なくとも、この光景を拝んだダンマギユーザーは、百人中百人がその線を疑うだろう。まぁ、その実悪いことなんて一つもしちゃいないんだが、しかし
「(案外ボスキャラだらけのパーティーってのも、面白いかもしれないな)」

そんなどうでもいいことを考えながら、もっしゃもっしゃとパンを噛み砕く。

世界の敵達《ボスキャラ》と囲む食卓は、程良くスパイシーで、そして濃い。

■第十九話　黒雷は鳴き、泣きゲーを語る

◆ダンジョン都市桜花・第三百三十六番ダンジョン『常闇』第六層

歓迎会を兼ねた昼食を終えた後、俺達は早速ダンジョン探索に出かけることにした。

といっても、がっつりと最深部を目指すような『攻略』の類ではない。

本日俺達が行おうとしているのは、中間点直通の転移門がある階層で敵精霊《エネミーアバター》をひたすら倒し続ける『狩り』である。

いつでも安全地帯に戻れる階層で待ち構え、のこのことログインしてきた精霊達を、パーティー総出で袋叩きにして精霊石をかき集める――――やっていることはほとんど強盗と変わらないのだが、これが現代冒険者の基本形《スタンダード》なのだから仕方がない。

命はかけない。

一攫千金《いっかくせんきん》は狙わない。

ただ倒せる敵だけを倒して、ほどほどの日銭を稼ぐ。

そんないわゆる労働者《ワーカー》組の方々の真似事を、何故今更になって俺達がやっているのか？

答えは当然、金儲《かねもう》けの為……ではない。

それはひとえに、ユピテルの実力を確かめる為である。

ユピテル。

数奇な縁を手繰《たぐ》るようにして俺達の元へやって来た砲撃手の少女。

彼女は自分のことを力のコントロールが出来ない未熟者だと言っていた。

自分の力をコントロール出来ない…………成る程。ならばどの程度までならコントロール出来るのか検証してみよう、と言いだしたのは意外なことに遥《はるか》さんであった。

稀代の冒険好きが『狩り』を提案してくるなんてと最初の内は驚いたが、きっと奴なりに気を使ってくれたのだろう。

俺は恒星系の気配りに感謝しながら、奴の案を受け入れた。

正直、午後からユピテルの第二中間点を取りに行くのはキツいなと思っていたので、遥《はるか》の提案はまさに渡りに船な名案だったのだ。

とまぁ、こういう経緯を経た俺達は、今六層にいる。


『常闇』の第六層は、構造的には四層に近い。

高低差の激しい渓谷と、だだっ広い台地。

空の色はもちろん、『常闇』定番の紫色だ。

どんよりとした不毛な大地をいそいそと歩き、二時間近くかけて俺達がやって来たのは傾斜の多いこのフィールドの中でも、一際標高の高い台地である。

六層全体を俯瞰できるほど高く、そして遠くにある七層への転移門も視認できる絶妙なロケーション。

この位置ならば、入口狩りに励む労働者組の皆さんとかち合う可能性は低いと踏んでの選択だ。

「じゃあ、早速――って言うには、ここまで来るのに大分時間がかかっちまったが――お前の力を見てみたい。準備はいいか、ユピテル？」

「……大丈夫」

黒と銀を基調とした戦闘用装備に身を包んだ銀髪ツインテールの少女がこっくりと頷く。

気合は十分のようだな。

なら、お手並み拝見といきますか。

「それじゃあ、まずはあっちの遠くの空を飛んでるデカいチョンチョンに攻撃を当ててみてくれ」

俺は五百メートルほど離れた場所で一人忙しなく耳の翼をはためかせているボッチチョンチョンを指差した。

「どの子を撃ち落とせばいいの？」

「どの子って、ほらあの手前にいる奴だよ」

「あの子だけでいいの？」

んっ……？

なんだろう、イマイチ話が嚙み合わないな。

まさかとは思うが一応聞いておくか。

「ユピテルには、他のチョンチョンが見えるのか？」

「いっぱい、いるよ。手前の子、ひと山越えた先の集団。二つ先の渓谷では三匹で集まって楽しそうにおしゃべりしてるし、三つ先の台地では四匹のチョンチョンが冒険者と戦ってる……あっ、今一匹やられて三匹になった」

「…………！」

背筋が、凍った。

低気温のせいじゃない。

それはもっと、魂に訴えかけるような寒さであり、もっと言えば遥《はるか》がやらかした時に抱くような感覚に近かった。

ユピテルの証言が本当かどうかなんて分からない。

何故なら俺も遥《はるか》も一山先のチョンチョンの存在すら全く感知できなかったからだ。

そんなことがあり得るのか？　霊力感知可能範囲が十キロを超えるだなんて、逸材にもほどがあるぞ？

「ねぇ、ユピちゃん。ちなみになんだけど、今感知できた範囲にいるきも カワッ子《チョンチョン》さんの中でどの子までなら攻撃が当てられるとか分かる？」

恒星系のもっともな質問に、銀髪の少女は至極真面目な表情で答えを述べた。

「分かる範囲なら、全部。射程距離《どこまでいけるか》という話なら、追加で後、二山くらい」

それを聞いた遥《はるか》が珍しく言葉を失った。

俺？　もちろんチビりかけたよ。

「話を戻す。狙うのは、手前のあの子だけでよい？」

「あっ、あぁ。あの一匹だけでいい」

「わかった」

こっくりと緩慢な仕草で頷いたユピテルは、丁寧な動作で五百メートル先のチョンチョンを指す。

「《墜《お》ちて》」

次の瞬間、俺達の網膜にとてつもない光景が、焼きつけられた。

突如として天より降ってきた黒雷が、飛行中のチョンチョンを跡形もなく消し飛ばしたのである。

恐らく被害者は、自分が何をされたのかさえ分からなかったに違いない。

漆黒の稲妻は、音の数千倍もの速さで轟き、標的を撃ったのだ。

回避どころか、反応すらままならないような神速の超火力術式。

この大砲を、五山先の距離まで正確に撃ち込めるのだと銀髪の少女は言う。

事実、この後ユピテルは視認できるギリギリのレベルの地点に見事黒雷を落としてみせた。

威力、射程、精密性、そのどれをとっても間違いなく超一級品。

流石はグランドルートの中ボスだ。規格外の化物過ぎる。

無論、彼女の言う「コントロールが出来ない」という言葉の真意も、何故これほどの逸材が、たらい回しにされていたのかという謎の正体も、俺はしっかりと理解している。

だが、それらを加味した上でなお、断言しよう。

「シラードさん。アンタが逃した魚は、相当な大物だぞ」

◆ダンジョン都市桜花・第三百三十六番ダンジョン『常闇』第一中間点「住宅街エリア」

新人砲撃手の持つ計り知れない力を目の当たりにした俺達は、その後軽くフォーメーションの確認をとりながら六層を回った。

五大クランの一長をタイマンで退けた遥《はるか》と、射程&感知距離十キロ超えの砲撃手であるユピテル。

近距離と遠距離のバグキャラが肩を並べたウチのパーティーは、当たり前に強かった。

というか、最早六層程度の敵相手では、そもそも戦闘が成立し得ないレベルである。

なにせ基本一撃必殺、こちらに気づいていない敵までワンパンKOがデフォなのだ。

あんまりやり過ぎると顰蹙《ひんしゅく》を買いそうだから大分自重したが、それでも本日の狩りの成果は上々だったといえよう。

「いいの？　キョウイチロウ、この分け方じゃほとんどキョウイチロウの所に入らないよ？」

「いっ、いいいんだよっ。俺全然敵倒せなかったし」

まぁ、俺はほとんど稼げなかったんだけどね！

そりゃあ、チートレベルのMAP兵器が加入すれば、単体糞雑魚野郎の出番なんてありませんよ。

チュートリアルの中ボスと、グランドルートの中ボス。

悔しいが、そのスペック差は歴然だった。

「はぁっ、俺もがんばんねーとなぁ」

などと情けない溜息をつきながら、ゲーム機のスイッチを入れる。

午後十一時、他のメンバーはとっくに寝静まった借り家の自室で一人寂しくテレビゲーム——ジャンルはもちろん、ギャルゲーさ！

……いや、ほんと。ギャルゲーの世界に転生して更にギャルゲーに興じるとか、我ながら本当に中毒者だと思う。

だけどしょうがないじゃんか、だってギャルゲーってものすごく楽しいんだもん！

いつも血反吐《ちへど》吐きながら頑張ってるんだし、これくらいのご褒美は許してよねっ！

数秒のロード時間と短いブランド紹介を経て、画面がタイトルへと切り替わる。

ヘッドホン越しに流れてくるピアノの音色、爽やかな青空を背景《バック》に佇む五人の少女達。

『群青色のカンツォーネ』——通称『ぐんかん』は、知る人ぞ知る名作恋愛アドベンチャーゲームだ。

架空のスポーツ『ドラゴンテイル』を主軸に置いたこのゲームは、熱い展開の数々と主人公&ヒロインズの甘酸っぱい青春のハーモニーが見事にマッチした大作である。

なにせ歴戦のギャルゲーマーであるこの俺に文句なしの百点満点をつけさせたのだ。最早、重要文化財と言っても過言ではないのかもしれない。

『ぐんかん』の魅力はなんといってもシナリオだ。

素晴らしいギャルゲーというのは、例外なくシナリオが神がかっているのだが、この『ぐんかん』は、そのシナリオにとても挑戦的な縛りを課していたのだ。

その縛りというのがだな、なんと――

コンコンッと控えめに叩かれるノック音。

誰だ、こんな時間に？

コンフィグ画面に切り替えてから、そっと自室のドアを開ける。

「ちょっと、よい？」

暗がりの廊下に煌々《こうこう》と光る紅い瞳。

ゴシック調のナイトウェアを纏った銀髪ツインテールの到来に、俺は少々面食らった。

「えっと、どした？」

「明日の起床時間、まだ聞いてなかった」

「あぁ、そっか」

出発予定時刻だけ話せば問題ないだろうと勝手に思っていたけど、昨日入ったばかりのユピテルには少々不親切だったかもな。

「悪い悪い。七時頃に起きてくれれば問題ないよ。のんびり朝飯食ってそれから出発しよう」

「了解した。……むっ？」

話も終わりかけたところで、唐突にユピテルの瞳が見開いた。

「あれ……」

銀髪の少女の小さな指が部屋の奥に置かれたテレビに向けられる。

「あぁ、ゲームやってたんだよ。ほら、ダンジョンの中って電気は使えるけどネットとかテレビは使えないじゃん？　だから娯楽といったらゲームくらいしかなくて――――」

「『ぐんかん』、やってる」

「!?」

その時俺が腰を抜かしかけたのは、なにもユピテルが稀代の神ゲーを知っていたからではない。

このツインテールッ子が、コンフィグ画面を見ただけでタイトルを言い当てたからだ。

「お前、なんで分かったんだ？」

「『ぐんかん』のコンフィグ画面は特徴的。青空の背景、楕円《だえん》形のカーソル、デフォルトに少し特殊なフォントを採用しているし、極めつけはボイスカット機能とＢＧＭオート調整」

馬鹿な!?　確かに『ぐんかん』のコンフィグ画面は若干、特殊だ。

だけど、この程度の差異、普通にプレイした程度じゃ絶対に分からんだろ？

歴戦のギャルゲーマーである俺ですらなんとなく分かる程度の微妙な違いを、こいつはなんの躊躇いもなく当てやがった。

いや、待て。待て待て待て。

落ち着くんだ凶一郎《きょういちろう》。

ここではしゃいで全開オタトークに花を咲かせるには、まだ早い。

コンフィグ画面からゲームタイトルを導き出したその記憶力は驚嘆に値するが、単に彼女が凄まじい瞬間記憶能力《カメラアイ》の持ち主だという可能性もあるんじゃないのか？

……いや、ダンマギのユピテルにはそんな特殊能力などなかったが、リアルとゲームは別物だし、メディアの違いを理解せよなんて金言もあるくらいだ、慎重になっておいて損はない。

「私、〇〇ってゲームめっちゃ好きなんですー！」などという言葉の裏に隠されている『好き』の感情は、本当に俺達と同じ『好き』なのか？　いいや、違うだろう？　ハマり方は人それぞれなんだ。

知識量も熱量も十人十色だという前提を忘れて、大ざっぱにひとまとめとして『好き』と定義してしまうと、どうしても軋轢《あつれき》が生まれてしまう。

だから出来るオタクは、相手の深度《レベル》を見極めるのさ。

簡単なクイズを出したり、率直にどの程度ハマっているのか聞いたり、あるいは会話の中にさりげなくマニアックな話題を入れて相手の出方を探ったりと、その計測方法は千差万別だが、俺の場合は割とストレートに作品の感想を基準に判断を立てている。

「へ、へぇー。ユピテルも『ぐんかん』経験者なのか。すごいいい作品だよねー」

「控えめに言って、神」

「いいよなー、『ぐんかん』。ちなみにユピテルはどんなところが良かった？」

メレンゲのようなふわっふわの質問。

だが、この抽象的な問いかけこそが、相手のハマり具合を詳らかにする……っ！

さぁ、見せてみろユピテル！　お前の熱い魂を！

「全てにおいて高クオリティな作品ゆえ、良い所を挙げていたらキリがない」

「ふむふむ」

「けれど、最も特筆すべき点はやはりシナリオにあるとワタシは考える」

ほうっ。そこに目をつけるとは中々やるじゃないか。

「同感だ。やはり良いギャルゲーには良いシナリオが欠かせないよな」

「違う」

ユピテルはふりふりとツインテールを横に振りながら、俺の意見に異を唱えた。

「『ぐんかん』のシナリオの秀逸な点は、良いギャルゲーに不可欠とされてきた〝ある要素〟を排除し、その上でプレイヤーに深い感動を提供した点にある」

「その〝ある要素〟っていうのはなんだ」

「————死」

その一言に、脳が震えた。

「死。あるいは悲劇的な別離————『ぐんかん』は、そういった要素を作中はおろか、登場人物の過去にさえ組み込んでいない。過去に辛い出来事を経験した人物はいても、その傷跡は未来で取り戻すことが可能なモノ。肉親や大事な人がなくなる、凄惨な事件に巻き込まれるといった類の『悲劇』は一切ない」

マジかよ。この年で、俺と同じ境地に達しているというのか……？

「感動を主体においたギャルゲーにおいて、序盤の何気ない日常と、後半の鬱展開は不可欠。程度の差こそあれ、多くの感動系は、この構造を取り入れているし、そこにとやかく言うつもりは毛頭ない。上げてから落とすことで、序盤の何気ない日常のかけがえのなさを我々に思い起こさせ、最後のカタルシスに繋げる――よく出来た構造だと、心から感服する」

しかし、とユピテル先生は頬を上気させながら熱弁を続ける。

「この構造は、逆説的に考えれば、登場人物の不幸や死をダシにして感動を絞りだしていると捉えることも出来てしまう。暴論である事は百も承知。だけどワタシがこれまでやってきた多くの感動系は、誰かの死や決定的な喪失を、時間軸と質量の違いこそあれ、必ずどこかで取り入れていた」

当然だ。泣くしかない状況や痛みを追体験させて、そこからの解決や喪失、奪還といったカタルシスによりプレイヤーを泣かせるから泣きゲーなのだ。

はっきり言って登場人物の死や不幸は最高のスパイスなのである。

『ダンマギ』なんて、その最たる例だ。

主要人物は、みんな引くほど重い設定《かこ》を背負っているし、ルートによっては人も容赦なく死ぬ。

肉親の喪失、凄惨な過去、尊い犠牲に託される想い――まるで不幸の見本市のような展開と、それを乗り越える主人公達の輝き。

素晴らしいよな、素晴らしく人間的《ざんこく》だ。

だが、登場人物の観点からみれば堪《たま》ったものではなくとも、こういった要素が非常に強い牽引力に繋がっていることは否定できない。

人が死ぬ、登場人物にとても辛い過去があった――だからなんだ？　感動できるのならば、それでいいじゃないか？

仰る通り。全くもってごもっともである。

他ならぬ俺だって、今でもそういう物語に号泣しているのだから。

故に、これは善悪の話ではない。

ただ、そういう物語が古今東西人の心を震わせてきた――――それだけの話なのである。

「だけど、『ぐんかん』は違った」

そして話はようやく、『ぐんかん』へと帰還する。

「『ぐんかん』に出てくる登場人物達は、誰も死んでない。陰鬱な苦しみもない。あるのは、架空のスポーツ『ドラゴンテイル』に励む登場人物達の熱いぶつかり合いと、かっとう。けれどそれらを通して伝わってくる熱は、確かにワタシの心を強く打った」

そう。『ぐんかん』は徹底して、登場人物の死や取り戻せない日々といったスパイスを使わなかったのである。

彼らがスパイスに使ったのは葛藤や挫折、悔しさや努力といった極々身近な材料ばかりだ。

ともすれば、非常に味気ないゲームに陥っていたことだろう。

けれど、そうはならなかった。

スポーツもの特有の熱い展開に、ひたむきな少女達の頑張りという要素が奇跡的な化学反応を起こしたのだ。

「唯一無二であるとも、起源であるとも言うつもりはない。登場人物が不幸にならない作品もいっぱいある。でも」

「あえて定番のスパイスを使わず、けれど深い感動を呼び起こす作品に仕上げたその手腕こそが至高なのだと、そう言いたいんだろ」

「キョウイチロウ、よく分かってる」

こっくりと頷く銀髪ツインテール少女。

そっくりそのまま、今の言葉をお前に返してやりたい。

本当に大したものだ。

「人が死ぬ作品も、運命に翻弄される話も、とても素晴らしいとワタシは思う。だけどそれらと同じくらい『ぐんかん』が練り上げた物語は偉大だった」

「スタッフの高い志と神クオリティの演出が、シナリオの質をより高い次元へ押し上げたんだよな」

「そう。あれこそギャルゲーでなければ味わえない、極上の幸福」

意見が一致したところで、俺達は一瞬無言になり、それからどちらからともなく固い握手を交わした。

「ここで立ち話もなんだ、続きは俺の部屋で語《ヤ》らないか」

「望むところ……」

そうして俺達は『ぐんかん』を肴《さかな》に夜通しギャルゲーについて語り合った。

案の定というべきか、ユピテルの深度《レベル》は相当高く、俺の全力全開戦闘《フルパワーオタトーク》にも難なくついて来たほどだ。

「やるな、ユピテル……っ！」

「キョウイチロウこそ、大したもの」

自身の全力をぶつけても、互角に張り合える相手。

人はそれを同志《とも》と呼ぶのだろう。

「（しかし、誰が彼女にギャルゲーを薦めたんだろう）」

自然に、とは考えにくい。十二歳の少女が、しかも二年前まで皇国の言葉をまるで知らなかったユピテルがこうしてギャルゲー沼にハマっていることには、きっと何か理由があるはずなのだが……。

「なぁ、ユピテル。お前の師匠って誰なんだ？」

けれども、ユピテルは「そんな人はいない」と言う。

「きっかけは忘れたけど、気づいたらハマってた」

うーむ。中々に、謎。

■第二十話　真意、神威、瞋恚

◆ダンジョン都市桜花・第三百三十六番ダンジョン『常闇』第八層

翌日、俺達は朝早くから出発し、十層へと向かった。

ユピテルは二番目の中間点を取っていないので、スタートは当然六層からだ。

「中間点もさー、個人単位じゃなくてパーティー単位で登録してくれればいいのにねー」

「仕方ねーよ、そんな仕様にしたらズルし放題になるし」

「えー、でもさー」

恒星系が霧に覆われた湿原をぴちゃぴちゃと歩きながら、視線を俺の更に後方へと向ける。

「このめんどくさい仕様のせいで、ユピちゃんへロヘロになってるじゃん」

「…………またか」

急いで振り返り、一分ぶりの後方確認を行う。

ぜーはーぜーはー、と今にも気絶しそうな息遣い。

手足はぴくぴく震えて、まるで小鹿のようだ。

「悪い、遥《はるか》。一旦ストップ。ちょっと回収してくる」

俺は助け船を出すべく、銀髪ツインテールの元へと近寄った。

「なぁ、ユピテル。もう一度休憩を挟もう」

するとユピテルは銀色の髪の毛をぶんぶんと振りまわし、一目で強がりと分かるようなカラ元気を口にした。

「……だいじょうび」

「全然大丈夫じゃない」

っていうかちゃんと言えてねーし。

「後衛なんだし、息切れするのは仕方ねーよ」

よっと、小さなお姫様を抱え上げ、近くにあった凹凸の少ない岩場に座らせる。

前方を歩く遥《はるか》に目配せをすると、恒星系は「おっけー」と指で小さな輪っかを作り、ひょこひょことこちらへ戻って来てくれた。

「さ、ユピちゃん。遥《はるか》さんと一緒にゆっくり休もう。休息も冒険の内、なんだよ」

アウトドアリュックから経口補水液を取り出し、ユピテルの口元にそっと持っていく遥《はるか》さん。

普段アレなのに、ちゃんとしてるんだよなぁ、こういうところ。

「……申し訳、ない。ワタシ、迷惑かけてる」

「気にすることないって。ユピちゃんのお陰で、安全に進めてるんだし」

「そうだぞ。人には向き不向きがあるんだ。ユピテルが教えてくれて、俺達が動く。適材適所ってやつだ」

「だね！」

わっはっは！　とノーテンキに恒星系と笑い合う。

そんな俺達の元気な様子を見て、グランドルートの中ボスがぽつりと小さく呟いた。

「……二人とも、本当にタフ。うらやましい」

ふぅ、と紫色の岩場に腰を落ち着けながら、心底から羨ましそうに俺達を見つめるユピテル。

そんなもんかなぁ。単体糞雑魚野郎の俺からしたら、キロ単位の射程を持っているユピテルの方がよっぽどスゴいと思うんだが。

「ちょっと鍛えれば、ユピちゃんもあたし達みたいに動けるようになるよ。今度、一緒に走ろ！」

「……運動、好きくない」

「全否定されちゃった!?」

うえーん、と雑な泣き真似をする遥《はるか》さん。

うん、ユピテルよ。運動をしたくない気持ちはよく分かるんだが、そこを通らずに身体能力を鍛え上げるのは無理筋だぞ。

数十キロの重りを背負ってフルマラソンとか、型や太刀筋を毎回変えながら剣の素振り一万回とか、そんな無茶をいきなりやれって言ってるわけじゃないんだ。

まずは簡単なストレッチから、徐々に負荷をあげていく……大事なのは質でも量でもなくて、継続なんだ。

一年で筋肉の要塞を作り上げなければならないとかそういった特異な事情でもない限り、運動は出来る範囲で始めればいいんだよ。

そこさえ理解できれば後は、とんとん拍子なんだが……。

「んっ？　そっか」

「どしたの、凶さん？」

「いいこと思いついた」

思いついた名案を遥《はるか》に話してみる。

すると恒星系は、太陽のような笑みと共に賛同してくれた。

よし、後は本人の同意だけだ。

「なぁ、ユピテル。お前が楽をしながら、移動時間を大幅に短縮できる方法を思いついたんだが、聞いてくれるか」

「ぜひ聞きたい」

よし来た、と身ぶり手ぶりを交えながら簡潔に事のあらましを話す。

俺の思いついたグッドアイディア。それは…………。

◆

「どうだ、お客さん。ぐっと楽になっただろ！」

「楽なことは認める……。けれども得《え》も言えぬ敗北感」

ぐぬぬ、と気難しい声が背中から耳に流れる。

そう、背中からだ！

俺の背中には、今銀髪ツインテール＆荷物が載《の》っかっている。

ただのおんぶと侮るなかれ。

このおんぶは、射程と感知能力の高いユピテルにセンサー系を集中させ、前方及び周辺には遥《はるか》と『布都御魂《フツノミタマ》』の布陣をセット、更に敵が俺達の陣形の中に出現しても戦えるようにエッケザックスを腰回りにスタンバイという三段構えなのだ。

邪神をおぶりながらフルマラソン三セットとかいう正気の沙汰とは思えないイカれた特訓の成果が、ようやくここにきて発揮されたぜ。ワハハハハ！

「ははっ、はははは……」

「どうしたの、キョウイチロウ。ワタシ、重い？」

「全然重くない。あの食欲大魔神と比べたら、羽毛みたいに軽いよ」

うっ、うっとありし日の特訓《トラウマ》を噛みしめながらぬかるんだ道を歩いていく。

いつか、あの邪神に、一発ぎゃふんと言わせてやるんだ。いつかな！

◆ダンジョン都市桜花・第三百三十六番ダンジョン『常闇』第十層

「やめて、私に乱暴する気でしょ!?」

「角切りトマト！」

俺の【四次元防御】と遥《はるか》のサイ殺クッキングが炸裂し、再現体の厨二ミイラがあの世に帰っていった。

「よーし、これでユピテルも中間点取れたな」

「お疲れー。さ、ぷるぷるさん達に会いにいこ」

遥《はるか》とあーだこーだと益体もない話を喋りながら、第二中間点へと通じる転移門へと足を伸ばす。

「…………」

……んっ？

後ろから足音が聞こえない。

視線を後方に移すと、銀髪の少女がぼうっと立ち尽くしていた。

「どうしたユピテル。疲れたのか？」

「きっとそうだよ。ほら、凶さんおんぶおんぶ」

遥《はるか》に促されるまま、ユピテルの方へと駆け寄る。

全く、遠慮しなくても背中ぐらい貸してやるってのに。

一歩ごとに、視界に入るユピテルの像が大きくなっていく。

手をぶらんとさせながら、棒立ちの状態で天を仰ぐ少女。十層の外観のおどろしさも相まって、少しだけミステリアスな雰囲気を醸し出している。

「（しかし、本当に華奢だよなぁ）」

同年代の子と比べても、ちょっと細すぎるくらいだ。

おまけに、黒い雷が彼女の周りをパリパリと漂うものだから、余計に――

「えっ？」

黒い、雷？

なんで？　敵はもういないはずじゃ…………。

「ユピテル？」

「…………」

少女は答えない。上を見上げたまま、地蔵のように動かない。そして
次の瞬間、天より巨大な雷が放たれた。黒い雷だ。黒い雷が、俺の前方数メートル先で炸裂する。

「凶さんっ！」

「なっ!?」

急ぎエッケザックスを構えながら、様子を窺う。

同じ座標に等間隔で落雷を続ける黒の雷。

ぼうっと佇む銀髪の少女。

その紅い双眸は、まるで生気を失ったかのように虚《うつ》ろだった。瞬きもせず、外部の変化に目もくれず、ただ立ち尽くしている。

「（明らかに正気じゃない）」

かといって不用意に近づくのは危険すぎる。

「おい、ユピテル。しっかりしろ！」

「大丈夫、ユピちゃん!?」

よって、俺達が取れた選択肢は、二人で必死になって呼びかけることだけだった。

ここに敵はいない、安心してと心を配り続けること約数分。

ようやくユピテルの瞳に光が灯り、それと同時に漆黒の落雷現象も煙のように消えていった。

「あっ、……ワタシ、ワタシ」

状況の変化に、身に覚えがあったのだろう。

正気に戻ったユピテルの顔がたちまち青ざめていく。

「ワタシ……ワタシ」

「大丈夫だから！　ユピちゃんは、大丈夫だから！」

今にも崩れ落ちそうな少女の身体を支えるようにして、恒星系がユピテルを抱きしめる。

「そうだっ。俺達はこんなことでお前を嫌いになったりしない。ここにいるのは、全員お前の味方だ！　誰も何かを強制しないし、お前のことを怒らない。だから、怖がらなくていいんだよ」

ユピテルを安心させる為の言葉を慎重に選びながら、俺は事態の推論を組み立てていた。

詳しいことは本人に尋ねないと分からないが、恐らく何かの拍子でコントロールが利かなくなったのだろう。

ユピテルがよく言う「コントロールが出来ない」とは、術式の操作能力に難があることを指し示したものではない。

だって、彼女が正確な狙いで敵を撃ち落とす瞬間を、俺達はしっかりとこの眼で目撃している。

そうだろ？

だから、ユピテルの「出来ない」は術のコントロールではない。

彼女がコントロール出来ないものとは、その根本にして真奥。

亜神《デミ》級《ス》神威系統特殊改造型『ケラウノス』――――つまりは、ユピテルの契約精霊である。

◆ダンジョン都市桜花・第三百三十六番ダンジョン『常闇』第一中間点「住宅街エリア」

「ワタシは、自分の精霊をコントロール出来ない。何故なら、この力は『施設』の人に無理やり植え付けられたものだから……」

借り家のリビングに、沈鬱《ちんうつ》な空気が流れる。

あの後、なんとか放心状態から回復したユピテルが望んだことは、「話したい」だった。

その意を汲《く》んで、話せる場をセッティングしたのだが……内容は聞いての通り、とても辛いものだった。

曰く、自分は幼い頃に『授かり者達の楽園』という施設に売られたということ。

曰く、その施設では、日夜特殊改造された精霊の適合者を生み出す為の非道な研究が行われていたということ。

曰く、自分は激しい競争を勝ち抜いた末に『ケラウノス』という名の精霊を与えられたということ。

曰く、ユピテルとはその時に与えられたコードネームのようなものであり、今となっては本名を思い出せないということ。

曰く、自分が自由の身になれたのは、ある日突然現れた『正義の味方』を名乗る男性に助けられたからだということ。

曰く、施設はその男の手によって壊滅させられたが、男もまた、戦闘の際の怪我によって命を落としたということ。

曰く、自分は男が今際《いまわ》の際《きわ》に告げた「皇国に行け」という言葉に従い、その後、遅れて救助にやって来た彼の仲間の力を借りてこの国に来たということ。

曰く、曰く、曰く、曰く。

彼女が語る自身の半生は、そのどれもが胸が張り裂けそうになるような悲劇であり、地獄であった。

「『ケラウノス』は、とても特殊な精霊。本来、自我の存在しない神威型に、無理やり感情特性を与えて強化された存在」

神威型。

それは、純粋な霊力の固まりが、気の遠くなるような成熟期間を経た末に形成された、意思なき神達の総称である。

イマイチ、ピンとこないようであれば、「一応、精霊というカテゴリーだけど実際は精霊っぽいだけのものすごいエネルギー」と解釈してくれれば問題ない。

雑な表現だが、ダンマギのプロデューサーが言っていたんだ。

大体これで間違いない。

この神威型の特徴は、ざっくり説明すると「ものすごい強力な術が撃てるけど、ちっとも制御の利かない困ったさん」である。

なにせ彼らは意思のない力の集合体だ。だから普段の意思疎通はおろか、主の命令すら碌に理解しようとしない。

契約という論理規則《コード》に従い、術という作業命令《プログラム》に機械的に従っているだけなのだ。

だから、亜神級《デミス》随一の出力を持っているにも関わらず、一般的に神威型は扱いづらいタイプとして認知されている。

多少力は落ちてもしっかりと意思疎通の出来る神霊系や、神器系（エリザさんの『アダマント』のような、常在発動能力《パッシブスキル》が強力なタイプのことだ。基本的に彼らは従順で、忠誠心が強い）の方が、使いやすいからだ。

もっとも、これはプレイヤー視点での話で、実際にこの世界に生きている人間達からすれば亜神級《デミス》の精霊という時点で垂涎《すいぜん》ものだろう。

しかし、ダンマギに出てくる神威型の使い手達は、往々にして力をうまく扱えないキャラクターとして扱われている。

うまく力をコントロール出来ない神威型の使い手が、特訓の果てに力を操れるようになるなんて展開を、これまで何度目にしてきたことか。

強い力を持っているが、制御がうまく出来ない――それが神威型の宿命なのだと言っても過言ではない。

けれども、そんな神威型の欠点を、極めて非道なアプローチによって解決しようとした集団がいる。

それこそが、『授かり者達の楽園』。即ち幼いユピテルを買った、件の施設である。

彼らは、特殊な伝手《つて》によって手に入れた神威型の精霊達に、人間の特定の感情を際限なく流し込むことで制御を単純化させようと企てたのだ。

「『ケラウノス』に植え付けられた感情特性は『父性』。契約者を子供と見なし、我が身に代えても守ろうとする慈愛の意思」

親が子を慈しむ。

それは、本来であればとても尊ぶべき感情なのだろう。

だが、数多の被験者達の記憶から、その感情だけを流入させられた黒雷の神威は、当然のように歪んでしまった。

「彼は、娘のワタシを傷つけるものを絶対に許さない。敵や攻撃といった明確に分かるものだけじゃない。少しでもワタシが怖がったり、ストレスを感じたりしたら、すぐに怒って周りを破壊する。人も、モノも、精霊も、全く区別せずに攻撃してしまう……」

それが、ユピテルがたらい回しにされていた本当の理由。

彼女は、強力無比な砲撃手だが、少しでもダメージを負ってしまうと途端に制御の利かない災害になってしまうのだ。

「さっき、暴走してしまったのは、恐らくワタシが漠然と自分が役に立っていないと思い込んでしまったから。今日、ワタシは全然活躍できなかった。キョウイチロウにおぶられ、ハルカに気を使ってもらい、ボス戦でも何も出来なかった。だから、それが、申し訳なくて、それで、……つい」

どうして自分はこんなにも無力なのだろう、と考えてしまったのだと少女は言った。

「最低の考え。人の親切に勝手に引け目を感じ、身勝手にいじけて、力を暴走させた。どれだけ謝っても、謝りきれない。本当に……ゴメンなさい」

ユピテルは深々と頭を下げ、ここから出ていくと申し出た。

「これ以上、二人に迷惑はかけられない。やはり、ワタシは人と生きていくべきではない。そのことがよく分かった。だから――」

「だからこれからは一人で生きていきます、なんて小学生みたいなことというつもりじゃないだろうな」

図星をつかれたのだろう、銀髪の少女の瞳が微量に陰る。

「他に、方法なんてない。ワタシは、いてはいけない存在」

「そっか。じゃあ仮にお前が、一人で生きていくとしよう。冒険者稼業で生計を立てていくとして、お前はソロ狩り専門の冒険者になるわけだ。場所は誰にも迷惑をかけないように十一層辺りにするか？　そこで毎日精霊を狩って、糊口《ここう》を凌《しの》ぐ。成る程、最初のうちはうまくいくだろうな」

ユピテルの力があれば、このダンジョンで生きていくこと自体は可能だろう。

今は攻略者が俺達しかいない十層以降のエリアに立ち入れるのも追い風だしな。

「だけどな、ユピテル。世の中何が起きるか分からないんだ。突然、桜花のダンジョンに出てくる敵が狂暴化するかもしれないし、人々の心の闇が増幅する謎の現象が発生するかもしれない。そんで、社会が不安定になれば当然、周囲の当たりも強くなるだろう」

妬み、嫉《そね》み、理不尽な差別。

俺達が苦しい想いをしているのに、なんであのガキだけ稼いでいるんだ、けしからん。

「――――そんな不当な八つ当たりを受けた時、一体お前はどうなると思う？」

「それは……」

「当然、ストレスが溜まるよな。ただでさえ孤独な中、たまに会う他人から向けられるのは暴力的な感情ばかり。参って当たり前だよ。耐えられる方がどうかしている」

そしてそのストレスが臨界点に達した時、本当の悲劇が始まるんだ。

「孤独と不安、周囲のやっかみ、そういったストレスが積み重なれば、間違いなくお前の中の精霊が暴れ出す。で、大手クランの庇護《ひご》下にいないお前がやらかせば、すぐに役人がやってきて、長い間牢屋《ろうや》にブチ込まれることになるだろう」

皇国において、一度でも罪を犯した異国の民は、重い罰を科せられる傾向にある。

帰化していようが関係ない。この国のお偉方は、そんなものは建前に過ぎないと考えているからだ。

国民ではあっても、異国人である。

だから、表向きは友好に接してやるが、いざとなったら一目散に突き落として石を投げつける。

この考え方は、なにも皇国に限った話じゃない。

どこの国も、大なり小なりみんな似通った思想を持っているのさ。

理想のエネルギー資源を手に入れてもなお、この始末だなんて、人って生き物は本当に救いがねぇよな。

「あるいは、その前にお前みたいな子供をターゲットにした悪い『組織』に騙される――なんて展開もあり得るぜ」

だからその反動で、極端な馬鹿共が生まれるんだ。

〝あなたは何も悪くない。間違っているのは、この社会〟

――これが、奴らの常とう句。孤独な獲物をそそのかし、体の良い道具として扱う。あぁ、全くもって反吐が出る。

「そうやって悪い大人とその身に宿した過保護な馬鹿親に言われるがまま、お前は暴力の世界にハマっていく」

――間違っているのは社会だ。

――もう我慢しなくていいんだよ。

――周りにいる奴らはみんな君を苦しめた罪人達だ。

「人を殺したら褒められる。建物を壊したらご褒美をもらえる。死んだのは自分を苦しめた悪い奴だから罪悪感を覚える必要もない…………そんな環境に身を置いた時、お前は果たしてお前のままでいられるかな？」

「……全部、たられば。あり得ない事象ばかりで構成された、虚構」

「かもしれない。だけどユピテル、お前今、こうも思ったんじゃないか？　もしも俺が披露した通りの展開に陥ったら、自分は同じような選択肢を取るんじゃないかってな」

「…………………」

否定は出来ないはずだ。

何故ならこの話は、ことよく似た世界で、お前にそっくりの大馬鹿野郎が辿った運命《すじがき》である。

なぁ知ってるか？　そいつ〝瞋恚の黒雷《Raging dark》〟なんて異名で呼ばれてるんだぜ？

大層な名前だよな、何をそんなに怒ってるんだって感じだよ。だっせぇ、だっせぇ、糞だっせぇ。

「悪いがな、ユピテル。俺はお前にそんなダサい真似はさせねぇぞ」

一人で？　迫害されて？　暴発して？　騙されて？　挙げ句の果てにはテロリスト堕ちして恩人であるシラードさんの顔を忘れちまうくらいにまで狂わされて？

——馬鹿を言え！　そんな五流以下のゴミカス運命、誰が認めるもんか！

悲劇よ、理不尽よ、惨劇よ。

今回もお前らのカスみたいなお涙頂戴劇はご破算だ。ざまぁねえな、ミジンコ共。

残念ながらこいつは、これから俺達の仲間として沢山の栄光と幸せを摑むんだ。

なんでもかんでも社会のせいだとかほざく秘密結社（笑）になんざ、死んだって渡さねぇよ。

「力がコントロール出来ない？　精霊が勝手に暴走してしまう？　だったら、その雷親父《モンペ》を一発ぶっ飛ばしてやろうぜ。娘の交友関係に父親が割り込んでくるなってな」

「いいねいいね、ついでにこれ以上、オイタしないように去勢しちゃおうよ」

「名案だな、さすが遥《はるか》」

「でっしょー！」

わっはっはっはといつもの三割増しぐらいで笑い合う。

そんな俺達の能天気っぷりを、銀髪の少女は信じられないものを拝《おが》むような視線で見つめていた。

「ワタシが怖くないの？」

「全然」

「迷惑じゃないの？」

「むしろいっぱい迷惑かけて欲しいな」

「な……んで、そんな優しくしてくれるの」

「そりゃあ――」

「――あたし達は」

パーティーだから、と不覚にも恒星系と声が被ってしまった。

すごく気恥ずかしいが、つまりは、そういうことである。

「そもそもだな、ユピテル。俺達は十五層で躓《つまず》いたから、お前を加えたんだ。十層も越えて、ようやくこれからだって時にお前さんに抜けられたら、大損どころの騒ぎじゃないぜ？」

「そーそー、今度はあたし達がおんぶしてもらう番！　だから頼りにしてるよ、ユピちゃん？」

「キョウイチロウ、ハルカ……」

ゆっくりと、何かを噛みしめるようにユピテルは顔を埋《うず》めた。

「二人が、そう言ってくれるなら、ワタシはもう少しだけ……がんばりたい」

そんな少女の精いっぱいの勇気に、俺達は満面の笑みで応えたんだ。

■第二十一話　〝覆雨怪鳥〟カマク

◆

『常闇』は、全二十五層のダンジョンである。

二十五層。極端に多くもなければ、初心者向けの長さでもない。

初心者向けの『月蝕』が五層、五大ダンジョンが軒並み五十層超えであることを鑑みると、大体『常闇』は中くらいの規模ということになる。

中くらいの規模のダンジョンの丁度真ん中――十五層は、まさにそんな立ち位置の階層だ。

最終階層ボスのような異次元の強さを持っているわけでもなければ、十層の〝死魔〟のようなインチキルールを敷いているわけでもない。

けれども、全くの雑魚というわけでもなく、その恵まれた体軀や霊力、そしてフィールドの厄介さも相まって、少なくとも五層の悪鬼や白鬼よりは格段に上の強敵だ。

ダンジョンの大きさも真ん中、階層も真ん中、強さも真ん中。

そんな真ん中の中の真ん中、まさに中ボスオブ中ボスという立ち位置にいるのが、これから俺達が戦おうとしている相手、〝覆雨怪鳥〟カマクなのだ。

◆ダンジョン都市桜花・第三百三十六番ダンジョン『常闇』第十五層

どこまでも広がる果てのない宙空に根を張るバオバブのような大樹。

標高にして約三百メートルほど離れた空域に浮かぶ巨大植物の天辺に、奴はいた。

不健康そうな紫の体毛。

遠目でも迫力を感じさせる巨大な体躯。

捕食者としての威厳すら感じさせるようなふてぶてしい顔立ちは、今日も今日とて健在である。

〝覆雨怪鳥〟カマク。

十五層を支配する大空の守護者は、天空を漂う巨大樹の頂上であの日と同じようにこちらを睨んでいた。

「久しぶりだなァ、骨なしチキン。俺達は再びここに戻って来たぜェ？」

エッケザックスを構えながら鳥類相手にイキり散らかす。

思えば、あの時から色々なことがあった。

シラードさんとの決戦。

ユピテルとの出会い。

一緒にギャルゲーをしたり、ちょっと真面目な話で盛り上がったりもしたっけか。

あぁ、あの日々の思い出が、まるで昨日の出来事のように脳内を駆け巡っていく……っ！

「昨日の出来事のようにって、実際昨日起きたことを思い出してるだけじゃん」

「言葉の使い方が、ヘン」

「…………」

いや、空気読もうよ。

こう、決戦前に自らを鼓舞する的なアレだよアレ。

「……アレじゃ、分かんない」

「ユピちゃん、こういうのを厨二病っていうんだよ」

「断じて違う！」

小学生に覚えたての言葉を間違った用法で教えるんじゃありません！

「……キョウイチロウは、ワタシからみても厨二病だと思う」

「ほらー、見たか見たか、凶さんの厨二病！」

「ぐぬぬ……！」

こいつら、徒党を組みやがって！

「まぁ、いい。兎に角、ここに第十五層のリベンジマッチを開始する！　野郎共、準備はいいか？」

「ここに野郎は凶さんしかいませーん」

「……訂正をようきゅうする」

「……見目麗しい淑女のお二方、お加減はよろしくて？」

おー！　と仲良く元気に手を上げるレディ達。

あー、疲れる。一々揚げ足取ってきやがって中学生かよ。

「中学生ですー」

「ワタシは通信学校の小学六年生」

そうだな、そうだったな。ここにいるのはガキばっかりだったな。

「しかし、随分調子が良さそうじゃないかユピテル。昨日あれだけウジウジしてたのが、嘘みたいだぜ」

饒舌《じょうぜつ》に軽口を紡いでいた銀髪ツインテールの口元が、恥ずかしそうに口ごもる。

「昨日は……ちょっと、ネガティブになっていただけ。二人がワタシを受け入れてくれている以上、このパーティーで全力を尽くす所存」

「上等だ。頼りにしてるぜ、砲撃手」

「任せて」

こっくりと頷く不思議少女の瞳に、不安はない。

メンタル面からの暴走は、恐らく心配いらないだろう。

「よし、じゃあ早速で悪いがあそこでふんぞり返っているトリ公を撃ち落としてくれ」

「了解」

首肯したユピテルの周囲に漆黒の霊力が溢れ出す。

気合は十分ってか。いいぜ、ぶちかましてやれ。

「《墜ちて》」

瞬間、はるか上空を漂うバオバブの大樹に漆黒の雷霆《らいてい》が炸裂した。

弾《はじ》ける閃光。

轟く雷鳴。

瞬く間に天の巨大樹は、火柱を上げた。

標高三百メートルを優に超える高さに形成された『噴出点』から、止めどなく放たれ続ける黒雷の砲撃。

さぁ、どうする。お前のお気に入りスポットはまもなく崩落するぞ。

「KERYYYYYY!!」

燃え盛る巨大樹から、耳をつんざくような叫び声が鳴り響いた。

寝床に火をつけられ、ようやく奴《やっこ》さんも重い腰を上げたらしい。

毒々しい色の翼を広げ、ついに覆雨怪鳥が空へと羽ばたく。

その数瞬の後、宙に浮かぶ巨大樹は黒雷の力によって、空の藻屑《もくず》へと成り下がった。

遠くの大地に降り注ぐバオバブの残骸達。

初手が、コレとは恐れ入る。

砲撃手がいるだけで、こうも違うもんなのか…………っとイカンイカン。今は指揮に集中しなければ。

「迎撃準備！　遥《はるか》は『布都御魂《フツノミタマ》』を展開しながら、接近攻撃への警戒！　もし、相手がエネルギー攻撃を仕掛けてきた場合のことを考えて、コピーの『蒼穹』は少し高い位置に展開しておいてくれ！」

「了解！」

「ユピテルは、鳥野郎への攻撃を開始！　デカ鳥への砲撃は地上への影響が少ない直線式の術式を選んでくれ！　お前の移動と護衛は俺が務める！」

「……それって、つまり」

「おんぶだ！」

不自然な間が一拍置かれた後、銀髪の少女の首が縦方向に振動した。

「はなはだ不本意ながら、了解」

嫌がるな！　俺の背中が一番安全なんだぞ！

「キョウイチロウが、嫌なわけじゃない。でも、おんぶはやっぱり子供っぽい」

「そんな体裁気にしてる内は、まだまだガキだ！　安心してお兄さんの背中に摑まりな！」

「……ぶぅ」

わざわざ分かりやすい擬音でぶぅたれながら、よちよちと俺の背筋を上るユピテル。

「しっかり摑まったか？」

「うん。……ゴツゴツ」

「筋肉が活きている証拠だ。遠慮せず――――！　来るぞ！」

刹那、上空から巨大な火の玉《ウィスプ》が降ってきた。

発生源は、当然カマクだ。

トリ公の口から吐き出された三発の炎弾が、目まぐるしいスピードを出しながら俺達に襲いかかる。

だけど、甘いぜトリ公。

「遥《はるか》！　迎撃頼む！」

「まっかせてー！」

その隕石《いんせき》みたいな炎弾がこちらに届くことはありえない。

エネルギーそのものを断ち斬る蒼乃《あおの》秘伝の対魔刀にとって、この程度の攻撃、目じゃないんだよ。

「覇ァぁあああああああああああああああっ！」

裂帛の気合と共に殲滅の斬撃が空を駆けた。

斬ッ！　という小気味良い金属音の六重奏が、次々と不快な燃焼音を駆逐していく。

まるで台風とロウソクだ。

カマクの側も連続して火炎弾を放ってくるが、おしなべて無意味。

宙空を舞う六本の『蒼穹』達が鎧袖一触《がいしゅういっしょく》の勢いでかき消していくのだから。

「よし！　遠距離対策はこれでバッチリだな。んじゃ、ユピテル。そろそろ反撃開始といこうか」

「やってみる」

おんぶツインテールが俺の背中で、もぞもぞぶつぶつと小刻みに動き出す。

恐らくは『噴出点』を形成しているのだろう。

通常、遠距離タイプの精霊術《アストラルスキル》は、周囲の空間に『噴出点』を作り上げてから発射される。

霊力を火薬、精霊術《アストラルスキル》を弾丸とするならば、『噴出点』はさながら銃口だ。

霊術の規模、威力、射程、ベクトルごとに調整された適正『噴出点』を作り出せるかどうかはシューターにおける基礎中の基礎であり、極めて重要な要素でもある。

一流のシューターともなれば、それらの『噴出点』を己の霊力で連結させた『霊力経路《バイパス》』を通してある程度遠く離れた位置へ設置することが出来る。

ユピテルほどのスペックがあれば、数キロ先の地点に『噴出点』を設置することも可能だろう。

霊力感知能力を最大まで引き上げて、天を仰ぐ。

可視化された霊力の流れを追っていくと、その先には目を疑うような光景が広がっていた。

「ハハッ、すっげ」

思わず変な笑みがこぼれてしまう。

火球を飛ばすカマクの周囲には、既に二桁以上の数の『噴出点』が形成されていたのだから。

天に伸びる霊力の血管。

管の先端には巨大な空洞が視える。

覆雨怪鳥を囲う無数の管と孔《あな》。

その一つ一つが巨大鳥を撃ち落とす為の銃口であり、切っ先なのだ。

「!?」

カマク側も嫌な霊力の流れを感じたのだろう。

トリ公は、牽制の火球を放ちながら場所を変えようと翼をはためかせた。

「無駄」

しかし、包囲網は崩されなかった。

ユピテルは『霊力経路』を自在に動かしながら、カマクを追跡。

追跡機能付きの『噴出点』は即座に再包囲を固め、そして――――。

「《貫いて》」

そして漆黒の雷火が、轟いた。

至近距離から放たれる十数の砲撃。

『霊力経路』を通じ、『噴出点』から放たれた暗黒の雷は、瞬く間に〝覆雨怪鳥〟を炭化した焼き鳥へと変貌させた。

「キョウイチロウ、もういい？」

「……いや、まだだ。奴が光の粒子として消えるまで、休まず続けてくれ」

「わかった」

天空で壮絶なリンチを受けている炭火焼き鳥野郎は、確かに瀕死《ひんし》だろう。

しかし、奴はまだ絶命していない。

空中でリンチを受け続けているのがその証拠だ。

黒焦げになりながらも生きているのは、恐らく再生系のスキルを使っているからだろう。

奴の再生術のからくりは、確かシラードさんと同系統の熱エネルギー置換型だったはず。

身体を炎に変換することで、傷を消し去る荒業&神業――――確かゲームだと、体力回復プラス熱術威力&耐性強化みたいな形で表現されてたっけか。

あれ、地味に厄介なんだよなぁ。バフと回復と耐性付与を一つの術で済ませるから、コスパいいんだよ。

カマクが使用するスキルは、そんなにレベルの高いものではないが、それでもユピテルの砲撃に耐えている。

徐々に身体の部位が紫色に燃えだし、エネルギー体へと形を変えていくカマク。

身体に火を纏って再生していく様は、まるで不死鳥のようだ。

「まずいな、熱術耐性が上昇している」

「大丈夫、ワタシの黒雷はただの雷じゃない。そろそろ二つ目の効果が出始める頃」

ユピテルの発した言葉の意味が明らかになったのは、それからすぐのことだった。

「KE……RY?」

突然、嘴《くちばし》から紫色の血を吐き出す覆雨怪鳥。

雷によるダメージではない。それは、内臓の崩壊からくるダメージであった。

「……黒雷は二重属性の術。内包する属性は雷と、瘴気。たとえ雷に耐えられても、肉体を蝕む崩壊の瘴気《どく》からは逃げられない」

それは処刑宣告に他ならなかった。

いくら肉体を炎に変えようとも、元となった存在の設計図は変わらない。

だからこそ再置換することで元通りの肉体を取り戻すことが出来るのだが、黒雷の瘴気は、その根本となる設計図から破壊していくのだ。

高威力の雷で仕留められなくとも、蓄積させた瘴気の力で内側から壊す…………全く、心底悪役向きの能力だぜ。

「KERYYYYYYYYYYYYYYYYYYYYYYYYYYYYYYYYY!!」

空中で激しくのたうち回りながら、けたたましい金切り声を上げるカマク。

断末魔の絶叫、と表現しても差し支えないだろう。

黒雷の砲撃を浴びせられ続け、内側からは瘴気の浸食が進行中。

最早、絶命は時間の問題かと思われたが…………。

「!? 凶さん！ 鳥さんが近づいてくる！」

いち早く気づいたのは遥《はるか》だった。

恒星系の指差す先に映る巨大鳥の姿が、一秒ごとに存在感を増していく。

落下、ではないな。こざかしく偽装しているが、筋肉の動き方が動的だ。

明らかに狙いを澄まして堕ちている。

……最後の特攻か？

「遥《はるか》、迎撃頼む。なるべくこちらには近づけないでくれ」

「おっけー！」

軽い調子で返事を終えた恒星系は、すぐさま『蒼穹』の陣形を再構築した。

カマクの落下予測地点を中心に縦方向に六層の渦を作り出していく『蒼穹』のコピー達。

一度《ひとたび》あの渦の中に足を踏み入れれば、間違いなく巨大鳥のミンチが完成するだろう。

だからといって、別方向へと飛ぶ余力は残されていない。

今もなお放出を続ける黒雷の砲撃によって、奴の命は今にも消え去ろうとしているのだから。

堕ちても終わり、逃げても終わり。さぁ、どうするよ、カマク。

「…………」

鋭い眼光で、俺達を睨めつける覆雨怪鳥。

奴の取った選択肢は落下だった。

火炎を身に纏いながら、刃の竜巻の中へと落ち行く巨大鳥。

荒れ狂う斬撃は、エネルギー置換の再生術を無効化しながら、十五層の主を解体していく。

翼が捥《も》げる。

足が断たれた。

胴体が裂かれ、漏れ出した内臓を黒雷が貫いていく。

そして、とうとうカマクの首が分かたれた瞬間に、俺は戦いの終わりを確信した。

斬撃の嵐と黒雷の雨によってバラされた肉体が地面に向かって堕ちていく。

転落寸前、俺は首だけとなった怪鳥に、視線を注いだ。

あれだけの巨軀を誇っていた奴の身体も、今となっては首だけである。

悪いな。こんな残酷な決着のつけ方で。

好きなだけ恨んで「KERYY」構わ……な？

「今、鳴かなかったかアイツ？」


後ろのユピテルが返事をする間もなく、変化は唐突に訪れた。

首だけとなったカマクの口元が赤色の熱を帯びる。

こいつ、首だけになってもなお…………？

「俺から離れてろユピテル、奴の攻撃は、俺が引き受ける！」

「わかった」

小さな身体が、俺の背中から離れていく。

そうだ。それでいい。

ここから先は、俺の番だ。

カマクの嘴が、大きくパッカリと開かれる。

落下は目前、撃つとしたらこのタイミングしかないだろう。

俺は奴の射線の前に立ち、【四次元防御】を展開。

さぁ、撃ってこい。

そんで、お前の火球を俺が防いでゲームセットだ。

撃て、撃ってこい。さぁ――――！

「…………」

しかし、カマクは火球を撃たなかった。

発射寸前の状態を維持したまま、奴の首元は地面へと転落。

派手に脳髄を飛び散らせながら、奴の頭部は大きくバウンドし、……バウンドだと？

一度地面に激突し、その反動によって頭部の位置が微妙にずれる。

位置がずれれば、当然射線も変わる。

だが、【四次元防御】の力によって身動きの取れない俺にはリカバリーがきかない。

なんという執念。なんという憎悪。

奴は、この一瞬の為に、自身の破滅を受け入れたのである。

刃の嵐を抜け、黒雷の砲撃にも耐え、遂《つい》には俺の防御すらくぐり抜けてのラストアタック。

『避けろ、ユピテル!!』

叫ぶ言葉は、けれども四次元の理によって届かない。

今際の際の僅かな一瞬、奴の嘴は、背を向けて走るユピテルの姿を正確に捉え、そして――――。

「KERYYYYYYYYYYYYYYYYYYYYYYYYYYYYYYYYYYYYYYYYYYYYYYYYYYYYYYYYYYYYYYYYYYYYYYYYYYYYYYYY!!」

そして火球は、逃げる少女を目がけて放たれたのである。

■第二十二話　ケラウノス

◆ダンジョン都市桜花・第三百三十六番ダンジョン『常闇』第十五層

カマクが自らの命と引き換えに解き放った渾身のラストアタック。

憎悪を凝縮させたかのような巨大な火球の一撃は、【四次元防御】状態の俺の傍を僅かに横切った。

まずい。

直感的にそう思った俺は、即座に【四次元防御】を解除し、リカバリーに向かう。

「ユピテル！」

頼む、間に合ってくれと心の中で念じながら後ろを振り返った。

この程度の攻撃でユピテルがどうにかなるとは思っていない。

だが、彼女が少しでも〝攻撃された〟と認識したらダメなんだ。

防げるかどうかじゃない。

ダメージの多寡《たか》でもない。

ただ、娘であるユピテルが危険を感じた瞬間に
「あっ……」

――――ソレは怒り狂うのである。

「AWOOOOOOOOOOOOOOOOOOOOOOOOOOOOOOOOOOOOOOOO!!!」

世界に怒号が鳴り響く。

天は黒く染まり、大地には漆黒の雷が降り注ぐ。

顕現したのは漆黒の獣。

主、いや己の娘に害なすものを例外なく殲滅する父祖の化身。

人の心を持たない外道科学者集団から『父性』の感情のみをインストールされた改造神威が、最悪のタイミングで解き放たれた。

「(まずい)」

急いで遥《はるか》に指示を出そうとするが、遅かった。

いや、この場合向こうの動きが速かったというべきだろう。

まさに雷の如きスピードで、十五層を取り巻く情勢は一変したのである。

まず最初に獣は、ユピテルを自らの肉体に取り込んだ。

闇に染まった大口を開き、虚ろな少女の全身を容赦なくガブリと。

捕食ではない。その行為の目的は、むしろその真逆。

彼は情けない俺達に代わり、愛娘《まなむすめ》を守ろうとしている。

今この場にいる最も強き己の身に取り込むことで、あらゆる外敵から娘を守ろうと試みている。

ある意味では究極の父性愛の為せる業だ。ただし、そこに娘の意思は介在しない。一方通行の歪んだ庇護欲《あい》。

「WOOOOOO!」

黒い嘶《いなな》きと共に、怪鳥の放った決死の火球が踏み潰された。

まるで火のついたマッチ棒を巨大な重機で押し潰すかのようにあっさりと、〝覆雨怪鳥〟のラストアタックがかき消される。

命をかけた特攻が、前脚の一踏みだけで落とされた——絶望的なまでの戦力差。あまりにも容易く、あまりにも理不尽に、カマクの抵抗は終わったのだ。

そして

「AWOOOOOOOOOOOOOOOOOOOOOOOOOOOOOOOOOOOOOOOOOOOOOOOOOOOOOOOOOOOOOOOOOOOOOOOOOOOOOOOOOOO!!!」

そしてとうとう、下手人への粛清が始まった。

ソレが二度目の咆哮を上げるのと同時に、天から堕ちてくる全ての黒雷が、指向性をもった凶器へと変貌したのである。

爆ぜる雷達が喰らうのは、娘を狙った憎き怨敵。

かつてカマクと呼ばれていた無数の肉片達は、その悉《ことごと》くが赫怒《かくど》の雷火に焼かれて塵となった。

荒ぶる気象、荒《すさ》みゆく大地。

天変地異と呼称しても過言ではない厄災の原因は、下手人が滅び去ってなお、その〝怒り〟を放ち続けた。

大きな、獣だ。

大型のトラックを優に超える全長に、あらゆる肉食獣の特徴をない混ぜにしたかのような異様なフォルム。

逆立った漆黒の体毛と、迸る大量の黒雷さえなければ〝とても獰猛な四足歩行生物〟といえなくもない。

あぁ、全く。

「……雷親父《ケラウノス》っ！」

出来ればお前とは、会いたくなかったよ。

だけど俺達はこいつを出した。出させてしまった。

それはつまり、俺達がユピテルのことを守り切れなかったという意味に他ならない。心の中に落ちる暗い影。今すぐにでも情けない己をぶん殴ってやりたい。だけど
「遥《はるか》、上空の黒雷を迎撃しながらこっちに来てくれ！」

「分かった！」

急転直下の緊急事態を前にして、自己憐憫に浸っている余裕など微塵もない。

俺達は、黒雷の雨が降る戦場を駆け抜け合流を果たすと、すぐに身を寄せ合い防御陣形を固めた。

「俺が【四次元防御】で前方からの攻撃を受け流す。遥《はるか》は上からの雷撃を『蒼穹』で防御。自衛の為に、耳をしっかり《装甲強化《シェルド》》と《衝撃緩和《リフレクト》》でガードしておけよ。さぁ、ここまでで質問は？」

「大丈夫、凶さん？　顔色悪いよ」

「寝不足が祟《たた》ったんだろうな。悪い。次からは気をつけるよ」

それっぽい言い草で煙《けむ》に巻《ま》きながら、俺は即座に【四次元防御】を展開した。世界がモノクロに染まり、俺の身体は四次元体へと移行する。

ガード判定強化の為に大剣形態のエッケザックスを斜め上の位置に構え、いつ奴の攻撃が来ても良いようにと遥《はるか》を後ろに下がらせて
「（さぁ、来やがれ）」

そうして予想通り、獣は動いた。

ケラウノスの口元が黒く染まる。迸る閃光。天翔《あまか》ける稲妻。轟く雷鳴。

漆黒の雷が、視認できるほどの莫大《ばくだい》な霊力が、奴の大口に蓄えられていく。雷親父の姿勢が低くなり、俺達の真正面に向けられて、そして
「AWOOOOOOOOOOOOOOOOOOOOOOOOOOOOOOOOOOOOOOOOOOOOOOOOOOOOOOOOOOOOOOOOOOOOOOOOOOOOOOOOOOOOOOOOOOOO!!!」

そして奴の霊力が臨界点まで達した瞬間、モノクロの視界が黒色に染まった。

生きとし生けるものを全て滅殺するべく放たれた黒雷のブレス。

雷親父に分別などない。

娘がショックやストレスを受けた時点で、皆殺しなのである。

殺意。殺意。底知れぬ殺意。

圧倒的な密度と熱量で放たれる獣の殺意を、俺はただ受け止めることしか出来なかった。

音も色もない空間で、身動き一つ取れないまま、ただじっと。

『成る程、聞きしに勝る毒親ですね』

四次元の理に満たされた俺の脳内を怜悧《れいり》な美声が通り抜ける。

ヒミングレーヴァ・アルビオン。時の女神である彼女だけが、この世界でも自由に動くことが出来る。

俺は言った。喉ではなく魂を震わせてアルに言葉を返していく。

『毒親っつーよりモンペって言った方が正しい気がするぜ、個人的にはな』

『モンペ。確かモンスターペアレントの略称でしたね。ふむ。マスターの癖に、中々的を射たことを仰る』

いつも通り一言余計な奴だ。

しかし、そんな邪神の暴言ですら、今の状況においてはありがたい。

【四次元防御】の世界は孤独だ。

音もなく、視界もモノクロ。

何もないんだ、ここにはさ。

だから真っ黒な沈黙が支配するこの状態で、誰かと会話が出来るというのはそれだけで心強いんだ。

つい弱音を吐き出したくなるほどに。

『失敗した』

心が軋《きし》む。無力感と罪悪感が涙のように溢れ出す。

『ケラウノスを止められなかった』

昨日、ユピテルにあんな啖呵《たんか》を切っておきながらこのザマだ。

本当に自分が情けなくて、嫌になる。

『なぁ、アル』

俺は問うた。

『この場をなんとか切り抜けられたとして、俺はアイツになんて言えばいい？』

出口の見えない闇の中で、答えのない問題をアルに問うた。

絶対にとまでは言わないが、精霊が実体を伴って現れる《顕現》スキルの持続時間は、往々にして短い。

上空からの無差別範囲攻撃と、極大威力の黒雷ブレスを多重発動まで計算に入れると、恐らく奴の《顕現》は、持って数分だろうという予測が立てられる。

ダンジョンでの経験やシラードさんとの死闘を経て更に強化された今の俺の【四次元防御】ならば、奴に競り勝てる公算は十分に高いと言えるだろう。

だけど残念ながら、それでは、一時しのぎにしかならないんだ。

今回耐えきれたところで、十分な霊力とユピテルのストレスが溜まれば、奴は再び顕《あらわ》れる。

そうなればユピテルは、今よりも更に自分を責める。

自分を責めれば当然、ストレスは蓄積されていく。

ストレスが溜まれば、より一層雷親父が活発になる。

それはまさに堂々巡り。終わりのない悪循環の無限ループ。

考えるだけでも、ゾッとする。

『大丈夫ですよ、マスターなら』

返ってきた言葉はあまりにも無責任だった。

『全然っ！』

湧き上がる八つ当たりじみた感情。心の中で語る言葉が、自然とキツいものになっていく。

『全然、何も大丈夫じゃねえんだよ！　俺の薄っぺらい言葉なんかじゃアイツの涙は拭えない。チート能力を手に入れても、女の子の笑顔一つ守れないなんて……どうして俺はこんなに雑魚なんだ！』

八つ当たりだと分かっていても、俺の心はみっともなく荒ぶっていた。

分かっている。全部、俺の弱さが悪いんだ。

クソッ、せめてもう少し遠距離適性があったなら……っ！

『そうです。それですよ、マスター』

『？』

思考に響くアルの声。

要領の摑めない肯定に、俺のささくれた頭が、疑問符を浮かべる。

一体全体、何が「それ」だというのか。

『自分の力が未熟であるが故に、パーティーメンバーを傷つけてしまった――――だからマスターは自身に呪詛《じゅそ》を吐き、彼女もこれから同じような傷に苦しむのでしょう。であれば、かけるべき言葉は明白です。今の貴方自身が欲している慰めを、そのまま彼女に与えなさい。さすれば、不要な諍いは避けられるでしょうよ』

目から鱗の金言だった。

普段、暴言しか吐かない女の口から生み出されたものとは思えないほどの名案である。

『幸い、うじうじ悩む時間はもうしばらくあります。傷ついた彼女《アナタ》に贈る言葉を、必死になって考えなさい』

『あぁ、……そうだな』

漆黒に染まった世界を見据えながら、心の中で大きく深呼吸。


……少しだけ、落ち着いた。

これなら、いくらかマシな案が出せるかもしれない。

昂る熱を抑えながら、ユピテルのことを強く想う。

雷親父の暴走によって、常に誰かを傷つけてしまう恐怖に苛《さいな》まれてきた異国の少女。

自分の力不足で、誰かを傷つけてしまった罪悪感とやるせなさ――――今ならお前の気持ちが、痛いほど分かるよ。

それでもお前は、前を向こうと一生懸命頑張ってきたんだよな。

まだちっさいガキの癖に、一人で、誰にも迷惑をかけないように頑張って……あぁ、クソ！　こんな頑張ってる奴が報われないなんて狂ってるだろこの世界！

家族も！　社会も！　精霊も！　誰ひとりとしてあいつを対等な人間として扱っていないんだ！

……オモチャじゃねえんだぞ、子供はよぉ。

どうして、こんな立派な奴を誰も認めてやらなかったんだ？

どうして、こいつの居場所を作ってやらなかった？

どうして、最後まで信じてやれなかったんだ？

在りし日の世界でユピテルが『組織』の手を取ったのは、困窮していたからじゃない。

彼女がずっと、ひとりぼっちだったからだ。

両親に売られ、外道研究者達の実験体にされて、辿り着いた異国の地では腫れもの扱い……そんな時に「あなたは何も悪くないよ」って囁《ささや》く悪魔が現れたら、誰だって縋《すが》りたくもなるだろ？

せめて誰か一人だけでも彼女の拠《よ》り所《どころ》になってくれるような人間がいたら、きっと彼女はあんな風にならなかった。

なのに、どうして……。

『……そうか』

カチリ、と頭の中のピースがはまっていく。

黒く染まった世界に、小さな光が灯ったような気がした。

なんだ、こんな簡単なことだったのかよ。

悩んでたのが、馬鹿みたいじゃないか。

そうだよ。あいつに拠り所がないってんなら、作ればいいんじゃないか。

『……アル。見つけたよ、かけるべき言葉が』

『拝聴しましょう』

そうして俺は――

◆

「遥《はるか》っ！」

俺は叫んだ。色を取り戻した世界で、血の味が漂う三次元《せかい》で
「まだ、……まだいけるかっ！」

既に黒雷のブレスは止んでいる。大技の撃ち過ぎで、顕現状態を維持する為の霊力が尽きかけようとしているのだ。ケラウノスは微動だにしない。ただ、両の瞳でこちらを睨めつけるばかりである。

まるで、「今日のところは見逃してやろう」とでも言いたげな、そんな相貌《かお》。憎悪と嘲笑と憐憫が入り混じった支配者の視線が、俺の心に少しだけ臆病風を吹き込んだ。

いや実際、効率や己の保身を第一に考えるのであれば、奴の沈黙《きまぐれ》に甘んじていれば良かったんだ

と思う。

怯《おび》えていれば、倒れていれば、あるいはケラウノスの顔色を窺って怒れる雷親父を刺激しないように立ち回ってさえいれば……過ぎる後悔はどれも理知的で正しくて、そしてとてもとても、魅力的だった。

だけど
「倒すぞアレを」

それじゃあ、ダメだ。ダメなんだよ。俺は、俺達はケラウノスの暴走を止められなかった。ユピテルに仲間を傷つけさせちまった。きっと目覚めたあいつは自分を責める。ごめんなさいと何度も謝る。

――――大したことねぇよと言ってやらなきゃならねぇんだ。簡単に追い返してやったぜと笑ってやらなきゃダメなんだ。

量産品のパチモンに、見逃されてなるものかよ。

「勝ち逃げなんて許さねぇ。俺達の手で、あの雷親父をブッ潰すんだ」

背中に走る稲妻のような衝撃。バチン、と響くその音は、いかにも彼女らしい豪快なレスポンス。

「よく言った！」

後ろに隠れていた遥《はるか》が俺の隣に立つ。

「それでこそ凶さんだよ！　アイツの自滅待ちなんて全然ワクワクしないもんね！」

獰猛な、それでいて氷のように美しい微笑を浮かべながら、恒星系が刀を構えた。

「倒しにいこう、アイツを」

「あぁ」

俺は本当に頼もしい相棒を得た。こいつといれば何だって出来る。どんな困難だって笑って乗り越えられると心が信じて止まないのだ。

「奴の霊力はほぼ死に体だ。さっきの大型ブレスのような攻撃はまず撃てない」

見やった先の黒雷の獣は沈黙していた。周囲にバチバチと小さな雷を迸らせながら、じっとこちらを見下ろして、……見下して。

「――――は？」

ケラウノスが、動く。

吠《ほ》えながら、力強く、その巨体に見合わぬ速度で振るわれた右前脚が、俺達の周囲に影を作り、激突。

「【四次元防御《フォースフィールド》】ッ！」

その原始的な一撃に対し、俺達が取ったアプローチは、回避と防御。遥《はるか》がウサギのように宙を跳ね、俺が真正面から受け止める。振り下ろされる全力の踏《ストン》みつけ《ピング》。我が慈悲を無下《むげ》にした無礼者への誅伐《ちゅうばつ》だとでも言わんばかりの勢いで、奴の前脚が俺の身体にブチ当たり、そして
「(自滅しろ、馬鹿)」

【四次元防御】によって何物にも打ち負けない硬さを獲得した我が肉体を踏みつけたケラウノスの右前脚は、当然のように崩壊。

即座に術式を解除した俺は、文字通り脚を崩した雷親父に特大の一撃を見舞おうと大剣《エッケザックス》を振り上げて

「AWOOOOOOOOOOOOOOOOOOOOOOOOOOOOOOOOOOOOOOOOOOOOOOOOOOOOOOOOOOOOOOOOOOOOOOOOOOOOOO!!!」

次の瞬間、周囲一帯に無数の黒雷が降り注いだ。周りに侍《はべ》らせた術式の種《バチバチ》が爆ぜたのだ。心臓が縮まり、背中に冷や汗が湧き出でる。舌打ち気味に後方へと退避。一拍遅れて元いた場所に黒雷が着弾し、更に一拍遅れて六本の『蒼穹』達が吹き荒れる黒の大雷へと立ち向かう。

こいつは、このケラウノスは、本体ではない。偽物だ。ユピテルの負の感情を触媒とした量産型の劣化品《デッドコピー》である。だが

「(まさかここまでやるとは……完全に見誤ったな)」

ケラウノスは、俺の見立てよりも霊力を持っていた。強固とした自我《パーソナリティ》があり、俺達の状況を冷静に判断した上で立ち回る賢しさを持っていた。

こいつは単なる「娘想いの父親」ではない。俺達を「見逃」そうとしたあの顔には、明らかにこちら側を嘲弄するような感情が含まれていたし、それを突っぱねてやったら、今度は馬鹿みたいに激情してみせた。

欺瞞《ぎまん》と自己愛、偏執的で独善的で攻撃性に富み、本質的には「娘の大切なモノを全て壊して依存させよう」とする歪みきった父祖の化身。それがケラウノスという生きた糞《バケモノ》の正体である。

そしてこんな化物にずっとずっと苦しめられてきたあいつのことを思うと、自然と眉間に力が

入った。負けられない。絶対に負けられない。ここで意地を見せなくてどうするんだってくらい心は熱い。だけどそれはそれとして

「うっ」

目が眩《くら》む。既にスキルに回せる霊力はほとんどない。【四次元防御】の反動もかなり危ないところまでキてやがる。情けない話だが、正直、立っているのもやっとという有り様である。

「しっかり！」

そんな俺の覚束ない足腰を、恒星系の温かい腕が支え込む。美しい白肌には珠《たま》のような汗が滴っていて、心なしか息も荒い。だけどその瞳だけは一片の曇りもなく煌めいていた。

「無傷《ノーダメ》で倒すんでしょ」

宙空に浮かび上がる六つの『蒼穹』。

「ユピちゃんを加害者になんかしたくないよね」

蝶《ちょう》のように軽やかに、流星のように鮮烈な光を放ちながら、複製された刀身達が降り注ぐ黒雷の雨を切り開いていく。

その厳《やさ》しさが今は何よりもありがたかった。

――ありがとう、遥《はるか》。お前が相棒で本当に良かった。

「あぁ」

頷きながら、俺は雷親父を睨みつける。先程砕かれたばかりの前脚に霊力を送り、脚部の再生を行おうと企むモンスターペアレント。

一体、何度こいつの自己満足《おまえのために》があいつを傷つけたんだろう。何度あいつの心は砕かれたんだろう。

それを思えば思うほど、意識が冴《さ》えて冴えて冴えわたって
「(再生速度が遅い。黒雷の数も質も万全とは言い難い。……大丈夫、つけいる隙はちゃんとある)」

満身創痍《まんしんそうい》はお互い様。眠ってなんかいられなかった。

「遥《はるか》」

「ん！」

自然と二つの手と手が横に伸び合った。

「行くぜ、親父《おやじ》狩《が》りの時間だ」

「ぷっ。言い方ぁ」

重なる拳。笑い合いながら前を向く。息を吸い、呼吸を整え、一拍だけ置いてから
「つくぞおらぁああああああああああああああああああああああっ！」

俺達は、走った。

彼女は左に、俺は右に。攻める方角をバラつかせて、敵の処理能力に負荷をかけていく。

「AWOOOOOOOOOOOOOOOOOOOOOOOOOOOOOO!」

黒雷の獣が吠える。回復途上の右脚を無理やり振り上げ、更に回転。一見、力任せの攻撃のように見えたが、それが計算され尽くした一手であることを、俺達はすぐに見抜いた。

「(こいつ、うまいこと俺だけを避けてやがる)」

先の攻防で学習したのだろう。ケラウノスは小まめに軸足の位置や動くタイミングをずらしなが

ら、遥《はるか》だけに狙いを澄ましていた。

無論、それだけではない。

接触攻撃が鬼門となる俺に対して、このイカれた雷親父が大人しく引き下がるなどということはまるでなく
「そう来るわなぁっ！」

ケラウノスは、無尽蔵の殺意を別の形で仕掛けてきた。

奴の周囲に展開されていた〝バチバチ〟から無数の黒雷が放たれる。その雷は線状だった。身も蓋もない言い方をしてしまえば黒いビームである。その数、合計十条。掠《かす》めただけでも無事《ただ》じゃ済まないことはわざわざ試すまでもなく分かる。

「（【四次元防御】）」

使ったのは一瞬だけ。着弾のタイミングを瀬戸際まで見極めた上での瞬間発動。黒雷の獣の身体から放たれた十条の閃光が、無敵化した俺の身体に突き刺さり、そして弾かれた。【四次元防御】は、どんな攻撃も通さない。通さないがしかし
「っ、ぐうっ、」

限界だった。身体は元より、霊力が切れたのだ。満身創痍。今の俺に残された手札は、カマク戦の際にかけた幾つかの強化術式の残滓と、自前の武器、後は最高に頼りになる仲間と燃え滾る心意気だけだ。

「（十分）」

口角を無理やり引き上げながら、俺は両手に握った二振りの得物にありったけの握力《ちから》を込める。

右手に握るは超重量の可変黒剣《エッケザックス》、左手に構えるは因果切断の白刃《レーヴァテイン》。

サイズも用途もまるで違うアンバランスな双剣に命を預けて、俺は果敢に死地へと飛び込んでいく。

「ひゃっはぁあああああああああああああああっ！」

内から湧き出た激情を乗せたその雄たけびは半ば強がりであり、報《しら》せでもある。

巨獣の前脚を『レーヴァテイン』で割断し、露わになった付け根にエッケザックスの質量攻撃を叩き込む。

「AWOOOOOOOOOOOOOOOOOOOOOOOOOOOOOOOOOOOOOOOOOOOOOOOOOOOOOOOOOOOOOOOOOOOOOOOOOOOOOOOOOOOOOOOOOOOOOOOOOOOOOOOOOOOOOOOOOOOOOOOOOOOOOOOOOOOOOOOOOOOOOOOOOOOOOOOO!!!」

閃光《ステロペス》。稲妻《アルゲス》。雷鳴《ブロンテス》。

耳を突き破るかのような轟きと共に、雷霆の獣が赫怒の雷火を解き放つ。

周囲十面に敷き詰められた漆黒の『噴出点』より吐き出される黒の閃光《ヒカリ》。霊力が切れ、しかも懐深くまで潜り込んでしまった今の俺に、この包囲網を突破する手段は最早皆無《ない》。

「おい、犬っころ」

だけどここで俺が果てる可能性は・・・・・

「その程度か」

もっと絶無《ない》。

「ひゃっはーだよ！」

耳に流れる愛らしい掛け声。そのあまりにも可憐な耳心地の良さに心がどうしようもなく温まってしまう。

だが、注意を向けるべきは恒星系のアイドルボイスではなく、その御業《スキル》。

黒を破る蒼の流星。空を泳ぐ六本の『蒼穹』と、遥《はるか》の刃によって、黒雷の閃光は片っ端から削《そ》がれていった。

さもありなん。『布都御魂《フツノミタマ》』との複製コンボによってそのエネルギー破断能力が七倍にまで膨れ上がった『蒼穹』達の前では、この程度の雷など豆腐も同然である。不完全かつ力の大半を出し尽くした今のケラウノスの攻撃では、蒼乃遥《あおのはるか》に傷一つ負わすことすら能《あた》わない。

「霊力《リソース》はガタガタ、大技は使えない。ザマぁねぇなぁ犬っころ！　テメェみてぇな心根の曲がった雷親父《モンペ》に傷つけられる俺達じゃねぇんだよっ！」

風を切り、雷に吠える。いかなる防御も突破する『レーヴァテイン』で脚を断ち、崩れ落ちる獣の身体に質量兵器の刃先をぶつけて無理やり蹂躪《キス》。

加速するシナプス。暴走を始めるアドレナリン。忘我の極致の中で、ただ武器を振るう両手の感覚だけが澄み渡る。

「よう」

目が合った。黒雷の獣の双眸が、同じ目線の高さまで落ちてきたのである。四肢を失い、地面に伏したケラウノスが、瞋恚《いかり》の咆哮《こえ》を上げながら、その顎門《あぎと》を開く。比喩ではなく、俺達の距離は目

と鼻の先。俺は白と黒の刃を摑み、雷親父は鍛え抜かれた名槍の穂先のように鋭く尖った牙で迎え討とうとしたその間際

「なぁ、ケラウノス」

一瞬だけ早く、雷親父の口が閉じた。

フライング？　気持ちが逸《はや》り過ぎた結果の攻撃ミス？　いいや、違う。

ケラウノスは暴れるだけが能のケダモノではない。

敵意と、悪意と、そして確かな賢しさを持った精霊である。

だから奴は土壇場で踏《ふ》み止《とど》まったのだ。

【四次元防御】の術を使われた時のリスクを考えて。

物理的な接触をすればどうなるか――知恵のあるケラウノスは、その結果を記憶している。

〝あのカウンターの後も、単なる防御手段として利用した〟という事実が、「余力あり」という間違った推測を成り立たせる。

そして「俺の硬さに打ち負けて敗れる屈辱」や、「ここで【四次元防御】を使わないはずがない」といった歪んだ合理的思考が積み重なった結果がこのザマである。

大変賢い選択だ。相手の術理と己の状況を読み解き、冷静な判断を下す。

たられればの話ではあるが、もしも奴と同じ立場に置かれたとしても、同様の判断を下していただろうさ。

でもそれはつまり

「お前今、俺に怖《ブル》っただろ？」

突き刺さる致死量の宣告が、ケラウノスの顔に逃れようのない究極の屈辱を与える。

「男の勝負から逃げただろう」

量産品のケラウノス。ユピテルの感情が乱れればその都度顕れる仮想の身体。不滅であり、不死であり、そしてその心は本体に繋がっている。

「あぁ、その顔が見たかったんだ」

苦痛と恥辱と恐怖を孕んだ醜い顔だ。怒れる父祖の化身が、何物をも砕く最強の支配者が、ユピテルにまとわりつく悪い虫を追い払えなかったばかりか、恐怖した。

その事実を、自覚させられたという苦痛を、こいつは絶対に忘れない。

不滅のケラウノスが癒えない傷を負った記念すべき瞬間である。

さぁ、受け取れケラウノス。恥を、苦痛を、恐怖を、そして敗北を。

「覚悟しろよ、クソ親父」

右手に握るは超重量の可変黒剣《エッケザックス》、左手に構えるは因果切断の白刃《レーヴァテイン》。

「テメェなんぞに」

それは決別宣言にして宣戦布告。

「ウチのユピテルは」

お前にも、悪の組織にも、そしてくだらない破滅の運命にも絶対に
「絶対に渡さねぇっ！」

そうして近い内に必ず本物のお前を引きずり下ろすと天に誓いながら、俺は奴の顔面に二振りの刃を刻みつけたのである。

◆ダンジョン都市桜花・第三百三十六番ダンジョン『常闇』第三中間点

怪鳥は絶え、獣もまた沈んだ。

十五層の戦いを今度こそ本当に終えた俺達が真っ先にやったことは、気絶した仲間の確保と第三中間点の獲得である。

兎に角一息つきたかったのだ。身体はボロボロ。霊力はカツカツ。何もかもがギリギリで、今何がしたいかと問われれば睡眠以外にあり得ない——だというのに、心は割と無事なんだよなぁ。

俺も、そして遥《はるか》も。

「わはー！　すっごい経験しちゃったね、あたし達！」

恒星系は、なんだか嬉しそうだった。

あんな出来事があったというのに、ここまでポジティブでいられるというのは、お世辞抜きで才能だと思う。

とはいえ、遥《はるか》にとっても激戦だったのは間違いないらしく、その太陽のような笑みに、若干の疲れが滲《にじ》んでいたことを俺は見逃さなかった。

気を失って倒れていたユピテルを進んで抱えにいったのも、この辺の事情が関係している。

少しでも、遥《はるか》の疲れを軽減したかったのだ。

「凶さんは、優しいねぇ」

全部見透かしたような微笑を浮かべる遥《はるか》さんに、力なく「うっせぇ」と毒づきながらポータルゲートを抜ける。

何だかんだで、全員、無事に済んだのだ。

トータルでみれば、今回の冒険も成功と呼べるだろう。

「成功じゃないよ！　大成功だよ！」

ぷるぷる星人達の熱烈なもてなしを受けながら、そんなことを遥《はるか》が言った。

「新しい仲間、強敵へのリベンジ、そして、見事最深記録達成！　これを誇らずして何を誇るんだって感じだよ、凶さん！」

キャンプファイヤーに照らされた恒星系の横顔は、どんな星空よりも美しかった。

あぁ、もう。本当にこいつといると元気が湧く。

最高だよ、お前は。

「なぁ、遥《はるか》。今後のことで話しておきたいことがあるんだが、少しいいか？」

「ユピちゃんを除《の》けものにするみたいな提案だったら、断固として反対するからね」

サファイアのような瞳が、ほんのりとつり上がる。

両手に大量のマシュマロ串を握っていなかったら、さぞや映えたことだろう。

「しないよ。むしろ逆さ。アイツをひとりぼっちにさせない為に、話し合いたいんだ」

「なら、聞かせて欲しいな」

俺は、遥《はるか》と、ついでに集まってきたヤルダ三三六達に事のあらましを話した。

「うん！　いいと思う。やっぱり凶さんは、流石だね」

『よく分かりませんけど、ボク達も応援してますー！』

わーわーきゃーきゃーと楽しそうにはしゃぐぷるぷる星人達は兎も角、遥《はるか》からお墨付きをもらったのは僥倖《ぎょうこう》だった。

「よし、んじゃ後は……」

俺は火元から少し離れた先に作られた木製のベッドを見やる。

ぷるぷる星人達に作ってもらった新品のベッドの上には、銀髪の少女が横たわっていた。

■断章　宣戦布告

◆

夢をみる。
誰かがワタシの手を引く夢。
女の人が「ごめんね」と笑っている。
男の人が「お前に俺達を恨む資格はないからな」と睨んでいる。
雪がたくさん降っていた。
とても、とても寒かった。
その日から、ワタシはずっと、ひとりぼっち。

◆ダンジョン都市桜花・第三百三十六番ダンジョン『常闇』第三中間点

ユピテルが目を覚ましたのは、二十時過ぎのことだった。

「ここは、どこ？」

少女は言った。

「あなたはだぁれ？」

少女は俺に問いかけた。

「何寝惚《ねぼ》けてんだユピテル。俺だよ、俺。清水凶一郎《しみずきょういちろう》」

「そんな人、ワタシ知らない」

「…………え？」

意味が分からなかった。冗談を言っている気配はない。少女の瞳は心底怯えていて、まるで本当に
「……いや、知っている。キョウイチロウ、こっちはハルカ」

背中に溜まった嫌な熱が急速に霧散した。何だやっぱり寝惚けてただけか。

「おはようユピテル。大丈夫か、色々と」

「大丈……あっ」

少女の赤目が少しずつ見開かれていく。

どうやら混濁した記憶が少しずつ戻って来たらしい。

「ワタシ、ワタシ、ケラウノスを」

少女の身体に微かな黒雷が流れる。良くない傾向だ。しかしながら予想できた流れでもある。

「（早速一発かますか）」

やることはただ一つ。ユピテルが罪悪感を爆発させる前に、別の事象を

「そういうわけでヤルダの皆さん――――」

ぶつけるのだ！

「ウチのを存分にもてなしてやってくれ！」

努《つと》めて陽気に発した号令が、たちまち敷地《しきち》内のぷるぷる星人達へと行き渡る。

鳴動するぷるぷる。四方八方から迫りくるぷるぷる。シリアスな空気が瞬く間に弾け飛ぶ！

『おもてなしー！　おもてなししますー！』

『よく分かんないけど、おめでとうございます、ユピテルさん！』

『拙者、お祝いに一曲披露するでござるで候うの巻』

わーわーきゃーきゃーと賑やかに跳ねまわりながら、ユピテルの眠るベッドに突撃していく紫色のぷるぷる星人達。

どうだユピテル。

これだけの能天気軍団に囲まれたら、さしものお前もそう易々《やすやす》とウジウジ出来まい。

「キョ、キョウイチロウ、これは一体、何？」

「何ってお祝いだよ。今日のＭＶＰをもてなすように、予めヤルダの皆さんに頼んでおいたんだ」

「違う、ワタシは――――！」

「ストーップ！　話を聞いて欲しいなら、まずは腹を膨らませろ。今のお前には肉と糖分が決定的に足りん！」

パチンッと指を鳴らすと、焼き串を持ったぷるぷる星人達が一斉にユピテルのお口にあーんを仕掛け始めた。

「や、やめっ！　分かった、食べる、食べるから……自分のペースで食べさせて……！」

『おもてなしします！』

わっしょい！　わっしょい！

銀髪の少女と（一方的に）戯《たわむ》れる無数のマスコットもどき共。

まさに、おもてなし至上主義者達の面目躍如《めんもくやくじょ》である。

「和むねぇ」

「ほんとなぁ」

そんな彼らに囲まれたユピテルの様子を、俺達は少し離れた位置からたんまりと堪能していた。

◆

「どういう、つもり……？」

食事の後、ユピテルがいの一番に開口した文言は、多分に抗議の色を含んだものだった。

「どうって、何が？」

「ワタシは、アナタ達にとてつもない迷惑をかけた。なのに、どうして？」

「ふむ」

隣の遥《はるか》と顔を見合わせ、わざとらしく首を傾げる。

「迷惑って、なんの話だ？」

「あたしは身に覚えないんだけど……凶さん、なんかある？」

「いんや。もちろんない」

見るからに茶番。

けれど、半分は本心である。

そのことを証明するべく、俺はかける言葉を継ぎ足した。

「あっ、もしかしてユピテル、あのモンペ親父のこと気にしてんのか？　いやー、アイツかー。悪い、イマイチインパクトに欠けてたもんだから、今の今まで綺麗さっぱり忘れてたわ」

「何を、言って……」

ユピテルの紅い瞳が、これでもかというほど大きく見開いていく。

そりゃあ、そうだろうな。

今まで散々自分の人生に暗い影を落とし続けてきた災厄の象徴が、こんな軽い扱いで流されるなど、夢にも思わなかったのだろう。

起きたばかりの時とは違う意味で取り乱しかけているのがよく分かる。

「『ケラウノス』がアナタ達を襲ったのは明白……」

「襲った？　おいおいジャレついたの間違いだろ？　俺も遥《はるか》も見ての通り、無傷《ノーダメ》だ。ルーキーにダメージすら与えられないなんて、お宅の雷親父《モンペ》は随分大人しいんだな」

「……あっ」

キャンプファイヤーに照らされた俺達の身体を交互に見比べて、ようやく状況を理解したらしい。

そう、俺達は傷を負っていない。

雷と瘴気の二重属性である黒雷を浴びれば、普通ただでは済まないはずなのに馬鹿みたいにピンピンしている。

これが意味することは即ち……。

「本当に、無傷で切り抜けたの……？」

「だから、そう言ってるじゃないか」

「とっても、ワクワクしたよね！」

ちっともワクワクはしなかったが、ここは恒星系に合わせて相槌《あいづち》を打っておく。

お陰で若干、ユピテルに引かれたが、何、ちょっとした必要経費みたいなものだ。甘んじて受けよう。

「でも、ワタシのせいでキョウイチロウ達に余分な迷惑をかけたのは事実……」

「んなこと言ったら、そもそも俺が鳥野郎の火球をキッチリ防いでいれば、こんな事態にはならなかったんだ。だから俺の責任でもある」

「八つ裂きじゃなくて、ちゃんと微塵切りにしておけば良かったなー。ごめんね、ユピちゃん」

二人でぺこりと頭を下げる。

そうさ。十五層の件は、ユピテルだけの責任じゃない。

事情を知っておきながら、こいつに攻撃を通してしまった俺達の責任でもあるんだ。

だから、ミスはきっちり三人で分かち合う。

被害者面なんて、もってのほかだ、ありえない。

「誰も傷ついてないし、やらかしたのは俺達全員の失態だ」

「だから、ユピちゃんが一人で背負う必要なんてないんだよ」

ユピテルの口が、放心したかのようにぽかんと開く。

「どうして、ワタシなんかの為に、ここまで……」

「なんかじゃねぇよ。お前はウチの立派な砲撃手だ」

「今日の戦い、ユピちゃんのお陰ですっごく助かったよ。だから今度は、あたし達がユピちゃんを助ける番」

なでこなでこと、遥《はるか》の柔らかそうな掌が、優しくユピテルの頭を撫でる。

「こ……んなの、知らない」

言葉を振り絞るように、少女は喉を震わせた。

「みんな、みんな、ワタシのこと怖がる。みんな、みんなワタシのことを遠ざける」

「あたし達は、一緒にいるよ」

「ワタシの力は、誰かを傷つけて、だからワタシが悪くって……」

「今ここに、お前の力で傷ついた奴なんて一人もいないんだ。だからお前は悪くない――いいや、お前は一度だって悪くなかったんだ」

両親に売られて、望まない力を持たされて、けれどもその力に頼らなければ、生きることもままならないならなかった。

そんな死ぬほど辛い目にあいながらも、今の今までずっと耐え忍んできたお前を、だれが悪者になんかするかよ。

「ずっと、夢をみる……。知らない男の人と女の人がワタシを連れて、雪の中を歩く夢……。最後はいつも、施設の人が出てきて、それで……」

「辛かったね、苦しかったね……っ」

「ワタシは、いつもひとりぼっち」

ぎゅっと、遥《はるか》の両腕が華奢な少女の身体を強く抱きしめる。

「ユピちゃんは、もうひとりぼっちじゃないよ。あたし達はずっとユピちゃんの傍にいるから！　いっぱい冒険しよう、いっぱい遊ぼう？　いっぱい、いっぱい……っ！」

恒星系の背中が小刻みに震えていた。

あー、もう……。お前って奴は、どこまでイイ女なんだ。

お陰で、こっちの目頭まで……っ、クソがっ！

「つーわけで、この話はこれでお終いだ。お前は今後もウチのパーティーの砲撃手。次の戦いでも、バッチリ活躍してもらうからな！」

我ながらひどい鼻声である。

それでも、一応は伝わったのだろう。ユピテルの無表情フェイスが、最後には「うん」と短く頷いた。

「よーし、というわけで反省会はこれにて終了。次の戦いに向けてブリーフィングすっぞ！」

「戦い……？　二十層の攻略のこと……？」

「違う違う」

俺は暗がりの中、少しでも見やすいように大振りで手を振る。

「二十層攻略は、少し期間を空ける。その間にどうしても倒しておきたい敵が現れてな、そいつの打倒を優先しようと思う」

「敵って、誰……？」

表情に乏しい紅の瞳と、俺の凶悪面が交錯する。

「お前のよく知っている化物だ。過保護が行き過ぎて完全に害悪化している哀れな親父」

「…………！」

気づいたようだな。

そりゃあ分かるか、今この時この状況で俺達共通の敵っていったら一体だけだもんな。

「『ケラウノス』だよ。拗らせまくってるあの雷親父《モンペ》をぶっ飛ばして、徹底的に分からせてやろうぜ」

◆

既に宣戦布告は済ませてある。

だから後は戦うだけだ。
俺達と、そしてユピテルの力で
「必ずクソッタレな運命を覆す」

未来を、摑むんだ。

第二巻　了
第三巻に続く

あとがき

まずお餅を焼きます。大体、三つか四つくらいをオーブンで焼きます。焼き加減は好みによってマチマチですが、当時の私は表面がほんのりときつね色に染まっている位のカリカリ感が好きでした。

次にお味噌汁《みそしる》を作ります。コレはお味噌《みそ》を溶いて具材を切ってと丁寧にやっても良いのですが、面倒くさければインスタントのお味噌汁でも大丈夫です。ただ、その場合はちょっとだけ値段の張る具沢山のやつが良《い》いかもしれません。最近のインスタントは本当に良く出来ておりますので、お湯を注ぐだけでも十分に美味《おい》しいものが作れます。

さて、こうして出来上がったお餅とお味噌汁を対面させたら最後の仕上げです。

彼等《かれら》を一つの器にブッ込んで下さい。複雑な技術などいりません。軽く混ぜ合わせ、お好みで七味なり一味なりをパッパとまぶせばそれで完成です。

名付けまして「焼き味噌雑煮」、三百六十五日いつ何時食べても美味しい最高にハイなお雑煮の食べ方です。

ポイントは餅を煮るんじゃなくて焼くという所と、汁のベースがすまし仕立てではなく、完全な味噌汁というところ。正月だからとお雑煮を作るのではなく、日々の生活の延長線上に「焼き味噌雑煮」の極意はあるのです。

さて、なんでこんな話を唐突にブッ込んだのか言うと、現在進行形で私のお腹《なか》がそれはもうペコペコに空いているからです。

何か無性に食べたい。だけど今から凝った料理は面倒くさい。さりとて冬夜に外を出歩くのはどうにか避けたくて、そこで何かないかと台所を漁《あさ》ってみれば、何とお正月の生き残りであるお餅ちゃんと、この前、職場で頂いたお高いインスタントのお味噌汁君が見つめ合っているではありませんか。

これはもう、やるしかあるめぇよ。罪悪感と背徳感に塗れたお雑煮パーティーをよぉっ！

というわけで、以下謝辞を。

今巻もまた、色々な人に支えられて無事にお届けする事ができました。

担当の編集様方、校正様、装丁様、営業部や宣伝部の方々に何よりも素晴らしいイラストを描いて下さったカカオ・ランタン先生のおかげでこの物語は本になっているのだという事実を実感する度に、私は生まれてきて良かったと心の底から思えるのです。

そして更に幸甚な事に、この物語はまだまだ続きます。巻を追う毎《ごと》に加筆分が増えていく本作ではありますが、次巻はそろそろ半分くらいは書籍版オリジナルな展開になるのではないかしら。楽しみですね、私も現在ヒーコラ言いながら頑張って書いております。

果たしてユピテルちゃんは、幸せになれるのかしら。ウェブ版をお読みになって下さっている方々はその辺りにも注目しながら楽しみに待っていて下さい。それではまた、次回の物語で。

チュートリアルが始まる前に
BEFORE THE TUTORIAL STARTS
ボスキャラ達を破滅させない為に
俺ができる幾つかの事

電撃の新文芸

チュートリアルが始《はじ》まる前《まえ》に2

ボスキャラ達《たち》を破滅《はめつ》させない為《ため》に俺《おれ》ができる幾《いく》つかの事《こと》

著者／髙《たか》橋《はし》炬《こ》燵《たつ》

イラスト／カカオ・ランタン

2023年4月17日　初版発行

発行者／山下直久
発行／株式会社ＫＡＤＯＫＡＷＡ
〒102-8177　東京都千代田区富士見2-13-3
0570-002-301（ナビダイヤル）
印刷／図書印刷株式会社
製本／図書印刷株式会社

【初出】
本書は、2021年から2022年にカクヨムで実施された「第7回カクヨムWeb小説コンテスト」異世界ファンタジー部門で《大賞》を受賞した『チュートリアルが始まる前に～ボスキャラ達を破滅させない為に俺ができる幾つかの事』を加筆、訂正したものです。

ISBN978-4-04-914930-2　C0093　Printed in Japan

ファンレターあて先
〒102-8177
東京都千代田区富士見2-13-3
電撃の新文芸編集部

「髙橋炬燵先生」係
「カカオ・ランタン先生」係

物語の黒幕に転生して

～進化する魔剣とゲーム知識ですべてをねじ伏せる～

著／結城涼

イラスト／なかむら

超人気Webファンタジー小説が、
ついに書籍化！
これぞ、異世界物語の完成形！

世界的な人気を誇るゲーム『七英雄の伝説』。その続編を世界最速でクリアした大学生・蓮は、ゲームの中に赤ん坊として転生してしまう。赤ん坊の名は、レン・アシュトン。物語の途中で主人公たちを裏切り、世界を絶望の底に突き落とす、謎の強者だった。驚いた蓮は、ひっそりと辺境で暮らすことを心に決めるが、ゲームで自分が命を奪うはずの聖女に出会い懐かれ、思いもよらぬ数奇な運命へと導かれていくことになる――。

電撃の新文芸

Unnamed Memory Ⅰ

青き月の魔女と呪われし王

著／古宮九時
イラスト／chibi

読者を熱狂させ続ける
伝説的webノベル、
ついに待望の書籍化!

「俺の望みはお前を妻にして、子を産んでもらうことだ」

「受け付けられません！」

　永い時を生き、絶大な力で災厄を呼ぶ異端――魔女。強国ファルサスの王太子・オスカーは、幼い頃に受けた『子孫を残せない呪い』を解呪するため、世界最強と名高い魔女・ティナーシャのもとを訪れる。“魔女の塔”の試練を乗り越えて契約者となったオスカーだが、彼が望んだのはティナーシャを妻として迎えることで……。

煤まみれの騎士 I

どこかに届くまで、
この剣を振り続ける——。
魔力なき男が世界に抗う英雄譚！

　知勇ともに優れた神童・ロルフは、十五歳の時に誰もが神から授かるはずの魔力を授からなかった。彼の恵まれた人生は一転、男爵家を廃嫡、さらには幼馴染のエミリーとの婚約までも破棄され、騎士団では"煤まみれ"と罵られる地獄の日々が始まる。
　しかし、それでもロルフは悲観せず、ただひたすら剣を振り続けた。そうして磨き上げた剣技と膨大な知識、そして不屈の精神によって、彼は襲い掛かる様々な苦難を乗り越えていく——！
　騎士とは何か。正しさとは何か。守るべきものとは何か。そして彼がやがて行き着く未来とは——。神に棄てられた男の峻烈な生き様を描く、壮大な物語がいま始まる。

著／美浜ヨシヒコ
イラスト／fame

電撃の新文芸

国王である兄から辺境に追放されたけど平穏に暮らしたい
～目指せスローライフ～

著／おとら
イラスト／夜ノみつき

**グータラな王弟が
追放先の辺境で紡ぐ、愛され系
異世界スローライフ！**

現代で社畜だった俺は、死後異世界の国王の弟に転生した。生前の反動で何もせずダラダラ生活していたら、辺境の都市に追放されて——!?　これは行く先々で周りから愛される者の——スローライフを目指して頑張る物語。